Arsène Lupin

6

Les confidences d'Arsène Lupin

아르센 뤼팽 전집 6
아르센 뤼팽의 고백

1판 1쇄 펴냄 2015년 3월 1일
1판 4쇄 펴냄 2022년 3월 15일

지은이 모리스 르블랑
옮긴이 바른번역
감수 장경현, 나혁진
펴낸이 하진석
펴낸곳 코너스톤
주소 서울시 마포구 독막로 3길 51
전화 02-518-3919
ISBN 979-11-85546-31-5 04860

아르센 뤼팽 전집

6

Arsène Lupin

아르센 뤼팽의 고백

모리스 르블랑 지음 바른번역 옮김
장경현, 나혁진 감수

코너스톤
Cornerstone

차례

1
거울 놀이

"뤼팽, 이야기 좀 해주게나."

"허! 무얼 이야기해달라는 건가? 내가 어떻게 사는지 다들 아는 마당에!" 내 서재의 소파에 드러누워 꾸벅꾸벅 졸던 뤼팽이 대답했다.

"알기는 누가 안다고 그러나!" 내가 소리쳤다. "신문에 실린 자네 편지를 읽고 뤼팽이 이런 사건에 연루됐다거나 저런 사건을 꾸몄다는 정도만 알지…. 전체 사건에서 자네가 맡은 역할이나 이야기의 진짜 내막, 그리하여 결말이 어떻게 났는지는 아무도 모르지 않나."

"쳇! 시시한 헛소리!"

"니콜라 뒤그리발의 부인한테 5만 프랑을 보낸 게 시시하다고! 그림 세 점에 얽힌 수수께끼를 그렇게 신통하게 풀어낸 일이 시시하단 말인가!"

"하긴 정말 묘한 수수께끼였지." 뤼팽이 말했다. "그 사건에 **그림자 신호**라고 제목을 붙이면 어떻겠나?"

"자네가 얻은 그 대단한 인기는 어떻고?" 내가 덧붙였다. "은

근히 베풀고 다닌 선행은 또 뭔가? '결혼반지', '배회하는 죽음' 따위로 부르면서 내 앞에서 자주 언급했던 그 모든 사연 하며! 그렇게 뒤늦게 털어놓아야 하겠는가, 이 한심한 친구야! 좀 더 과감해지게나…."

당시에 뤼팽은 이미 유명 인물이었지만 훗날 뤼팽 일생에서 최고라 일컬어질 대결, 이를테면 '기암성'이나 '813' 같은 대단한 사건을 벌이기 전이었다. 프랑스 왕들이 소유했던 수백 년 된 보물을 가로채거나 독일 황제의 코앞에서 유럽을 훔치는 일 따위는 꿈도 꾸지 않은 채, 좀 더 적은 규모의 물건을 슬쩍해서 적당히 버는 것에 만족하고 있었다. 매일매일 고군분투하며 나쁜 짓도 저지르는 한편 마치 돈키호테처럼 무엇이든 즐기며 감격하는 천성과 취미 때문에 선행도 베풀었다.

뤼팽이 말이 없자 내가 다시 말했다.

"뤼팽, 제발 부탁일세!"

그런데 뤼팽이 의외의 반응을 보여 나는 깜짝 놀랐다.

"연필을 집어들게, 친구. 종이도 한 장 준비하고."

드디어 뤼팽이 그 특유의 신명 나고 기발한 이야기를 몇 개 해주겠구나 싶어 신이 난 나는 잽싸게 시키는 대로 했다. 아! 그러나 아쉽게도 내 이야기는 지루한 전개와 장황한 설명 때문에 그 맛이 떨어질 수밖에 없겠지.

"준비됐나?" 뤼팽이 말했다.

"준비됐네."

"적어보게. 19 — 21 — 18 — 20 — 15 — 21 — 20."

"뭐라고?"

"적으라고 하지 않았나."

뤼팽은 소파에 앉아 열린 창문 쪽을 바라보며 손을 놀려 동양산 궐련을 말았다.

그러더니 다시 말했다.

"적게. 9 — 12 — 6 — 1…."

잠시 중단하더니 다시 이어졌다.

"21."

또 잠시 멈추었다가 이어졌다.

"20 — 6…."

이 친구가 미친 걸까? 뤼팽을 바라보니 조금 전만 해도 무심하던 눈빛이 변해 있었다. 어딘가를 주의 깊게 바라보며 어떤 광경에 푹 빠져 눈으로 좇는 듯했다.

그리고 띄엄띄엄 간격을 두고 숫자를 불러주었다.

"21 — 9 — 18 — 5…."

창밖으로는 오른편에 걸린 푸른 하늘 한 자락과 맞은편 집 전면이 보일 뿐이었다. 낡은 저택 전면에는 평소와 다름없이 덧창이 닫혀 있었다. 특별한 점은 조금도 없었으며 수년간 봐왔던 모습과 다를 게 하나도 없었다….

"12 — 5 — 4 — 1…."

그러다가 나는 불현듯 깨달았다…. 아니, 깨달은 것 같았다. 겉으로는 빈들거리는 것 같아도 사실 뤼팽은 매우 이성적인 사람인데, 이런 유치한 짓에 시간을 허비하고 있다고? 하지만 의심의 여지가 없었다. 뤼팽이 헤아리고 있던 것은 바로 맞은편 저택의 시커먼 벽면 3층 높이에서 나타났다 사라지며 깜빡거리는 햇빛 반사광이었다.

“14 — 7….” 뤼팽이 말했다.

반사광은 몇 초 동안 사라졌다가 일정한 간격을 두고 연이어 나타났다.

나도 모르게 세어보다 큰 소리로 말했다.

“5….”

“알아차렸나? 잘됐군!” 뤼팽이 이죽거렸다.

그리고 창문으로 다가가 빛줄기가 정확히 무엇을 의미하는지 알아보려는 듯 밖으로 몸을 내밀었다. 그러더니 다시 소파로 돌아와 벌렁 드러누우며 내게 말했다.

“자, 이제 자네가 해보라고. 세어보게….”

나는 그저 시키는 대로 했다. 저 귀신 같은 사내는 자기가 하는 일의 목적을 정확히 아는 것 같았기 때문이다. 게다가 등대 신호처럼 빛이 나타났다가 사라지며 규칙적으로 건물 벽에서 깜빡이는 이유가 궁금하기도 했다.

햇빛이 창문으로 비스듬히 비쳐드는 것으로 보아, 그 빛은 우리 집이 있는 거리 이쪽의 어느 집에서 나오는 게 틀림없었다. 누군가 창문을 열었다 닫았다 하거나, 아니면 작은 손거울로 햇빛을 반사하며 장난이라도 치는 모양이었다.

“어린애가 장난을 치는 거겠지.” 한참을 세어보다가 이렇게 멍청한 짓을 하는 데 약간 짜증이 난 내가 내뱉었다.

“그래도 계속해보게!”

그리하여 셈이 계속됐다…. 나는 줄줄이 숫자를 늘어놓았다…. 햇빛이 벌이는 향연은 수학적이라고도 할 수 있을 만큼 정확한 리듬으로 계속됐다.

"다음은?" 한동안 움직임이 없자 뤼팽이 물었다….

"글쎄, 이제 끝난 것 같은데…. 벌써 몇 분 동안 아무것도 없네."

기다렸으나 벽에는 아무런 빛도 나타나지 않았다. 나는 농담을 던졌다.

"시간 낭비를 한 것 같네. 고작 종이에 적힌 숫자 몇 개라니, 수확이 빈약하기 그지없군."

의자에서 꿈쩍도 않은 채 뤼팽이 말했다.

"자네, 그러면 이제부터 숫자를 각각 알파벳 순서대로 세서 문자로 바꾸어주겠나. 그러니까 1은 A, 2는 B… 이런 식으로 말일세."

"그런 실없는 짓을 왜 하나."

"실없기야 하지. 하지만 살면서 실없는 짓들을 얼마나 많이 하는지…. 하나쯤 더 한다고 해서…."

나는 어쩔 수 없이 그 한심한 일을 받아들이고 첫 글자를 적어 내려갔다. S-U-R-T-O-U-T('무엇보다도'라는 뜻 – 옮긴이)….

"단어야!" 놀란 나는 손을 멈춘 채 소리쳤다. "여기 단어가 만들어졌네."

"계속해보게, 친구."

일을 계속해나가자 다음 글자들은 또 다른 단어를 이루었고 나는 단어끼리 서로 띄어 쓰며 계속 적어 내려갔다. 그러자 정말 놀랍게도 온전한 문장 하나가 눈앞에 펼쳐졌다.

"됐나?" 잠시 후 뤼팽이 물었다.

"됐어! 그런데 철자가 틀린 데가 있어."

"그건 신경 쓸 거 없고, 그럼… 천천히 읽어주게."

나는 다음과 같은 미완성된 문장을 적힌 대로 읽어나갔다.

> 무엇보다도 위험으로부터 도맹치고 공긱을 피해야 하며, 석의 힘에 대항하되 매우 쉰중해야 하는데….

나는 웃음을 터뜨렸다.

"짠! 빛이 비쳤도다! 하, 정말 눈이 부실 지경이야! 그래, 뤼팽, 어느 집 요리사 아낙네가 줄줄이 일러주는 충고가 어디 크게 도움될 일이 있겠나."

뤼팽은 내 말은 들은 척도 않고 입을 꾹 다문 채 일어나 종이를 집어들었다.

이때 우연히 괘종시계에 눈길이 갔다. 시계는 5시 18분을 가리키고 있었다.

뤼팽은 손에 종이를 든 채 서 있었고 덕분에 나는 그의 앳된 얼굴을 마음껏 관찰할 수 있었다. 저 변화무쌍한 표정을 보노라면 얼굴을 알아보는 데 아무리 재능이 출중한 사람이라도 헷갈릴 것이니, 표정이야말로 뤼팽이 가진 최고의 장기이자 통행증이었다. 한순간 지나가는 표정 하나하나가 마치 그 사람의 본래 표정이라고 생각될 정도인데, 분장하지 않고서도 이토록 마음껏 변신하는 얼굴을 제대로 알아보려면 대체 어떤 특징에 주목해야 할까? 아니, 특징이 있긴 있을까? 내가 알아보는 특징이 하나 있긴 하다. 뤼팽이 극도로 주의를 집중할 때면 언제나 이마에 작은 십자 모양의 주름이 생기곤 했다. 바로 이때, 뤼팽의 이마에 그 의미심장한 십자가 또렷하고도 깊게 파였다.

뤼팽은 종이를 놓고 중얼거렸다.

"유치하군!"

5시 30분을 알리는 종이 울렸다.

"뭐라고?" 내가 소리쳤다. "자네, 성공한 건가? 단 12분 만에!"

뤼팽은 방 안을 이리저리 몇 발짝 서성이더니 담배를 피워 물고 말했다.

"렙스타인 남작에게 전화를 걸어서 내가 저녁 10시에 찾아가겠다고 알리게."

"렙스타인 남작?" 내가 물었다. "그 유명한 남작부인의 남편 말인가?"

"그래."

"진심인가?"

"물론이네."

조금 어리둥절했으나 거절할 수 없어서 나는 전화번호부를 펼쳐놓고 수화기를 들었다. 그런데 이때 뤼팽이 단호하게 나를 막더니 다시 종이를 집어들고 뚫어지게 바라보며 말했다.

"아니, 가만있게…. 알려봤자 소용없겠어…. 무언가 더 시급하고 기묘한 일이 있단 말이지…. 대체 이 문장이 어째서 미완성일까? 왜 이 문장이…."

그러더니 갑자기 뤼팽이 지팡이와 모자를 챙겨 들었다.

"가보세. 내 생각이 틀리지 않다면 이 일은 당장 해결해야 할 사안일세. 내 생각이 맞을 거야."

"무얼 좀 알아냈나?"

"지금까지는 아무것도 몰라."

계단에서 뤼팽이 내 팔짱을 끼며 말했다.

"다들 알고 있는 정도만 알지. 렙스타인 남작은 대단한 재력가이자 스포츠맨이네. 남작의 말인 에트나가 올해 엡섬 더비 대회(영국 엡섬에서 매년 6월에 열리는 경마 대회 – 옮긴이)와 롱샹 그랑프리(프랑스 롱샹에서 매년 10월에 열리는 경마 대회 – 옮긴이)에서 우승을 차지했지. 렙스타인 남작은 자기 부인에게 절도를 당하기도 했네. 금발과 사치스러운 의상으로 널리 알려진 남작부인이 보름 전 300만 프랑과 다이아몬드, 진주, 기타 보석 수집품 일체를 남편에게 훔쳐 달아났네. 이 수집품들은 베르니 공주에게 판매하기 전까지 남작이 임시로 맡고 있던 거였지. 2주 전부터 프랑스와 유럽 전역에 걸쳐 남작부인을 추적하는 중일세. 쉬운 일이지. 부인이 가는 길마다 금이며 보석을 뿌리고 다니니까. 잡았다고 생각한 게 벌써 여러 번이야. 심지어 바로 그저께는 우리의 국민 경찰이자 익살꾼인 가니마르 경감이 벨기에의 한 대형 호텔에 투숙하고 있던 부인을 잡아들이기도 했네. 본인이 틀림없다는 증거가 속속 발견되었기 때문이었지. 하지만 알고 보니 유명 여배우 넬리 다르벨이었네. 남작부인의 행방은 여전히 오리무중이고 말이야. 한편 렙스타인 남작은 부인을 찾아내는 사람에게 10만 프랑을 주겠다고 공표했네. 더구나 베르니 공주에게 진 빚을 갚으려고, 남작은 얼마 전에 경주마 마구간과 오스만 대로에 있는 자신의 저택, 로캉쿠르의 성까지 통째로 팔아넘겼네."

뤼팽의 말에 내가 덧붙였다. "그 매각 대금이 오늘 오후에 지급될 거라지. 그리고 내일이면 베르니 공주가 돈을 받을 거라고 신문에서 떠들더군. 그런데 솔직히 말해서, 자네가 방금 잘 정리해준 이 이야기가 아까 그 아리송한 문장과 무슨 관계가 있는지 모르겠는데…."

뤼팽은 내 말에 대답도 하지 않았다.

우리 집이 있는 길을 따라 150~200미터 정도 간 뒤 뤼팽은 보도에서 내려서더니 조금 뒤로 물러나 한 건물을 찬찬히 살펴보았다. 지어진 지 오래된 듯했고 세입자가 많아 보였다.

뤼팽이 말했다. "내 계산으로는 신호를 보낸 곳이 바로 여길세. 아직 열려 있는 저 창문이 틀림없어."

"4층 말인가?"

"그래."

뤼팽은 건물 관리인에게 다가가 물어보았다.

"여기 세입자 중에 렙스타인 남작과 관련된 사람이 있지 않습니까?"

"그럼요! 있고말고요." 마음씨 좋아 보이는 관리인 여자가 외쳤다. "남작 비서이자 집사인 정직한 양반 라베르누 씨가 여기 살지요. 그 집 청소를 제가 해주고 있어요."

"만나볼 수 있을까요?"

"만나보신다고요? 많이 아프세요, 가엾게도…."

"아프다고요?"

"보름 전부터… 그러니까 그 남작부인 사건 때부터 말이에요…. 그다음 날 열이 잔뜩 나서 돌아오더니 이후로 침대에서 꼼짝도 안 했어요."

"그래도 일어나 움직이긴 하지요?"

"아! 그건 잘 몰라요."

"아니, 모른다고요?"

"예, 절대 그분 방에 들어가면 안 된다고 했거든요. 열쇠까지 가져갔어요."

"누가요?"

"의사가요. 하루에 두세 번씩 직접 방문해서 치료해주고 있어요. 그래요, 바로 20분 전에 집에서 나가더군요…. 회색 수염이 나고 안경을 낀 노인네로 허리도 잔뜩 굽고…. 아니, 어디 가세요, 선생님?"

"올라갑니다. 데려다주세요." 뤼팽은 이렇게 말했지만 이미 계단으로 달려가고 있었다. "4층이고 왼쪽이지요?"

"하지만 그건 안 된다고 했단 말이에요." 관리인 여자는 뤼팽을 좇아가며 투덜거렸다. "게다가 제겐 열쇠도 없고요. 의사가…."

이들은 차례로 4층까지 올라갔다. 층계참에 이르자 뤼팽은 관리인 여자의 항의는 아랑곳하지 않고 호주머니에서 어떤 도구를 꺼내 자물통에 끼워 넣었다. 금세 문이 열렸다. 우리는 안으로 들어갔다.

어둑한 방 끄트머리에서 열린 문틈으로 빛이 보였다. 뤼팽은 서둘러 달려가더니 문턱에 서기가 무섭게 외마디 소리를 질렀다.

"너무 늦었군! 아! 제길!"

관리인은 넋이 나간 듯 주저앉았다.

뒤따라 방으로 들어가 보니, 반쯤 벌거벗은 한 남자가 양탄자 위에 널브러져 있었다. 다리는 움츠려 있고 팔은 뒤틀려 있었으며 얼굴은 아주 창백하고 살점 하나 없이 깡말라 있었다. 눈에는 끔찍한 공포가 서려 있고 입은 경련 때문에 무시무시하게 뒤틀려 있었다.

"죽었군." 뤼팽이 잽싸게 살펴보더니 말했다.

"그런데 어떻게 말인가?" 내가 외쳤다. "핏자국이 없는데."

"아니, 있네." 뤼팽은 풀어 헤쳐진 셔츠 사이로 붉은 점 두세 개를 가리켰다…. "이걸 보게. 범인은 한 손으로 목을 쥐고 다른 손으로 심장을 찔렀을 걸세. '찔렀다'고 하는 이유는 상처가 눈에 거의 띄지 않기 때문이야. 아주 긴 바늘로 찌른 구멍 같군."

뤼팽은 시체 주변 바닥을 살펴보았다. 주의를 끌 만한 물건은 없었다. 단지 작은 손거울을 하나 발견했을 뿐이다. 라베르누 씨가 햇빛을 반사하는 데 사용했을 게 틀림없었다.

이때 관리인이 별안간 통곡하며 사람들을 부르자, 뤼팽이 관리인에게 달려가 붙들었다.

"입 다무세요…! 내 말 잘 들어요…. 사람은 조금 나중에 부르고…. 내 말에 대답해주십시오. 아주 중요한 일입니다. 라베르누 씨에겐 같은 거리에 사는 친구가 있지요, 아닙니까? 아주 친한 친구가 이 거리에서 조금 오른쪽에 살지요?"

"예."

"매일 저녁 카페에서 두 사람이 만나면서 삽화 신문을 바꾸어보곤 했지요?"

"예, 맞아요."

"그 친구 이름이 무엇입니까?"

"뒬라트르 씨예요."

"주소는요?"

"이 길 92번지요."

"한 가지만 더 묻겠습니다. 그 회색 수염에 안경을 썼다고 한 노인 의사가 오래전부터 드나들었습니까?"

"아니요. 모르는 사람이에요. 라베르누 씨가 앓아눕던 바로 그날 저녁부터 왔어요."

뤼팽은 더는 아무 말 없이 나를 끌고 계단을 내려왔다. 밖으로 나온 뒤 오른쪽으로 돌아서 내가 사는 집과 건물 네 채를 지나더니 92번지 앞에 멈춰 섰다. 1층에 포도주 가게가 있는 작고 나지막한 집이었다. 마침 상점 주인이 출입문 복도 옆 문간에 서서 담배를 피우고 있었다. 뤼팽은 뒬라트르 씨가 집에 있는지 물어보았다.

"뒬라트르 씨는 외출했습니다." 상점 주인이 대답했다. "아마 30분은 됐을 겁니다…. 퍽 흥분하신 것 같더군요. 평소와 달리 자동차를 타고 떠났습니다."

"그러면 혹시…."

"어디에 갔는지 아느냐고요? 알고말고요. 말씀드리지 못할 이유도 없지요. 차에 타더니 큰 소리로 외쳤거든요. 기사한테 '경찰청으로'라고 말이지요…."

이 말을 듣고 뤼팽도 소리쳐 택시를 부르려다가 생각을 바꾸었는지 이렇게 중얼거렸다.

"이게 다 무슨 소용이겠어. 벌써 멀리 갔을 텐데!"

뤼팽은 다시 상점 주인에게 뒬라트르 씨가 떠난 후에 찾아온 사람이 없었느냐고 물었다.

"있었어요. 회색 수염을 기르고 안경을 낀 노신사가 뒬라트르 씨 댁으로 올라가서 초인종을 눌러보더니 떠나더군요."

"말씀해주셔서 고맙습니다." 뤼팽은 인사하고 돌아섰다.

그러더니 내게는 한마디도 하지 않고 근심에 찬 얼굴로 느릿느릿 걷기 시작했다. 문제가 상당히 어려워졌다고 여기는 듯했다. 확신에 차서 이곳까지 오긴 했으나 이제는 정확히 갈 길을 모른 채 어둠 속에서 헤매는 모양이었다.

게다가 뤼팽 자신도 내게 말했다.

"이런 사건을 해결하려면 사고력보다 직관력이 훨씬 더 많이 필요해. 그런데 이번 사건은 무슨 짓거리를 해서라도 처리해야 하니…."

우리는 어느덧 큰길에 이르렀다. 뤼팽은 도서관 자료 열람실에 들러 지난 2주간의 신문을 오랫동안 살펴보았다. 뤼팽은 때때로 중얼거렸다.

"그래…. 그래, 물론 가정에 불과하지만 이렇게 보면 앞뒤가 척척 들어맞는군…. 의문을 전부 해명해줄 가설치고 진실에서 멀리 떨어져 있는 법은 없거든."

날이 저물었고 우리는 작은 식당에서 식사했다. 뤼팽의 얼굴에 서서히 활기가 돌았다. 태도도 좀 더 확신에 차 있었으며 다시금 명랑함과 생기를 되찾은 듯했다. 식당을 나서서 오스만 대로로 돌아 렙스타인 남작의 자택으로 향하는 동안, 특별한 일을 앞두고 행동에 나설 채비가 끝난, 싸움에서 이기겠다고 단단히 마음먹은 뤼팽의 모습을 확인할 수 있었다.

쿠르셀가에 도착하기 조금 전, 우리는 발걸음을 늦췄다. 렙스타인 남작은 이 길과 포부르 생토노레 길 사이 왼쪽에 있는 4층짜리 저택에 살고 있었다. 건물 전면이 원주와 여인 조각상 기둥으로 장식되어 있었다.

"멈추게." 별안간 뤼팽이 말했다.

"무슨 일인가?"

"내 가설을 뒷받침하는 증거가 또 하나 있군."

"무슨 증거? 나는 도통 모르겠는데."

"내가 알아…. 그럼 됐네…."

그러면서 외투 깃을 세우고 중절모자 챙을 푹 내리더니 덧붙였다.

"제기랄! 힘겨운 싸움일 거야. 가서 잠이나 자게, 친구. 내일 자네한테 전부 말해주겠네. 물론 내가 살아남으면 말이지."

"뭐라고?"

"후, 그렇다네! 상당히 위험할 거야. 우선 내가 체포될 수 있는데, 그건 별거 아닐세. 내가 죽을 수도 있어. 최악의 상황이지! 그런데…."

뤼팽이 내 어깨를 난폭하게 붙들었다.

"세 번째 경우가 무엇인지 아나? 바로 200만 프랑을 챙기는 거야…. 일단 그렇게 200만 프랑을 초기 자금으로 확보하면 내가 무슨 일을 할 수 있을지 두고 보게나. 잘 자게, 친구. 만약 나를 다시 보지 못하거든…."

뤼팽은 시를 낭송하듯 말했다(아래의 시는 알프레드 드 뮈세의 〈비가〉 – 옮긴이).

내 무덤가에 버드나무를 심어주오,
그 늘어진 잎새가 마음에 든다오….

나는 이내 뤼팽과 멀어졌다. 3분 뒤(뤼팽은 그다음 날 나와 헤어진 이후의 이야기를 전해주었는데, 그 이야기를 여기에 이어서 한다) 뤼팽은 렙스타인 저택 초인종을 눌렀다.

"남작님이 집에 계십니까?"

하인은 놀란 표정으로 낯선 이를 살펴보며 대답했다. "그렇습니다만, 남작님께서는 이 시각에 손님을 받지 않으십니다."

"비서 라베르누 씨가 살해된 사실을 남작님께서 알고 계시겠지요?"

"물론입니다."

"바로 그 살인 사건과 관련해 찾아왔다고 전해주십시오. 한시도 지체할 수 없는 사안이라고요."

이때 위에서 어떤 목소리가 쩌렁쩌렁 울렸다.

"위로 모셔오게, 앙투안."

엄명을 받은 하인은 뤼팽을 2층으로 안내했다. 문이 활짝 열린 문간에서 한 남자가 기다렸다. 그 유명한 남작부인의 남편이자 올해의 최고 경주마 에트나의 주인으로 신문에 사진이 실리곤 하는 렙스타인 남작이었다.

키가 매우 크고 어깨가 떡 벌어져 있었다. 깔끔하게 면도한 얼굴에는 살짝 미소가 깃든 다정한 표정이 떠올랐으나 눈은 무척 슬퍼 보였다. 밤색 벨벳 조끼를 비롯해 세련되게 재단된 옷을 차려입었으며 넥타이에 진주가 하나 박혀 있었는데, 뤼팽이 보기에 그 진주는 가치가 상당했다.

남작은 뤼팽을 서재로 안내했다. 매우 널찍한 방으로 창문이 세 개나 있었다. 책장과 초록색 책꽂이가 여러 개 있었고 미국식 책장과 금고가 하나씩 보였다. 남작은 조바심을 참지 못하고 물었다.

"알고 계신 게 있습니까?"

"그렇습니다, 남작님."

"그 딱한 라베르누의 살인 사건에 관해서 말이지요?"

"예, 남작님. 그리고 남작부인에 대해서도요."

"정말입니까? 어서, 어서 말씀해주십시오…."

남작은 의자를 하나 내밀었다. 뤼팽은 의자에 앉아 이야기를 시작했다.

"남작님, 상황이 매우 심각합니다. 급히 말씀드리겠습니다."

"본론! 본론으로 가주세요!"

"좋습니다, 남작님. 서론 없이 간단히 말씀드리겠습니다. 보름 전부터 라베르누 씨는 주치의에 의해 자기 방에 감금돼 있었습니다. 그러다 오늘 오후, 뭐라고 해야 할까요, 일종의 신호를 이용해 몇 가지 사실을 외부로 알렸고 그 일부를 제가 받아 적으면서 이 사건에 대해 알았습니다. 그런데 라베르누 씨가 그러한 신호를 보내는 도중에 발각되어 살해되고 말았습니다."
"누가 죽였단 말인가요? 누가요?"
"주치의입니다."
"의사 이름이 무엇입니까?"
"저도 모릅니다. 하지만 라베르누 씨의 친구인 뒬라트르 씨, 즉 신호를 전달받은 그분은 알고 계실 겁니다. 그분이 신호 내용을 완벽히 이해한 게 틀림없지요. 신호가 끝나기도 전에 자동차를 잡아타고 경찰청으로 갔으니까요."
"왜요? 왜 그런 건가요? 그래서 무슨 일이 벌어졌습니까?"
"남작님, 그 결과 남작님 호텔이 포위되었지요. 지금 길가에 경찰 열두 명이 대기하고 있습니다. 해가 뜨자마자 법의 이름으로 들어와 범인을 체포하겠지요."
"그러니까 라베르누의 살인범이 이 집에 숨어 있다는 말인가요? 내 하인 중 한 사람이란 겁니까? 아니지요, 방금 의사라고 하지 않으셨습니까!"
"말씀드리겠습니다. 남작님, 뒬라트르 씨는 라베르누 씨가 신호를 이용해 보낸 내용을 경찰청에 전하러 떠나면서 자기 친구가 살해되리라는 사실은 몰랐습니다. 뒬라트르 씨 목적은 다른 데 있었지요…."
"그게 무엇입니까?"
"남작부인께서 실종된 사건입니다. 라베르누 씨의 신호로 그 비밀을 알게 된 겁니다."
"뭐라고! 결국 알아냈다고요! 아내를 찾았단 말입니까! 어디에 있습니까? 내게서 훔쳐간 돈은 또 어디에 있고요?"

렙스타인 남작은 극도로 흥분하고 있었다. 그러다 벌떡 일어서더니 뤼팽에게 불쑥 말했다.

"전부 털어놓으십시오, 선생. 더는 못 참겠군요."

뤼팽이 느릿하고 머뭇거리는 어조로 말을 시작했다.

"그러니까… 말씀드리기 좀 어려운 이유는 남작님과 제 관점이 정반대라서 그렇습니다."

"무슨 말씀인지 모르겠습니다."

"이해하실 텐데요, 남작님…. 다들 그렇게 말하더군요(신문을 보니 그렇더군요). 렙스타인 남작부인께서 남작님의 사업상 비밀을 전부 알고 계셔서 여기 있는 이 금고뿐만 아니라, 남작님께서 모든 유가증권을 보관해두었던 리옹 은행의 금고까지 열 수 있다고 말이지요."

"그렇습니다."

"그런데 보름 전 저녁, 남작님께서 클럽에 가 계신 사이에 부인께서 남작님 모르게 유가증권을 전부 현금으로 바꾼 뒤 현금뿐만 아니라 베르니 공주의 보석까지 전부 여행 가방에 쓸어담고 집을 나갔지요?"

"그렇습니다."

"그 이후로는 아무도 남작부인을 못 봤고요?"

"그렇습니다."

"뭐, 아무도 못 본 데는 그럴 만한 이유가 있지요."

"그게 무슨 뜻입니까?"

"남작부인께서는 살해됐으니까요…."

"살해됐다고요, 내 아내가! 아니, 정신이 어떻게 된 게 아닙니까!"
"살해됐지요. 십중팔구 그날 저녁에 살해됐을 겁니다."
"선생, 정말 미쳤군요! 아내가 어떻게 살해됐다는 겁니까. 아내의 흔적을 하나하나 뒤쫓고 있지 않습니까?"
"다른 여자의 흔적을 쫓고 있지요."
"어떤 여자 말입니까?"
"살인범의 공범."
"그러면 그 살인범은 누구란 말입니까?"
"그자는, 이 저택에서 차지한 지위 덕분에 라베르누가 진실을 간파했음을 눈치챘습니다. 그래서 보름 전부터 라베르누 씨를 가둬놓고 겁주고 협박해 입을 막아놓았지요. 그러다 라베르누가 자기 친구와 연락을 취하는 현장을 포착하고는 뾰족한 도구로 심장을 찔러 냉혹하게 처치해버렸습니다."
"그 사람이 의사였습니까?"
"그렇습니다."
"그 의사는 누구입니까? 나타났다 사라졌다 하며 은밀히 사람을 죽여놓고도 아무런 의심도 받지 않는 그 악랄한 인물이 누구란 말입니까?"
"모르시겠습니까?"
"모릅니다."
"그러면 알고 싶습니까?"
"알고 싶으냐고요? 말해보세요! 어서 말하라고요! 그자가 어디 숨어 있는지 아십니까?"
"그렇습니다."

"이 저택에 있습니까?"
"그렇지요."
"경찰이 찾는 자가 그자입니까?"
"그렇습니다."
"그 사람이 누구입니까?"
"바로 당신이지!"
"나라니!"

뤼팽이 남작 앞에 서 있었던 시간은 채 10분도 되지 않았지만 결투는 이미 시작되었다. 뤼팽의 규탄은 정확하고 극단적이며 가차 없었다.

뤼팽은 다시 말했다.

"바로 당신이었습니다. 비록 가짜 수염을 달고 안경을 쓴, 허리까지 구부정한 노인으로 변장했지만 말이지요. 즉 렙스타인 남작, 바로 당신이 범인입니다. 아무도 생각하지 못했지만, 이 모든 일을 꾸며낸 게 당신이 아니라면 도저히 이 사건을 설명할 수 없다는 게 그 확실한 근거지요. 당신이 범인이라면, 다시 말해 수백만 프랑을 다른 여자와 독차지하려고 부인을 살해하고 뒤이어 확실한 증인인 비서 라베르누를 살해한 게 당신이라면, 오! 그러면 모든 걸 설명할 수 있습니다."

대화를 시작할 때부터 상대방을 향해 몸을 기울여 말을 집어삼킬 듯 열심히 듣던 남작은 몸을 다시 꼿꼿한 자세로 펴고는 마치 미친 사람이라도 바라보듯 뤼팽을 쳐다보았다. 뤼팽이 말을 마치자 남작은 두세 걸음 물러서더니 무슨 말을 하려다가, 결국 아무런 말도 하지 않더니 벽난로 쪽으로 가서 벨을 눌렀다.

뤼팽은 꼼짝하지 않고 미소 지으며 기다렸다.

하인이 들어왔다. 주인이 말했다.

"자러 가도 좋네, 앙투안. 손님은 내가 배웅하도록 하지."

"불을 끌까요, 남작님?"

"현관 쪽만 켜두게."

앙투안이 나가자마자 남작은 책상 서랍에서 권총을 꺼내 자기 호주머니에 집어넣더니 뤼팽에게 다가와 차분하게 말했다.

"이해해주십시오, 선생. 물론 그럴 리는 없겠지만, 선생께서 미치실 경우를 대비할 수밖에 없군요. 아니, 선생께선 미치지 않았습니다. 하지만 저로서는 알 수 없는 목적으로 이렇게 여기까지 오셔서 말도 안 되는 비난을 퍼부으시니, 이제 그 이유가 궁금해지는군요."

남작의 목소리가 떨렸고 슬퍼 보이는 눈에는 눈물이 고인 듯했다.

뤼팽은 전율했다. 실수한 걸까? 직관에 따라 빈약한 근거로 세워본 가설이 혹시 틀린 걸까? 이때 어떤 한 가지가 뤼팽의 주의를 끌었다. 남작의 벌어진 조끼 사이로 넥타이에 꽂아둔 핀 끝이 보였다. 이 장식 핀의 길이가 유달리 길다는 뜻이다. 게다가 금으로 만들어진 삼각 핀대는 가느다란 단검 모양이었다. 매우 가늘고 섬세했으나 전문가가 다루면 치명적인 무기가 될 수 있었다.

분명 이 근사한 진주 장식 핀이 바로 그 가엾은 라베르누 씨의 심장을 관통한 무기였다.

뤼팽이 중얼거렸다.

"정말 대단하시군요, 남작님."

상대방은 무슨 말인지 몰라 설명을 들어야겠다는 듯 심각한 태도로 조용히 있었다. 이런 태연한 태도 앞에서 뤼팽은 당황할 수밖에 없었다.

"그렇지요. 정말 대단하지요. 남작부인께서는 당신 지시에 따라 증권을 현금으로 바꾸고 공주의 보석을 사기 위해 맡아두고 있었을 뿐이었지요. 여행 가방을 들고 남작님 저택을 나선 사람은 남작부인이 아니라 바로 공범이자 당신 애인이었습니다. 전 유럽을 쏘다니며 가니마르 경감한테 일부러 추적당하는 사람은 바로 남작님의 애인이란 말이지요. 정말 훌륭한 수법입니다. 수색 대상이 남작부인이니 이 여자가 걱정할 일이 뭐가 있겠습니까? 게다가 당신이 남작부인을 찾아내는 사람에게 10만 프랑을 주겠다고 한 상황이니, 남작부인이 아닌 다른 여인을 찾으리라고 상상이나 했겠습니까? 아! 10만 프랑을 공증인에게 맡겨놓은 건 정말 기발한 생각입니다. 그 때문에 경찰을 감쪽같이 속였으니. 제아무리 명석한 사람도 전부 속아 넘어갔지요. 공증인에게 10만 프랑을 맡겨놓은 사람이 거짓말할 리가 없다. 그러니 남작부인을 쫓는다! 그사이에 당신은 해야 할 일을 차분히 해나갈 수 있었지요. 경주마 마구간이며 가구를 최대한 팔아서 도주를 준비한 거예요! 이 얼마나 우스운 일인지!"

남작은 미동도 하지 않았다. 그러더니 뤼팽에게 한발 다가서서 여전히 냉정함을 잃지 않은 채로 말했다.

"당신은 누구십니까?"

뤼팽이 웃음을 터뜨렸다.

"지금 이 상황에서 그게 뭐가 중요하겠습니까? 그저 운명이 보낸 사신이라 여기세요. 어둠 속에서 솟아나 당신 계획을 망치려고 하지요."

뤼팽은 재빨리 일어서 남작 어깨를 붙들고 짤막하게 끊어 말했다.

"아니면 자네를 구하러 왔거나. 남작, 내 말 잘 듣게! 남작부인이 가졌다는 300만 프랑과 공주의 보석 대부분, 그리고 마구간과 가구를 팔아 오늘 받은 돈이 전부 네 호주머니나 이 금고에 들어 있단 말이야. 도망칠 준비는 모두 끝났다는 이야기지. 어, 저기 벽걸이 천 뒤로 자네의 여행 가방이 보이는군. 책상 서류도 다 정리해놓았고. 오늘 밤에 살짝 빠져나간다는 계획이로군. 감쪽같이 변장하고 말이야. 모든 조치를 다 취해놓은 후 애인을 만나러 가겠지. 그 여자를 위해 당신은 살인까지 서슴지 않았으니까. 벨기에에서 가니마르가 체포했던 넬리 다르벨임이 틀림없지. 그런데 갑자기 예기치 못한 장애물이 나타났어. 라베르누가 폭로하는 바람에 지금 경찰 열두 명이 집 앞에 대기하고 있단 말이지. 자넨 이제 끝장이야! 그런데 내가 살려주겠다는 말이네. 전화 한 통이면 새벽 서너 시경에 내 친구 스무 명이 나타나 감쪽같이 경찰을 처리해 장애물을 제거할 테고, 그러면 우린 소리 소문도 없이 함께 도망칠 수 있네. 물론 자네에겐 아무것도 아닐 조건이 하나 있어. 돈과 보석을 나눠 가져야 한다는 건데, 어떠신가?"

뤼팽은 남작에게 바짝 다가서서 위압적인 태도로 말했다. 남작은 나직이 중얼거렸다.

"이제 이해했군. 협박이라 이거지…."

"협박이든 뭐든 원하는 대로 부르게. 어쨌든 자넨 내가 정한 길로 갈 수밖에 없어. 내가 마지막 순간에 약해지리라고 생각하진 말게. 또 '이놈은 경찰이 두려워서 생각을 바꾸겠지. 만약 내가 과감히 거절하면 저자 역시 꼼짝없이 수갑을 차고 철창 신세가 될 테지. 결국 우리는 둘 다 쫓기는 짐승이나 마찬가지니…'라고 생각하지도 말게. 그리 생각하는 건 실수라네, 남작. 나는 언제나 빠져나갈 수 있거든. 문제가 되는 건 오직 자네뿐이야…. 돈이냐 목숨이냐를 선택하시게, 남작 나리. 둘이 떠나거나 아니면…. 아니면 단두대로 가야지! 어떤가?"

바로 이때 남작이 홱 물러서더니 권총을 집어들고 발사했다.

하지만 뤼팽은 공격을 예상하고 있었다. 남작의 얼굴에서 점차 확신이 사라지고 대신 두려움과 분노가 서서히 치밀어 올라 잔인하다 못해 짐승 같은 표정이 떠올랐다. 지금껏 꾹 참고 있던 화가 터지기 직전이었던 것이다.

남작은 두 발을 쏘았다. 뤼팽은 먼저 옆으로 몸을 피했다가 남작 무릎으로 달려들어 다리를 붙잡고 넘어뜨렸다. 남작은 안간힘을 써서 빠져나왔다. 두 사내는 맞붙어 서로 몸통을 부여잡고 격렬하고 집요한 야수들처럼 싸움을 벌였다.

뤼팽은 별안간 가슴에 통증을 느꼈다.

"아! 나쁜 놈." 뤼팽이 울부짖었다. "라베르누에게 써먹었던 수법이군, 그 핀!"

뤼팽은 필사적으로 저항했고, 목을 졸라 남작을 제압함으로써 마침내 완승했다.

“멍청한 놈…. 본색을 드러내지 않았으면 내가 물러났을 텐데. 그렇게 정직한 얼굴을 하고 있다니! 그런데 어찌 그리 힘이 세신가, 나리! 한순간 당하는 줄…. 하지만 이젠 됐네! 자, 친구, 그 핀을 내려놓고 한번 웃어보게…. 아니, 그건 찡그린 얼굴이고…. 내가 너무 심하게 조르고 있나 보지? 이젠 눈을 돌린다고? 자, 좀 얌전히 있어보게…. 손목에 노끈만 좀 감아주면…. 잠깐 실례해도 되겠나? 세상에, 우리가 이렇게 죽이 척척 맞으니! 감동적일 지경이군! 알다시피 자네에겐 동정이 간단 말이지…. 자, 동생, 이제 조심하게! 미안하게 됐어!”

뤼팽은 몸을 반쯤 일으켜 온 힘을 다해 남작의 명치에 무시무시한 주먹을 날렸다. 상대방은 컥컥거리며 의식을 잃었다.

“거참, 비합리적으로 행동하니 이런 꼴을 당하지, 이 친구야. 재산의 절반을 남겨주겠다고 했건만… 이젠 하나도 주지 않겠네. 그런데 일단 손에 뭐라도 좀 넣고 나서 말이지. 그게 우선이라고. 그런데 이놈이 대체 어디에다 돈을 숨겨두었을까? 금고에? 젠장, 고생 좀 하겠군. 다행히 밤새 시간이 있으니…”

뤼팽은 남작 호주머니를 뒤져서 열쇠 꾸러미를 끄집어냈다. 먼저 벽에 걸린 천 뒤에 숨겨져 있던 여행 가방을 열어 중요한 서류나 보석이 없는 걸 확인하고 금고 쪽으로 갔다.

그런데 이때 별안간 멈춰 서더니 어디선가 들려온 소리에 귀를 기울였다. 하인인가? 그럴 리 없다! 하인들 숙소는 4층에 있으니까. 뤼팽은 좀 더 주의를 집중했다. 소리는 아래쪽에서 나고 있었다. 뤼팽은 갑작스레 깨달았다. 두 차례나 총성이 나는 바람에 경찰이 해가 뜨기를 기다리지 않고 대문을 두드리고 있는 것이다.

"제길!" 뤼팽이 말했다. "진짜 진퇴양난이로군. 저분들까지 들이닥치신단 말이지…. 고생한 성과를 보려는 찰나에 말이야. 자, 보자고, 뤼팽. 차분해지라고! 무슨 일을 해야 하지? 20초 만에 암호도 모르는 금고를 여는 일이로군. 이토록 작은 일에 목숨을 걸다니 정신이 돌았나? 어쨌든 암호를 찾아내기만 하면 되겠지. 어디, 글자가 몇 개 들었나? 네 개?"

뤼팽은 입으로는 떠들어대고 귀로는 바깥에서 오가는 소리를 들으며 계속 궁리했다. 옆방 문을 단단히 잠그고 다시 금고 쪽으로 돌아왔다.

"네 자리 암호라…. 문자 네 개… 문자 네 개…. 도움이 될 만한 게 없을까? 조그만 실마리라도? 누구? 아, 그렇지, 라베르누가 있었지! 그 마음씨 좋은 라베르누. 목숨을 걸고 신호를 보냈지…. 세상에, 내가 이렇게 멍청할 수가. 그럼 그렇지, 그렇고말고. 됐다! 제길! 감동이 밀려오는군. 뤼팽, 열까지 세면서 쿵쿵거리는 심장이나 좀 진정시켜보라고. 안 그러면 일을 그르치고 말 테니."

뤼팽은 열까지 센 후 완벽히 차분해져서 금고 앞에 무릎을 꿇고 앉았다. 세심하게 주의를 기울여 버튼 네 개를 눌렀다. 그런 뒤 열쇠 꾸러미에서 열쇠 하나를 골라 자물쇠에 끼웠으나 허사였다. 두 번째 열쇠도 마찬가지였다.

"세 번째는 성공하는 법." 뤼팽은 세 번째 열쇠를 끼워 넣으며 중얼거렸다. "만세! 들어가는군! 열려라, 참깨!"

자물쇠가 풀리며 문이 덜컥 열렸다. 뤼팽은 열쇠를 다시 빼내면서 문을 당겼다.

"수백만 프랑이 우리 차지로군." 뤼팽이 말했다. "언짢게 생각하지 말게, 렙스타인 남작."

하지만 뤼팽은 숨 넘어가는 소리를 내며 펄쩍 뒤로 물러섰다. 다리가 휘청거렸다. 손이 떨려 쥐고 있던 열쇠들이 서로 부딪히며 음산하게 쩔렁거렸다. 아래쪽에서 나는 소동이나 저택에 울려 퍼지는 전기벨 소리에도, 뤼팽은 20~30초가량 얼빠진 표정으로 세상에서 가장 끔찍하고 혐오스러운 광경을 바라보았다. 금고 안에는 반라의 여자 시체 하나가 허리가 접힌 채 커다란 짐짝처럼 욱여들어가 있었다. 늘어진 머리카락… 그리고 피….

"나, 남작부인!" 뤼팽이 더듬거렸다. "남작부인! 오! 괴물 같은 놈!"

뤼팽은 멍한 상태에서 깨어나 돌연 살인범 얼굴에 침을 뱉고 발길로 걷어찼다.

"이거나 먹어라, 파렴치한 놈…. 이건 어때, 너절한 자식! 이거면 단두대로 직행이다, 멍청한 자식!"

이러는 동안 위층에서는 경찰의 부름에 사람들이 소리쳐 대답하고 있었다. 계단을 우르르 내려오는 발소리가 들렸다. 이제 물러날 시간이다.

사실 뤼팽은 그다지 당황하지 않았다. 렙스타인 남작과 대화하는 동안 상대가 하도 침착한 태도를 보여서 어딘가에 특별한 출입구가 있으리라고 생각했기 때문이다. 게다가 경찰에게서 빠져나갈 수 있으리란 확신이 없었다면 남작이 어째서 싸움에 응했겠는가?

뤼팽은 옆방으로 옮겨갔다. 그 방은 정원과 이어져 있었다. 경찰이 저택으로 들어오는 순간 뤼팽은 발코니를 넘어 빗물받이 홈통을 따라 내려갔다. 건물을 빙 돌아가니 맞은편에 작은 관목들로 둘러싸인 벽이 있었다. 관목과 벽 사이로 쭉 따라 들어가니 작은 문이 하나 보였고 뤼팽은 열쇠 꾸러미에서 찾은 열쇠로 쉽게 문을 열었다. 그곳에서 출발해 마당 하나를 지나 비어 있는 별채를 통과하자 뤼팽은 몇 분 만에 포부르 생토노레가로 나올 수 있었다. 물론 그와 같은 비밀 통로가 있다는 사실을 경찰은 눈치채지 못했다.

"그래, 자네, 렙스타인 남작에 대해 어떻게 생각하나?" 그 끔찍했던 밤에 벌어진 사건을 내게 자세히 이야기해준 후 뤼팽이 물었다. "정말 야비하기 그지없는 인물 아닌가! 그러니 겉모습만 보고 현혹돼서는 안 된단 말이지! 그자가 얼마나 진실하고 정직해 보였는지!"

내가 뤼팽에게 물었다.

"그럼 수백만 프랑은? 공주의 보석은?"

"금고 안에 있었지. 꾸러미를 분명히 보았다네."

"그런데?"

"여전히 그곳에 있지."

"그럴 수가…."

"정말이라네. 경찰이 두려워서이기도 하고, 마음이 약해졌기 때문이기도 하지. 하지만 실제로는 더 간단하고 평범한 이유 때문이었네. 냄새가 너무 고약했거든!"

"뭐라고?"

"그래, 친구. 그 금고, 그 관에서 나는 냄새가 말이지…. 아니, 도무지 가져올 수 없었네…. 어찌나 머리가 어질어질한지…. 1초만 더 있었으면 기절할 판이었어. 한심한가? 자, 보게. 이게 내가 그곳에서 가져온 전부라네. 넥타이 핀, 여기에 있는 진주만 적어도 5만 프랑은 족히 될 걸세…. 하지만 자네한테 솔직히 말하지만, 제길, 화가 나긴 하네. 그런 실수를 하다니!"

"질문 하나 더 하지." 내가 다시 말했다. "금고의 암호는?"

"암호가 어쨌다는 건가?"

"그걸 어떻게 알아냈나?"

"오! 아주 간단했지. 진작 그 생각을 못 한 게 이상할 지경이거든."

"그 말은?"

"불쌍한 라베르누가 보낸 신호에 답이 있네."

"뭐라고?"

"생각해보게. 그 잘못된 철자 말이야…."

"잘못된 철자?"

"그래! 그게 고의였단 말이지. 남작의 집사이자 비서란 사람이 '도망치고fuir'에 e를 덧붙여 '도맹치고fuire'로, '공격attaque'에서 t를 하나 빼서 '공긱ataque'으로, '적ennemies'에서도 n을 하나 빼먹고 '석enemies'으로, '신중prudence'에 a를 써서 '쉰중

prudance'으로 철자를 틀린다는 게 말이 되나? 그 점이 애초부터 마음에 걸렸단 말일세. 그래서 이 알파벳 네 개를 조합해봤더니 에트나ETNA란 단어가 나오더군. 그 유명한 경주마의 이름 아닌가."

"그 단어 하나로 모든 걸 생각해냈단 말인가?"

"그렇다네! 일단 그 단어 덕분에 이 일이 당시 신문에서 온통 떠들어대던 렙스타인 사건과 관련돼 있다는 걸 알았네. 또 그 단어가 금고 암호라는 가정을 했지. 라베르누는 금고에 든 끔찍한 내용물이 무엇인지 알고서 남작을 고발한 거였으니까. 그런 식으로 라베르누에게는 같은 길에 사는 친구가 하나 있다, 두 사람은 자주 카페에서 만나 삽화 신문에 실린 암호풀이 수수께끼를 취미 삼아 풀어보고는 했다, 그리고 이 두 사람이 창문으로 신호를 보내 서로 일종의 전보를 주고받아 왔다는 가정을 해본 걸세."

"그렇게 된 거로군." 내가 외쳤다. "그렇게 간단하다니!"

"정말 간단하지. 그러니 이번 일을 통해 또다시, 범죄를 발견하려면 사실에 대한 조사나 관찰, 추론이나 이성적 고찰 따위의 허튼 짓거리를 넘어서는 그 무언가가 필요하단 사실을 알았다네. 그 무언가가 무엇이냐면, 다시 한 번 말하지만, 바로 직관이네…. 지성과 지성을 넘어서는 직관…. 그리고 자랑은 아니지만 이 아르센은 그 둘을 모두 겸비하고 있지."

2
결혼반지

이본느 도리니는 아들을 꼭 끌어안으며 얌전히 행동하라고 일렀다.

"도리니, 너도 알다시피 할머니께선 아이들을 별로 좋아하지 않으셔. 그런데 네게 오라고 하셨으니 현명한 소년이라는 걸 보여드리렴."

그런 뒤 가정교사에게 말했다.

"프롤라인, 저녁 식사가 끝나면 바로 아이를 데려와 주세요…. 백작님은 아직 여기에 계신가요?"

"예, 부인, 백작님은 서재에 계세요."

이본느 도리니는 두 사람이 나가자마자 창문으로 다가갔다. 아들이 건물 밖으로 나오면 곧바로 보기 위해서였다. 아니나 다를까, 잠시 후 아들은 저택 밖에 나타나 고개를 들어 매일 하듯 어머니에게 입맞춤을 보냈다. 그런데 가정교사가 평소와 달리 아들 손을 거칠게 잡아끄는 모습에 이본느는 깜짝 놀랐다. 더 몸을 기울여 내다보니 아이가 길모퉁이를 돌아서자 한 남자가 자동차에서 불쑥 튀어나와 다가서는 게 보였다. 그 남자는

(남편이 수족처럼 부리는 하인 베르나르임을 금세 알아보았다) 아이 팔을 붙들어 가정교사와 함께 차에 태우더니 운전기사에게 떠나라고 지시했다.

이 모든 일이 채 10초도 안 되는 시간 동안 벌어졌다.

기겁한 이본느는 자기 방으로 달려가 외투를 집어들고 문 쪽으로 내달렸다. 그런데 문은 잠겨 있었고 자물쇠에 꽂혀 있던 열쇠도 보이지 않았다. 여자는 황급히 침실로 달려갔다.

침실 문도 역시 잠겨 있었다.

문득 남편이 떠올랐다. 웃음기라고는 전혀 없는 그 음울한 얼굴과 무자비한 시선, 몇 해 전부터 무지막지한 앙심과 증오가 느껴지던 그 모습이.

'남편이야! 남편이 그런 거야!' 여자는 생각했다. '아이를 데려간 거야…. 아, 잔인한 사람!'

주먹과 발로 문을 쾅쾅 치고 벽난로 쪽으로 달려가 미친 듯이 벨을 누르고 또 눌렀다.

온 저택에 벨소리가 울려 퍼졌다. 하인들이 오겠지. 아니면 지나가던 사람이라도 무슨 일인가 싶어 몰려들겠지. 여인은 이런 생각을 하며 필사적으로 벨을 눌러댔다.

자물쇠 풀리는 소리가 나더니 거칠게 문이 열렸다. 백작이 침실 문간에 나타났다. 표정이 하도 음산해서 이본느는 벌벌 떨기 시작했다.

백작이 방으로 들어왔다. 여자와의 거리가 대여섯 걸음으로 줄어들었다. 이본느는 안간힘을 다해 움직여보려고 했으나 꼼짝도 할 수 없었다. 말하려고 했으나 입술만 간신히 달싹여 알아들을 수 없는 소리만 냈을 뿐이다. 완벽한 낭패감과 이제 죽겠구나 하는 생각에 정신을 차릴 수가 없었다. 다리가 후들거린 여자는 급기야 신음을 내며 털썩 주저앉고 말았다.

백작이 빠르게 다가와 부인의 목덜미를 움켜쥐었다.

"입 다물어. 누굴 부를 생각은 하지도 마." 백작이 나직한 목소리로 말했다. "그게 아마 당신 신상에 좋을 거야…."

여자가 아무런 방어도 하지 않자 목을 쥔 손을 풀더니 주머니에서 미리 준비해놓은 다양한 길이의 끈을 꺼냈다. 몇 분 만에 젊은 여인은 팔과 몸통이 꽁꽁 묶인 채 긴 의자에 눕히는 신세가 되었다.

침실에 어둠이 깔렸다. 백작은 전깃불을 켜고 이본느가 평소 편지를 정리해두는 작은 책상으로 다가갔다. 서랍을 열 수 없자 쇠갈고리로 부수고 서랍에 있던 종이를 전부 비우더니 한데 모아 상자에 담았다.

"시간 낭비로군. 안 그래? 고지서와 별로 중요하지도 않은 편지뿐이야…. 네게 불리한 증거라곤 없으니…. 쳇! 어쨌든 아들은 내가 데려가도록 하지. 맹세코 절대 놔주지 않겠어!"

백작은 방을 나섰고 문밖에서 기다리던 하인 베르나르와 나지막한 목소리로 말을 주고받았다. 하인이 하는 말이 이본느에게 들려왔다.

"보석상 직원한테 답장을 받았습니다. 제 지시를 기다린다고 하더군요."

백작이 대답했다.

"그 일은 내일 정오로 미루겠네. 어머니가 방금 전화했는데 그전에는 못 온다고 하셨어."

그러더니 자물쇠가 딸깍거리는 소리, 남편이 1층의 서재로 내려가는 발걸음 소리가 들렸다.

불길처럼 자신을 태우며 머릿속을 빠르게 스치는 생각들로 혼란스러워진 여자는 한동안 무기력한 상태로 있었다. 도리니 백작이 자신에게 한 부당한 행실이며 모욕적인 태도, 협박, 이혼 계획 등이 하나하나 떠오르면서 여자는 자신이 함정에 빠졌다는 사실을 차츰 깨달았다. 하인들은 주인의 명령에 따라 내일 저녁까지 휴가를 받아 떠났으며 가정교사도 백작의 지시에 따라 베르나르와 짜고 아들을 데려갔다. 아들은 돌아오지 않을 테고 영영 보지 못할 것이다!

"내 아들!" 도리니 부인은 절규했다. "내 아들!"

고통스러운 감정이 북받친 여자는 자신의 신경과 근육에 온 힘을 가했다. 그랬더니 놀랍게도 오른손을 약간 움직일 수 있었다.

미칠 듯 희망이 샘솟았다. 여자는 참을성 있게 묶인 줄을 느릿느릿 풀어냈다.

오래 걸렸다. 매듭을 충분히 늘리는 데도 오랜 시간이 필요했고, 마침내 오른손을 빼내어 팔 윗부분을 가슴에 동여맨 끈과 발목에 묶은 끈을 푸는 데도 오래 걸렸다.

하지만 아들을 생각하니 힘이 솟았다. 결국 벽시계가 8시를 알리던 순간에 마지막 족쇄까지 풀어냈다. 자유로워진 것이다!

이본느는 일어서자마자 창문으로 달려가 제일 먼저 눈에 띄는 행인을 부르려고 걸쇠를 벗겼다. 마침 경찰 한 명이 보도를 걷고 있었다. 여자는 몸을 내밀었다. 이때 서늘한 밤바람이 얼굴에 몰아치자 이본느는 좀 더 침착해져서 추문이며 수사, 취조, 그리고 아들에 대한 생각을 해보았다. 세상에! 어떡하지! 아들을 되찾으려면 어떻게 해야 할까? 무슨 수로 여길 빠져나간다는 말인가? 조그마한 소리에도 백작이 불쑥 나타날 것 같았다. 그러면 화가 치민 백작이 무슨 짓을 할지 누가 아는가….

별안간 두려움에 휩싸인 이본느는 머리부터 발끝까지 덜덜 떨었다. 온통 뒤죽박죽된 머릿속에서 죽음에 대한 공포와 아들에 대한 생각이 뒤섞인 여자는 목멘 소리로 더듬거렸다.

"살려주세요! 살려주세요!"

그러다 문득 말을 멈추고는 잠시 후 다시 낮은 목소리로 몇 차례 말해보았다. "살려주세요! 살려주세요!" 이 말을 하는 동안 어떤 생각이나 어렴풋한 기억이 떠오르는 듯했고, 구원의 손길을 기다리는 게 전혀 불가능한 일은 아니라는 생각도 들었다. 눈물을 흘리며 몸서리를 치면서도 이본느는 깊은 생각에 잠겼다. 잠시 후 기계적인 태도로 책상 위에 매달린 작은 책장에 팔을 뻗어 한 권씩 책을 뽑아 건성으로 들춰본 후 제자리에 꽂아놓기를 반복했다. 결국 다섯 번째 책장 사이에서 명함을 하나 찾아내고, 여자는 명함에 적힌 문구를 한 자 한 자 눈으로 읽어보았다. **오라스 벨몽**, 그리고 연필로 적힌 주소 **루아얄가 사교 클럽**.

몇 년 전, 바로 이 저택에서 벌어진 연회 자리에서 남자가 던진 묘한 말이 떠올랐다.

"언젠가 위험이 닥쳐 도움이 필요하면, 제가 이 책에 꽂아둔 카드를 우체통에 던져 넣으십시오. 언제든, 무슨 장애물이 있든 반드시 오겠습니다."

그렇게 말하는 사내의 태도가 얼마나 야릇했던가. 아주 확고하고 힘이 넘쳤으며 능력이 무한하여 그 누구도 막을 수 없을 만큼 대담해 보였다.

이본느는 자기도 모르게 떠밀리듯 충동적으로 결정을 내렸다. 그 결정으로 어떤 일이 벌어질지는 생각해보지 않으려 했고, 그저 아까처럼 기계적인 동작으로 속달우편 봉투에 명함을 넣었다. 봉투를 봉인하고 겉에 **오라스 벨몽, 루아얄가 사교 클럽**이라고 두 줄로 적은 후 살짝 열린 창문으로 다가갔다. 밖에는 여전히 경찰이 거닐고 있었다. 이본느는 우연에 모든 걸 맡기는 심정으로 창밖으로 봉투를 던졌다. 어쩌면 누군가 이걸 주워서 잃어버린 편지라고 생각하고 우체국에 가져다줄지도 모른다.

하지만 이렇게 하고 나자 이내 터무니없는 짓이라는 생각이 들었다. 이 편지가 봉투에 적힌 주소로 전달되리라는 기대도 그렇고 그 남자가 **언제든, 무슨 장애물이 있든** 자기를 구하러 올 거라는 기대는 더욱 말도 안 됐다.

모든 일이 너무나 빠르고 갑작스레 벌어져서 그랬는지 뒤늦게 신체적 반응이 나타났다. 이본느는 기진맥진해서 비틀거리다가 안락의자를 짚고 그 위로 쓰러지듯 주저앉았다.

시간이 흘렀다. 고요한 거리에 자동차 소리만 울려 퍼지는 음울한 겨울밤이었다. 벽시계의 종소리가 가차 없이 울렸다.

멍한 상태로 반쯤 잠에 빠져들었던 여자는 시계추 소리를 세었다. 집 안에서 들려오는 소리로 저녁 식사를 한 남편이 자기 방에 올라갔다가 서재로 내려갔다는 걸 알 수 있었다. 하지만 모든 것이 너무도 흐리멍덩하게 느껴지고 무기력했기에 남편이 이 방으로 들어올 경우를 대비해 긴 의자로 돌아가 누워 있어야 한다는 생각도 하지 못했다….

자정을 알리는 종소리가 열두 번 울렸고… 뒤이어 12시 30분을… 그리고 새벽 1시를 알렸다…. 이본느는 머릿속이 텅 빈 채로, 조금도 대항하지 못할 게 뻔한 사건을 기다리고만 있었다. 여인은 아들과 자신의 모습을 떠올렸다. 이들은 이제까지 크게 고통받아 왔으나 상상 속에서만큼은 더는 고통없이 서로 다정하게 얼싸안고 있었다. 그러나 돌연 악몽이 펼쳐졌다. 두 사람을 누군가 떼어놓으려는 바람에 이본느는 고통스러워했고, 헛소리를 내지르며 울먹이고 헐떡였다….

이때 여자는 벌떡 몸을 일으켰다. 누군가 자물쇠에 열쇠를 넣고 돌렸던 것이다. 자기가 외치는 소리를 듣고 백작이 온 것이리라. 이본느는 방어할 무기가 없나 주변을 두리번거렸다. 곧 문이 열렸고 이본느는 아연실색했다. 도무지 설명할 수 없는 기적 같은 광경이 눈앞에서 펼쳐진 듯 이본느는 더듬거렸다.

"당신! 당신이!"

한 남자가 여자를 향해 다가오고 있었는데, 예복 차림에 망토를 걸치고 겨드랑이에 모자를 끼우고 있었다. 이 늘씬하고 우아한 젊은이는 바로 오라스 벨몽이었다.

"당신이!" 이본느가 다시 말했다.

"죄송합니다, 부인. 제가 편지를 좀 늦게 받았습니다."

"이럴 수가! 당신이 어떻게 올 수 있었나요!"

오히려 젊은이가 놀란 듯했다.

"부르시면 오겠다고 약속드리지 않았던가요?"

"그러긴 하셨지만…."

"자, 그래서 이렇게 제가 왔지요." 젊은이가 미소를 지어 보였다.

그러더니 이본느가 가까스로 풀어낸 끈을 살펴보고, 고개를 끄덕이며 연신 주변을 관찰했다.

"그래, 이런 수법을 씁니까? 도리니 백작이 그런 게 맞지요? 부인께서 갇혀 계시다는 것도 알겠군요…. 하지만 전보는 어떻게 보내셨을까? 아! 저 창문으로…. 창문을 다시 닫아놓았어야지요!"

오라스 벨몽이 창문을 닫았다. 이본느는 겁이 났다.

"만약 누가 들으면 어쩌지요?"

"이 저택에는 아무도 없습니다. 제가 둘러봤어요."

"하지만…."

"백작은 10분 전에 나갔습니다."

"어디로 갔나요?"

"모친인 도리니 백작부인을 만나러 갔어요."

"그걸 어떻게 아시나요?"

"오! 아주 간단합니다. 백작이 어머니가 편찮다는 전화를 받았거든요. 제가 예측한 대로였어요. 전화한 사람이 저였으니까요. 백작은 서둘러 하인과 나갔습니다. 나가자마자 제가 이 특별한 열쇠로 문을 따고 들어왔지요."

남자는 마치 사교 모임에서 별로 중요치 않은 사소한 일화를 전하듯 더없이 자연스럽게 이야기를 늘어놓았다. 하지만 이본느는 갑자기 걱정에 휩싸여 물었다.

"그럼 그 이야기가 사실이 아니란 말씀이군요…. 백작부인이 편찮은 게 아니지요? 그렇다면 남편이 돌아올 테고…."

"그렇겠지요. 백작은 누군가한테 속았다는 걸 알아챌 겁니다. 지금부터 기껏해야 45분 정도밖에 시간이…."

"떠나요…. 이곳에서 남편을 다시 보고 싶지 않아요…. 아들한테 가겠어요."

"잠깐만요…."

"잠깐만이라니요! 지금 남편이 아들을 제게서 빼앗아 갔다는 걸 모르시겠어요? 우리 애를 해칠지도 모른다는 걸 말이에요!"

흥분한 여자는 얼굴을 찡그리며 벨몽을 밀어내려고 했다. 벨몽은 더없이 부드러운 태도로 여인을 자리에 앉히더니 몸을 기울여 정중하고 심각한 어조로 말했다.

"잘 들으십시오, 부인. 지금은 1초도 소중하니 시간 낭비는 하지 맙시다. 우선 이걸 기억하세요. 우리는 6년 전에 네 번 만났습니다…. 네 번째로 만난 곳이 이 저택 응접실이었는데, 뭐랄까요, 제가 너무 감정에 북받쳐 이야기했던 탓인지 부인께서 제 방문을 달가워하지 않는다는 인상을 받았습니다. 그 뒤로 부인을 뵐 기회가 없었지요. 하지만 그런 사연이 있음에도 저를 신뢰해주시고 제가 책갈피에 꽂아놓은 명함을 그대로 간직하셨다가 6년이 지난 지금, 다른 사람이 아닌 바로 저를 불러주셨습니다. 그 신뢰를 다시 한 번 기억해주십시오. 제 말을 무조건 따르셔야 합니다. 장애물을 모두 헤치고 제가 여기에 나타난 것처럼 어떤 상황에서도 부인을 구하겠습니다."

오라스 벨몽의 차분한 태도와 다정하면서도 권위 있는 목소리 덕분에 여인은 차츰 평정을 되찾았다. 여전히 힘은 없었으나, 이 남자 곁에서 다시금 차분함과 안정감을 되찾았다.

"두려워하지 마세요." 남자가 이어 말했다. "도리니 백작부인은 뱅센 숲 끄트머리에 살고 있습니다. 백작이 자동차를 타고 간대도 3시 15분 이전에 돌아오는 건 불가능해요. 지금은 2시 35분입니다. 그러니 3시 정각이면 우리는 이곳을 떠날 거고, 부인을 아드님이 계신 곳으로 모시겠습니다. 하지만 모든 걸 알기 전에는 여길 뜰 수 없습니다."

"제가 무얼 하면 되나요?" 여자가 물었다.

"대답해주십시오. 그것도 아주 확실하게요. 20분의 여유가 있군요. 이 정도면 충분합니다. 하지만 마냥 여유로운 건 아니지요."

"질문해주세요."

"백작이 범죄를 저지르리라고 생각하나요?"

"아니요."

"그럼 아드님에 대한 일입니까?"

"예."

"아드님을 데려간 이유는 부인과 이혼한 후 다른 여자, 그러니까 부인께서 이 집에서 쫓아내다시피 한 부인의 옛 친구와 재혼하려는 거지요? 오! 제발 부탁인데, 에두르지 말고 대답해 주십시오. 사회 평판이라든가 망설임, 양심의 가책 같은 건 전부 당장 잊으십시오. 아드님이 걸린 문제니까요. 자, 백작이 다른 여자와 결혼하고 싶어 하는 게 맞나요?"

"예."

"그런데 그 여자는 가난합니다. 또 백작은 파산한 상황이라 모친인 도리니 백작부인한테 받는 연금과 당신의 삼촌 두 분이 아드님에게 물려준 막대한 재산에서 나오는 소득을 빼면, 현재는 수입이 없습니다. 백작이 노리는 게 바로 그 재산이고, 아드님이 자기 보호 아래 있으면 그 재산을 차지하기 더 쉬우리라고 생각하지요. 그러기 위해서는 이혼이 유일한 방법입니다. 제 말이 맞나요?"

"맞아요."

"이때까지 이혼하지 못한 이유는 부인께서 거절하셨기 때문이고요?"

"그래요. 그리고 시어머니께서도 종교적인 이유로 이혼에 반대하셨고요. 도리니 백작부인은 절대로 양보하시지 않을 거예요. 단, 한 가지 경우만 빼면…."

"한 가지 경우요?"

"제 행실이 부적절했다고 판단되는 경우 말이에요."

벨몽이 어깨를 으쓱해 보였다.

"그러면 백작은 부인이나 아드님에게 아무것도 할 수 없다는 거군요. 법적인 측면이나 자기 자신의 이득이란 측면에서 넘어

서기 어려운 장벽에 부딪힙니다. 바로 정직한 여인의 미덕이지요. 그런데 갑자기 그자가 싸움을 걸어온단 말이지요."

"무슨 말씀을 하시려는 건가요?"

"오랫동안 망설인 백작이 무수한 장애물이 있는데도 이렇게 불확실한 모험을 한다는 건 무기가 있거나, 적어도 무기가 있다고 믿는다는 뜻이지요."

"무슨 무기요?"

"모르지요. 하지만 분명히 존재합니다…. 그렇지 않고서는 아드님을 데려가진 않았을 겁니다."

이본느는 절망했다.

"정말 끔찍해요…. 그자가 무슨 짓을 했을지 제가 어떻게 알겠어요! 무슨 짓을 꾸몄는지 말이에요!"

"잘 생각해보십시오…. 기억을 더듬어보세요…. 보세요, 백작이 강제로 연 책상 속에 꼬투리가 잡힐 편지가 하나라도 있었습니까?"

"전혀요."

"그럼 백작이 부인께 한 말이나 협박 중에 단서가 될 만한 건 없었나요?"

"없었어요."

"하지만 그래도." 벨몽은 굽히지 않았다. "분명 무언가 있을 겁니다…."

그리고 다시 물었다.

"백작에게 좀 더 친한 친구…. 즉 비밀을 털어놓았을 그런 사람이 있나요?"

"없어요."
"어제 백작을 찾아온 사람이 있나요?"
"아니요."
"부인을 묶어서 가둘 때 백작이 혼자였나요?"
"그 순간에는 혼자였어요."
"그럼 그다음에는요?"
"그 후에는 하인이 문 쪽으로 왔어요. 어떤 보석상 직원에 관해 이야기하는 소리를 들었어요…."
"그게 전부인가요?"
"그리고 그다음 날, 그러니까 오늘 정오에 있을 어떤 일에 대해서도 말했어요. 도리니 백작부인이 그전에는 올 수 없다고 하면서요."
벨몽은 생각에 잠겼다.
"그 대화를 듣고 부인께서는 백작이 무슨 계획을 세웠는지 아시겠습니까?"
"모르겠어요…."
"부인은 보석을 어디에 두시나요?"
"남편이 다 팔아버렸어요."
"하나라도 남은 게 없습니까?"
"없어요."
"반지 하나라도 없나요?"
"예." 이본느는 이렇게 말하며 자기 손가락을 가리켰다. "이 반지밖에 없어요."
"결혼반지겠지요?"

"이건… 그저 제 반지예요…."

그러다가 여자는 당황한 듯 멈칫했다. 벨몽은 여자가 얼굴을 붉히는 걸 눈치챘다. 여자가 몇 마디를 더듬거렸다.

"그럴 리가 있을까? 아니 설마…. 그럴 리 없어. 그이는 모르고 있는데…."

벨몽은 이본느에게 곧장 질문을 퍼부어댔으나 이본느는 꼼짝하지 않고 걱정스러운 얼굴로 침묵했다. 결국 나지막한 목소리로 입을 열었다.

"이 반지는 제 결혼반지가 아니에요. 아주 오래전 어느 날, 결혼반지를 방 벽난로 위에 잠깐 올려놨다가 집어들면서 떨어뜨렸는데, 아무리 뒤져도 찾아낼 수 없었어요. 그래서 아무 말도 하지 않고 다른 반지를 주문했어요…. 그 반지가 지금 손에 끼고 있는 이 반지예요."

"진짜 결혼반지에 결혼 날짜가 새겨져 있었나요?"

"예, 10월 23일이라고…."

"그럼 두 번째 반지에는요?"

"이 반지에는 아무런 날짜도 없어요."

여인은 살짝 머뭇거리며 당황했는데 이를 굳이 감추려고도 하지 않았다.

"제발 부탁입니다." 벨몽이 외쳤다. "아무것도 숨기지 마세요…. 조금 침착하게 따져본 결과 우리가 짧은 시간에 얼마나 많은 사실을 알아냈는지 보십시오. 그러니 계속해가야 합니다. 제발 부탁입니다."

"정말 필요한 일이라고 확신하세요?" 여자가 물었다.

"하찮은 실마리 하나도 중요합니다. 게다가 우리가 목적지에 거의 도달해 있다고 확신합니다. 하지만 서둘러야 해요. 시간이 없으니까요."

"숨길 건 하나도 없어요." 이본느는 고개를 들고 말했다. "제 인생에서 가장 비참하고 위험한 시절이었어요. 집에서는 모욕을 당했고 밖에서는 남편한테 버림받은 모든 여인이 그렇듯 찬사며 유혹이며 함정 따위에 둘러싸여 있었지요. 그때 한 가지가 기억나더군요. 결혼 전에 한 남자가 저를 사랑했다는 것이었어요. 제게는 불가능해 보이는 사랑이었고, 그 후 그분은 저 세상으로 떠났지요. 그 남자의 이름을 반지에 새겨넣고 부적이라도 되듯 끼고 다녔어요. 물론 사랑은 아니었어요. 결혼한 몸이었으니까. 하지만 마음속 깊이 어떤 기억이자 상처 입은 꿈 같은 부드러운 무언가가 남아 있어서 저를 지켜주었지요…."

여인은 당황하지 않고 느릿느릿 말했고, 벨몽은 여인이 오직 진실만을 말하고 있음을 알았다. 남자에게서 아무런 대답이 없자 여인은 다시 걱정하는 기색이 되어 물었다.

"선생님께서 생각하시기에 제 남편이?"

벨몽은 이본느의 손을 잡아 금반지를 살펴보며 말했다.

"비밀은 바로 여기 있어요. 어떻게 했는지는 몰라도 반지가 바뀐 사실을 백작이 알고 있습니다. 정오에 백작의 모친이 올 거예요. 증인들 앞에서 반지를 빼라고 하실 겁니다. 그렇게 백작은 자기 어머니의 허락을 받고 이혼할 수 있지요. 그가 찾아 헤매던 증거를 손에 쥔 셈이니까요."

"저는 이제 끝났어요." 이본느가 신음했다. "이제 끝이에요!"

"아닙니다, 오히려 반대입니다! 그 반지를 제게 주십시오. 남편은 다른 반지를 보게 될 겁니다. 정오 전에 부인께 다른 반지, 10월 23일 날짜가 새겨진 반지를 가져다주겠습니다. 그러면…."

벨몽은 문득 말을 멈췄다. 말하면서 붙들고 있었던 이본느의 손이 얼음장같이 차가웠다. 눈을 들어보니 여인의 얼굴이 무섭도록 창백했다.

"무슨 일이십니까? 제발 말씀해보세요…."

여인은 절망에 빠져 제정신이 아니었다.

"그러니까, 그러니까 전 끝장이란 말이에요! 이걸 뺄 수가 없어요, 이 반지 말이에요! 반지가 너무 작아졌어요! 아시겠어요? 그런 건 별로 상관없어서, 생각도 안 하고 있었는데…. 하지만 오늘… 이 반지가 증거라니…. 아! 이렇게 혹독한 고문도 없어요! 보세요…. 반지는 제 손가락의 일부나 마찬가지예요…. 살을 파고들었단 말이에요…. 그러니 뺄 수 없어요…. 뺄 수 없어요."

여자는 손가락을 다칠까 봐 걱정될 만큼 온 힘을 다해 반지를 당겨보았으나 소용없었다. 반지 주변의 살이 부풀어 올랐을 뿐 반지는 옴짝달싹하지 않았다.

"아!" 여자는 끔찍한 생각에 사로잡혀 더듬거렸다. "기억나요. 어느 날 밤 악몽을 꿨는데…. 누군가 내 방에 들어와 손을 붙드는 것 같았어요. 하지만 도무지 일어날 수 없었어요…. 남편이 틀림없어요! 남편이었다고요! 나를 잠재워놓았던 게 틀림없어요…. 그리고 반지를 들여다본 거예요…. 오늘 오후면 남편이 자기 어머니 앞에서 반지를 뽑아낼 거예요…. 아! 이제 이해돼요…. 보석상 직원… 그 사람이 손가락에 낀 제 반지를 잘라낼 거예요…. 아시겠어요…. 전 이제 끝장이에요…."

여자는 두 손으로 얼굴을 감싸고 울음을 터뜨렸다. 고요한 가운데 시계가 한 번, 또 한 번, 그리고 또 한 번 울렸다. 이본느가 불쑥 몸을 일으켰다.

"아, 이제." 여자가 외쳤다. "남편이 오겠어요…. 올 거예요…. 3시니까… 빨리 이 자리를 떠요…."

"부인은 떠나실 수 없습니다."

"우리 아들… 아들을 만나서 되찾아야 하는데…."

"어디 있는지는 아십니까?"

"가야 해요!"

"못 나갑니다! 그야말로 미친 짓이에요."

벨몽은 여자의 손목을 부여잡았다. 이본느는 빠져나가려고 했고, 벨몽은 여인의 저항을 진정시키기 위해 거칠게 대해야 했다. 결국 벨몽은 여인을 긴 의자로 데려가서 눕히고 항의를 무시한 채 끈을 집어 팔과 발목을 묶었다.

"그래요." 벨몽이 말했다. "미친 짓일 겁니다. 누가 부인을 풀어줬겠습니까? 누가 이 문을 열었을까요? 공범이 있다는 말 아닙니까? 부인을 비난할 좋은 근거가 될 뿐이에요. 남편이 모친에게 들이대며 이용하겠지요! 더구나 무슨 소용이 있습니까? 도망친다는 건 곧 이혼을 받아들인다는 겁니다…. 이 일이 어떻게 끝날지는 아무도 모르는 일 아닙니까? 여기 계셔야 합니다."

여자는 서럽게 흐느꼈다.

“저는 무서워요…. 무섭다고요…. 반지가 타들어가는 것 같아요…. 이걸 부서뜨리세요…. 부숴버리세요…. 가져가서… 아무도 못 찾게!”

“그 반지가 부인 손가락에 없으면 누가 부쉈을까요? 또다시 공범이 있다는 의심을 사겠지요…. 안 됩니다. 맞서 싸울 수밖에 없습니다. 그것도 용기 있게 말입니다. 제가 손을 써놓을 테니… 절 믿어주십시오…. 제가 모두 책임지겠습니다…. 도리니 백작부인을 습격해서 만날 시간을 늦추는 한이 있더라도… 또 제가 정오 전에 직접 오는 한이 있더라도 부인 손가락에서 빼낸 반지는 결혼반지일 거라고 맹세합니다. 그리고 아드님도 되찾으실 겁니다….”

이본느는 고분고분해져서 순순히 끈을 묶는 손에 몸을 맡겼다. 벨몽은 여자를 전과 똑같은 상태로 묶어놓고 일어났다.

그리고 자기가 다녀간 흔적이 남지 않았는지 샅샅이 방을 살폈다. 그러더니 다시 한 번 이본느에게 몸을 기울여 속삭였다.

“아드님을 생각하십시오. 무슨 일이 일어나도 두려워하지 마시고요…. 제가 부인을 보살피고 있으니까요….”

이내 침실 방문이 열렸다 닫히는 소리가 나고, 몇 분 후 길로 통하는 문이 닫히는 소리가 났다.

3시 30분, 자동차가 멈춰 서는 소리가 들렸다. 아래에서 1층 대문이 다시 한 번 쿵쿵거리더니 이내 잔뜩 화가 난 남편이 황급히 방으로 들어왔다. 백작은 달려와 이본느가 그대로 묶여 있는지 확인하고는 손을 잡아채 반지를 살펴보았다. 이본느는 그대로 기절해버렸다….

잠에서 깨어난 이본느는 자신이 정확히 얼마나 잠들어 있었는지 알 수 없었다. 다만 대낮의 환한 햇살이 침실로 비쳐들었고, 움직여보니 더 이상 묶여 있지도 않았다. 이본느가 고개를 돌리니 남편이 옆에 서서 바라보고 있었다.

"내 아들… 내 아들…." 이본느가 신음했다. "아들을 돌려주세요…."

백작의 대답에는 조롱기가 섞여 있었다.

"우리 아들은 안전한 곳에 있지. 문제는 그 애가 아니라 당신이야. 우리가 이렇게 마주하는 것도 분명히 마지막일 텐데, 긴히 해명해야 할 사안이 있어. 미리 말해두는데, 그 이야기를 하는 자리에 어머님을 모셨어. 안 될 이유는 없겠지?"

이본느는 당황한 기색을 감추려고 애쓰며 대답했다.

"예."

"그럼 어머님을 모셔와도 괜찮겠어?"

"예. 그럼 여기서 혼자 기다리겠어요. 어머님께서 오실 때까지 나도 준비하고 있을게요."

"이미 이 집에 계셔."

"어머님께서 여기 와 계신다고요?" 이본느는 당황한 목소리로 외치며 오라스 벨몽이 한 약속을 생각했다.

"그래."

"그럼 지금이란 말인가요? 지금 당장 이야기하고 싶단 말씀인가요?"

"그래."

"왜요? 어째서 오늘 저녁은 안 되나요? 내일은요?"

"오늘, 그리고 지금이어야 해." 백작은 선언하듯 말했다. "간밤에 이상한 일이 벌어졌는데 이유를 알 수 없어. 분명히 나를 집에서 내보낼 목적으로 누군가 나를 어머님 집으로 불러들였단 말이지. 이 때문에 해명 시간을 좀 더 일찍 가져야겠다고 결심했어. 그전에 요기를 좀 하지 않겠어?"

"아니… 아니요…."

"그럼 어머님을 모셔오지."

백작은 곧 이본느의 방으로 향했다. 이본느는 벽시계를 바라보았다. 시곗바늘은 10시 35분을 가리켰다!

"아!" 여인은 공포에 휩싸여 전율했다.

10시 35분! 오라스 벨몽은 자기를 구하지 못할 것이다. 이 세상 그 누구도 자기를 구할 수 없다. 그 어떤 기적이 일어나도 이 금반지가 손가락에서 사라지는 일 따위는 없을 테니까.

백작은 도리니 백작부인과 함께 돌아와 어머니께 앉으라고 권했다. 깡마르고 깐깐한 인상의 백작부인은 이본느에게 항상 대놓고 적대적인 태도를 보였다. 이번엔 며느리에게 인사도 건네지 않는 걸로 보아 이미 이본느를 향한 비난에 동조하고 있었다.

도리니 백작부인이 입을 열었다. "길게 이야기할 필요는 없을 것 같군. 요컨대 아들이 주장하기를…."

"주장하는 게 아닙니다, 어머니." 백작이 말했다. "확신하지요. 맹세컨대, 석 달 전 휴가 기간에 융단업자가 침실과 방 융단을 갈면서 마룻널 틈새에서 제가 아내에게 줬던 결혼반지를 찾아냈어요. 바로 이 반지입니다. 10월 23일 날짜가 새겨져 있지요."

도리니 백작부인이 말했다. "그러면 네 아내가 끼고 있는 반지는…."

"이 반지는 진짜 결혼반지 대신 맞춘 겁니다. 제 지시에 따라 하인 베르나르가 오랫동안 수소문한 결과, 아내가 반지를 주문한 보석상을 파리 근교에서 찾아냈어요. 보석상은 완벽히 기억하더군요. 날짜가 아닌 이름을 새겨넣게 했다는 사실을 똑똑히 기억했고 증언도 할 수 있다고 했습니다. 그 이름이 무엇이었는지는 기억하지 못하더군요. 하지만 그의 동료 직원이 기억하고 있을 겁니다. 도움이 필요하다고 편지를 보냈더니, 올 수 있다는 답장을 어제 보내왔어요. 오늘 아침 9시에 베르나르가 찾으러 갔습니다. 지금 두 사람이 제 서재에서 기다리고 있어요."

백작은 자기 부인에게로 몸을 돌렸다.

"당신이 직접 그 반지를 빼서 내게 주시겠습니까?"

이본느가 또박또박 말했다.

"이미 아시겠지만, 당신이 나 몰래 반지를 빼려고 했던 그날 밤과 마찬가지로 여전히 손가락에서 반지가 빠지지 않아요."

"그렇다면 그자더러 올라오라고 해도 되겠습니까? 그 사람이 필요한 도구를 가지고 있습니다."

"그렇게 하세요." 대답하는 이본느의 목소리에는 기운이 없었다.

이본느는 체념했다. 앞으로 벌어질 추문이며 자기 의사와 상관없이 발표될 이혼 판결, 판결에 따라 아버지에게 넘어갈 아이에 대한 생각이 환영처럼 스쳐 지나갔다. 이본느는 이미 이 모든 상황을 받아들이고, 차라리 나중에 아들을 납치해 아무도 모를 곳으로 멀리 떠나 단둘이 행복하게 살아야겠다고 생각했다….

시어머니가 말했다.

"자네 태도가 경박했네, 이본느."

이본느는 시어머니에게 사실을 고백하고 보호해달라고 요청하려 했다. 하지만 그게 무슨 소용이겠는가? 도리니 백작부인이 자신의 결백을 믿어주리라고 어떻게 장담할 수 있을까? 이본느는 아무런 말도 하지 않았다.

이때 백작이 겨드랑이에 연장통을 낀 남자와 하인을 대동하고 방으로 들어왔다.

백작이 남자에게 말했다.

"무엇을 해야 할지 알고 계십니까?"

"예." 보석상 직원이 말했다. "반지가 너무 작아져서 절단해야 하지요…. 간단합니다…. 집게로 한 번만…."

백작이 말했다. "그런 뒤 반지 안에 새겨진 문구가 당신이 직접 새긴 것인지를 확인해주십시오."

이본느가 벽시계를 바라보았다. 11시 10분 전이었다. 집 어디선가 사람들이 옥신각신하는 소리가 들려오자 이본느의 마음에 저절로 희망이 부풀어 올랐다. 어쩌면 벨몽이 성공해서…. 하지만 다시 들어보니 행상이 창문 아래로 다가왔다 멀어지는 소리였다.

끝이다. 오라스 벨몽은 이본느를 구할 수 없다. 아들을 되찾기 위해서는 결국 자기 힘에 의존할 수밖에 없다는 사실을 깨달았다. 이본느는 남이 하는 약속이란 덧없을 뿐이라고 느꼈다.

이본느는 움찔하며 뒤로 물러섰다. 시커먼 일꾼의 손이 자기 손을 붙든 느낌이 불쾌했던 것이다.

남자는 당황해서 사과했다. 백작이 아내에게 말했다.

"어차피 해야 할 일입니다."

여인은 바들바들 떨리는 여린 손을 내밀었고 사내는 그 손을 다시 잡아 손바닥이 보이도록 뒤집어 탁자 위에 놓았다. 이본느는 강철의 차가운 기운을 느꼈다. 콱 죽어버렸으면 좋겠다고 생각했다. 독약을 구해서 고통 없이 영영 잠들고 싶었다.

작업은 금세 이루어졌다. 강철로 된 작은 집게가 비스듬히 살을 밀어내고 들어와 반지를 물었다. 힘을 한 번 주니 반지가 툭 부서졌다. 두 끝을 잡고 벌려 손가락에서 빼내기만 하면 되었다. 일꾼은 그렇게 했다.

백작은 의기양양하게 외쳤다.

"드디어 알 수 있겠군…. 증거가 여기 있다고요! 그리고 여기 있는 모든 이가 증인입니다…."

백작은 반지를 낚아채 적힌 문구를 살펴보았다. 그런데 백작은 놀라서 외마디 비명을 질렀다. 반지에 자신이 이본느와 결혼한 날짜 '10월 23일'이 적혀 있었던 것이다.

우리는 몬테카를로의 테라스에 앉아 있었다. 이야기를 마친 뤼팽은 담배를 피워 물더니 푸른 하늘로 느긋하게 연기를 내뿜었다.

내가 말했다.

"그래서?"

"그래서라니?"

"그러니까 어떻게 된 건가? 이야기가 어떻게 끝나느냐는 말일세…."

"이야기의 끝? 다른 이야기는 없는데."

"자네, 농담하는 건가…?"

"아닐세. 이 이야기로는 부족한가? 부인은 위기를 벗어났어. 남편은 아내를 비난할 근거가 하나도 없었으니 자기 어머니의 명령으로 이혼을 포기하고 아이를 돌려줄 수밖에 없었지. 그게 전부일세. 그 이후에 백작은 자기 아내를 떠났고, 부인은 이제 열여섯 살이 된 아들과 행복하게 살고 있다네."

"그렇군…. 그래…. 그런데 부인이 위기를 모면한 방법은 무엇이었나?"

뤼팽이 웃음을 터뜨렸다.

"친애하는 친구…(가끔 뤼팽은 나를 이런 식으로 부르곤 한다)."

"자네는 내 성공담을 풀어내는 솜씨는 상당하지만, 문제는 말일세! 일일이 설명해줘야 한다는 거야. 부인에게는 설명해줄 필요도 없었는데 말이지."

"나는 자존심 따위는 없는 사람이네." 내가 웃으며 대꾸했다. "그러니 일일이 설명 좀 해주게."

뤼팽은 5프랑짜리 동전을 집어 손에 쥐었다.

"이 손에 뭐가 있나?"

"5프랑짜리 동전이지."

뤼팽은 손을 펼쳤다. 5프랑 동전이 사라지고 없었다.

"얼마나 간단한가! 보석상 직원은 이름이 새겨진 반지를 집게로 잘라내지. 하지만 10월 23일이란 날짜가 새겨진 다른 반지를 내보인단 말일세. 간단한 속임수지. 내 여러 수법 중 하나라네. 첫! 이래 봬도 나는 피크망(당대의 유명한 벨기에 출신 마술사 – 옮긴이) 옆에서 6개월간 일한 사람이 아닌가."

"그렇다면…."

"그래, 말해보게!"

"보석상 직원이?"

"바로 오라스 벨몽이었지! 이 용감하신 뤼팽 말일세! 새벽 3시에 부인 곁을 떠났지만 백작이 도착하기 전, 조금 남은 시간을 이용해 서재를 뒤졌지. 책상 위에 보석상 직원이 쓴 편지가 있더군. 거기에서 주소를 알아낸 후 금화 몇 푼을 주고 직원 대신 온 거라네. 미리 날짜를 새겨 잘라둔 금반지를 들고 말일세. 게임은 끝난 거지. 백작은 아무것도 몰랐고."

"완벽해." 내가 찬탄했다.

그리고 약간 비꼬듯 덧붙였다.

"그런데 이번엔 자네가 약간 속았다는 생각은 안 드나?"

"아! 누구한테?"

"부인한테 말이야."

"어떤 점에서 그런가?"

"저런! 부적처럼 새겨놨던 그 이름 말일세…. 부인에 대한 사랑 때문에 고통받았다는 그 딱한 사내 말이야…. 이 이야기가 영 거짓말 같단 말이지. 자네가 아무리 대단한 뤼팽이라도, 혹시 실제로 부인이 바람을 피웠고 그 와중에 자네가 끼어든 건 아닌가 싶단 말이지."

뤼팽이 곁눈으로 날 바라보더니 말했다.

"아닐세."

"자네가 그걸 어떻게 아나?"

"그 남자가 결혼 전에 알던 사람이며 이미 죽었다고 진실을 왜곡한 건 사실일세. 하지만 부인은 진정으로 그 남자를 사랑했지. 안타깝게도 짝사랑이었을 뿐이고, 남자는 부인의 마음을 감쪽같이 몰랐다는 증거가 있네."

"그 증거가 무언가?"

"내가 직접 부인의 손가락에서 잘라낸 반지 안쪽에 새겨져 있었지. 그걸 내가 갖고 있네. 이걸 보게. 부인이 새겨넣은 이름을 볼 수 있을 걸세."

뤼팽은 내게 반지를 넘겼다. 반지 안쪽에는 '오라스 벨몽'이라고 새겨져 있었다.

우리 사이에 잠시 침묵이 흘렀다. 나는 뤼팽의 얼굴에 어떤 감정, 약간의 쓸쓸함이 떠오르는 것을 놓치지 않았다.

내가 말했다.

"종종 자네가 이 사건을 슬쩍슬쩍 비추긴 했는데, 정작 지금에야 이야기하리라 결심한 이유가 무언가?"

"이유가 뭐냐고?"

뤼팽은 고갯짓으로 한 젊은 남자의 팔을 붙들고 우리 앞을 지나가는 아리따운 여인을 가리켰다.

여인은 뤼팽을 알아보고 인사했다.

"저 부인일세." 뤼팽이 속삭였다. "아들과 함께 있군."

"그러면 자네를 알아본 건가?"

"항상 날 알아보지. 내가 무슨 변장을 하든 말이야."

"하지만 티베르메닐 성 도난 사건(《괴도신사 아르센 뤼팽》 중 〈헐록 숌즈, 한발 늦다〉 참조 - 옮긴이)이 벌어졌을 때 경찰이 뤼팽과 오라스 벨몽이 동일 인물임을 밝혀내지 않았나."

"그랬지."

"그럼 부인이 자네의 정체를 알고 있나?"

"그렇다네."

"그런데 자네한테 인사한다고?" 나도 모르게 목소리가 커졌다.

뤼팽은 내 팔을 붙들고 거칠게 말했다.

"내가 부인에게도 뤼팽일 거라 믿나? 부인이 나를 절도범에 사기꾼, 불한당으로 보리라고 생각하나? 내가 세상에서 가장 비열한 인간이라 해도, 심지어 살인했다고 해도 부인은 변함없이 내게 인사할 걸세."

"왜 그런가? 한때 자네를 사랑했기 때문인가?"

"그럴 리가 있나! 그런 이유라면 오히려 나를 냉담하게 대했을 테지."

"그러면?"

"내가 아들을 되찾아 준 사람이기 때문이지!"

3
그림자 신호

"자네 전보를 받고 오는 길이네." 희끗희끗한 콧수염에 갈색 프록코트를 입고 챙 넓은 모자를 쓴 남자가 집 안으로 들어서며 말했다. "자, 이 몸이 대령했네. 무슨 일인가?"

만약 아르센 뤼팽을 기다리고 있던 게 아니었다면 나이 든 퇴직 군인으로 보이는 그를 알아보지 못했을 것이다.

"무슨 일이냐고?" 내가 대답했다. "오! 별건 아니지만 좀 희한한 우연의 일치가 있어서 불렀네. 자네는 묘한 일을 꾸미는 것만큼이나 풀어내는 것도 좋아하지 않나…."

"그래서?"

"자네 꽤 바쁜가 보군!"

"엄청나게 바쁘지. 자네가 말하는 사건이 별로 신경 쓸 일이 아니라면 말일세. 그러니 본론부터 말하게."

"본론으로 가겠네! 일단 이 작은 그림을 보게. 지난주에 센 강 좌안에 있는 먼지투성이 가게에서 발견한 걸세. 제정시대 액자 때문에 샀지. 두 줄로 난 종려 잎 장식이 아주 근사하거든. 그런데 그림 자체는 형편없어."

"정말 형편없군." 뤼팽은 잠시 후 덧붙였다. "그런데 그림의 소재는 제법 괜찮은데…. 그리스풍 원주가 나 있는 원형 정자며 해시계와 연못, 르네상스풍 덮개가 달린 낡은 우물, 돌계단과 돌의자 같은 게 풍미가 있군."

"게다가 진품이네." 내가 덧붙였다. "작품이 좋든 나쁘든, 이 제정시대 액자에서 한 번도 떼어진 적이 없어. 게다가 날짜가 여기 있지…. 보게나, 왼쪽 아래에 붉은색으로 숫자가 적혀 있어. 15-4-2라고 말이야. 분명 1802년 4월 15일을 뜻하는 게 아니겠나."

"그렇군…. 그래…. 그런데 아까 우연의 일치를 이야기하더니, 지금으로선 뭐가 그렇다는 건지 잘 모르겠군…."

나는 방으로 가서 망원경을 가져와 삼각대 위에 놓고, 길 건너 맞은편 건물의 창문이 활짝 열린 어느 작은 방을 향해 고정했다. 그리고 뤼팽에게 들여다보라고 했다.

뤼팽은 망원경을 들여다보았다. 햇살이 비스듬히 비쳐드는 시각이라 방 안이 훤히 보였다. 투박한 마호가니 가구와 무명천으로 덮인 커다란 아동용 침대가 눈에 들어왔다.

"아!" 뤼팽이 불쑥 말했다. "같은 그림이로군!"

"똑같은 그림이지!" 내가 말했다. "게다가 붉은색으로 적힌 날짜 보이나? 15-4-2일세."

"그래, 보이는군…. 저 방에는 누가 사나?"

"어느 부인인데, 그러니까 노동자라 해야겠지. 생계를 위해 일해야 하는 형편이니 말이야…. 부인이 바느질로 벌어 아이와 근근이 살아가고 있네."

"이름이 무엇인가?"

"루이즈 데르느몽. 알아본 바로는 공포정치 시대에 단두대에서 처형당한 징세 청부인의 증손녀일세."

"앙드레 셰니에(프랑스 시인으로 자코뱅 당에 반대하는 격렬한 사설을 썼다가 체포되어 처형당함 – 옮긴이)와 같은 날에 당했군." 뤼팽이 뒤이어 말했다. "데르느몽이란 징세 청부인은 당시 회고록에 따르면 대단한 재력가로 통했지."

그러더니 뤼팽은 고개를 들고 내게 물었다.

"재미있군…. 그런데 왜 진작 이야기하지 않고 이때껏 기다린 건가?"

"바로 오늘이 4월 15일이기 때문이지."

"그래서?"

"어제 건물 관리인이 수다를 떨며 말하기를, 4월 15일은 루이즈 데르느몽에게 매우 중요한 날이라고 하더군."

"그런가!"

"평소 부인은 매일 일을 나가면서도 자기 집 방 두 개를 깔끔히 정돈하고 딸이 학교에서 돌아와 먹을 식사를 준비해놓네…. 그런데 4월 15일에는 평소와 달리 딸과 함께 10시쯤 외출해서 밤이 다 되어서야 돌아온다고 해. 비가 오나 바람이 부나 몇 년째 말이네. 솔직히 자네도 이상하다고 생각하지 않나. 똑같이 오래된 그림에서 찾아낸 똑같은 날짜, 그리고 그 날짜에 맞추어 데르느몽 징세 청부인의 후손이 매년 외출을 하니 말일세."

"이상하군…. 자네 말이 맞아…." 뤼팽이 느릿느릿 대꾸했다. "그 부인이 도대체 어디로 간다고 하던가?"

"모른다네. 아무한테도 이야기하지 않았지. 워낙 말이 없는 사람이라나?"

"이 정보들이 확실한가?"

"틀림없어. 그 증거가 무엇인지 아나. 자, 저길 보게."

맞은편에서 문이 하나 열리더니 일고여덟 살 정도의 여자아이가 창가에 다가섰다. 아이 뒤로 한 여인이 나타났는데, 훤칠하고 아름다웠으며 온화하고 우수에 차 보였다. 두 사람이 모두 외출할 준비를 마친 상태였다. 소박한 차림새였으나 어머니는 특별히 신경 써서 차려입은 티가 났다.

"보게." 내가 중얼거렸다. "나가려는 참이야."

정말로 잠시 후 어머니는 아이의 손을 잡더니 방을 나섰다.

뤼팽이 자기 모자를 집어들었다.

"자네도 올 건가?"

호기심이 치민 나는 거절할 생각도 하지 않고 뤼팽을 따라 나섰다.

거리로 나오자 이웃 여자가 빵집으로 들어가는 모습이 보였다. 여자는 작은 빵 두 개를 사서 딸이 들고 있던 자그마한 바구니에 집어넣었다. 바구니에는 이미 여러 가지 음식이 들어 있었다. 모녀는 외곽 대로를 따라 에트왈 광장에 도착했다. 이어 클레베 가도를 따라 파시 어귀에 이르렀다.

뤼팽은 묵묵히 걸으며 생각에 몰두하고 있는 게 틀림없었다. 나는 뤼팽에게 생각할 거리를 제공해서 몹시 즐거웠다. 이따금 뤼팽이 한마디씩 던지는 말로 무슨 생각을 하는지 엿볼 수 있었는데, 뤼팽도 나처럼 전혀 갈피를 못 잡고 있었다.

루이즈 데르느몽은 왼쪽으로 돌아 레누아르가로 접어들었다. 벤저민 프랭클린과 소설가 발자크가 살았던 평화로운 옛길이었는데, 오래된 저택과 그윽한 정원이 길 양쪽에 늘어서 있어 마치 시골에 와 있는 듯했다. 그 길에서 내려다보이는 작은 언덕 발치로 센 강이 흘렀고, 골목길들이 강 쪽으로 뻗어 있었다.

이웃 여자는 바로 이 골목길 중 하나로 접어들었다. 좁고 구불구불한 한적한 길이었다. 오른편으로 레누아르가를 향해 정문이 난 집이 한 채 나왔고, 이어 드문드문 곰팡이가 핀 담벼락이 이어졌다. 유달리 높은 담벼락은 버팀벽으로 떠받쳐져 있었고, 그 위에는 깨진 병 조각이 잔뜩 꽂혀 있었다.

담벼락 중간쯤에 아치형의 나지막한 문이 하나 있었다. 루이즈 데르느몽은 그 앞에 멈춰 서더니 엄청나게 큰 열쇠로 문을 열고 딸과 함께 들어갔다.

뤼팽이 말했다. "어쨌든 몰래 들어가는 건 아니로군. 단 한 번도 길을 돌아가지 않았으니…."

이 말이 끝나자마자 뒤에서 발걸음 소리가 들렸다. 늙수그레한 걸인 남자와 두 여자였다. 누더기 차림에 때가 꼬질꼬질한 이들은 우리에게는 신경도 쓰지 않고 지나갔다. 남자가 자기 바랑에서 내 이웃 여자의 열쇠와 비슷한 열쇠를 꺼내 자물쇠를 따고 들어갔고 이내 문이 닫혔다.

이때 골목 끝에서 자동차가 멈추는 소리가 들렸다. 뤼팽이 나를 끌고 아래쪽으로 50미터쯤 내려갔다. 움푹 들어간 자리가 있어 둘이 숨어 있기 좋았다. 젊은 여자가 조그만 강아지를 품에 안고 자동차에서 내렸다. 여자는 아주 우아한 차림에 보석으로 잔뜩 치장했는데, 눈 화장이 지나치게 짙고 새빨간 입술과 샛노란 금발이었다. 강아지를 안은 여자는 문 앞에서 역시 멈춰 서더니 똑같은 열쇠로… 그렇게 문 뒤로 사라졌다.

"상황이 재밌어지는군." 뤼팽이 빙글거렸다. "이 사람들이 서로 무슨 관계가 있을까?"

계속해서 사람들이 도착했다. 깡마르고 행색이 초라한, 자매처럼 서로 똑 닮은 나이 든 여자 둘, 그다음은 차례대로 호텔 사환, 육군하사, 지저분하고 누덕누덕 기운 웃옷을 입은 뚱뚱한 남자가 나타났고, 마지막으로 노동자 일가족 여섯 명이 나타났다. 안색이 창백한 노동자 가족은 허약해 보였으며 배를 곯은 사람들 같았다. 이곳에 오는 사람들은 모두 음식이 가득한 바구니나 망태기를 들고 있었다.

"소풍이라도 온 모양이군." 내가 외쳤다.

"점점 더 궁금해지는걸." 뤼팽이 말했다. "대체 저 벽 뒤에서 무슨 일이 벌어지는지 알아야 직성이 풀리겠어."

벽을 넘어가는 건 불가능했다. 벽을 따라가면 길 양쪽 끝에 각각 집이 하나씩 있었지만, 아쉽게도 벽 안쪽을 들여다볼 만한 창문은 없었다.

들어갈 방법을 골똘히 궁리하고 있는데, 갑자기 그 작은 문이 열리더니 노동자 가족 중 한 아이가 나왔다.

아이는 레누아르가까지 뛰어 올라갔다. 몇 분 후 소년은 물 두 병을 들고 돌아와 문 앞에 내려놓더니 주머니에서 커다란 열쇠를 꺼냈다.

뤼팽은 이미 내 곁을 떠나 마치 산책하는 사람처럼 느릿느릿 벽을 따라 걸었다. 아이가 안쪽으로 들어가 문을 밀어 닫자, 뤼팽은 훌쩍 뛰어 호주머니칼 끝을 자물쇠 판에 밀어 넣었다. 덕분에 빗장이 물려 들어가지 않았으니 힘을 줘서 문을 열 수 있었다.

"이제 됐어." 뤼팽이 말했다.

그리고 조심스럽게 문 사이로 머리를 들이미나 싶더니 놀랍게도 망설임 없이 안으로 들어갔다. 나도 뒤따라 들어가 보니 벽 뒤로 10미터쯤 거리에 월계수 덤불이 커튼처럼 둘러쳐 있어서 몸을 숨길 수 있었다.

뤼팽은 덤불 한가운데 자리를 잡았다. 나도 그 곁으로 다가가 덤불을 헤치고 그 너머를 들여다보았다. 전혀 예상치 못했던 광경이 눈앞에 펼쳐지는 바람에 탄성이 새어나왔고 옆에 있던 뤼팽도 웅얼거렸다.

"저런! 정말 재미있어!"

창문이 하나도 없는 두 채의 집으로 양쪽이 가로막힌 공간에, 골동품 상점에서 산 낡은 그림에 묘사된 것과 똑같은 풍경이 펼쳐져 있었다!

똑같은 풍경 말이다! 그림과 똑같이 원주가 날렵하게 뻗은 그리스풍 원형 정자가 안쪽 깊숙한 곳 맞은편 벽 앞에 서 있었다. 중앙에는 네 단 층계 위 동그란 대 위에 돌계단이 놓여 있었고, 계단 아래로는 곰팡이가 핀 타일이 박혀 있는 연못이 있었다. 왼쪽에는 우물 여러 개가 세공 장식된 금속 지붕을 뽐냈고, 우리 쪽 가까이에는 해시계 말뚝과 대리석 판이 보였다. 모두 그림과 똑같았다.

똑같은 풍경이라니! 이것도 이상한 일이었지만 무엇보다 뤼팽과 나는 4월 15일이라는 날짜에 대한 생각을 떨쳐버릴 수 없었다. 하필 그림에 적힌 날짜가 4월 15일이었는데, 나이나 형편, 차림새가 제각각인 열여섯에서 열여덟 명의 사람들이 파리의 이 외진 장소에서 만나는 날도 매년 4월 15일이었기 때문이다.

우리가 지켜보고 있는 이 시각, 이들은 몇 명씩 무리를 지어 의자나 계단 위에 따로 흩어져 앉아 식사했다. 내 이웃 여자와 그 딸에게서 멀리 떨어지지 않은 곳에 노동자 가족과 걸인 남녀가 모여 있었고, 호텔 사환과 지저분한 웃옷을 입은 사내, 육군하사와 깡마른 자매는 자기들이 가져온 햄 조각과 꽁치 통조림, 치즈를 한데 모아놓고 먹었다.

1시 30분이었다. 걸인 사내와 뚱뚱한 남자가 파이프 담배를 꺼냈다. 이들은 정자 가까이에서 담배를 피우기 시작했고 여자들이 그쪽으로 모여들었다. 모든 이들이 서로 아는 사이처럼 보였다.

사람들이 우리와 상당히 떨어져 있어서 말소리가 들리지 않았다. 그래도 활발하게 대화가 진행되고 있음을 알 수 있었다. 특히 강아지를 든 아가씨가 사람들에게 둘러싸여 일장 연설을 하고 있었는데, 연신 크게 손을 휘젓는 바람에 강아지가 자지러지게 짖어댔다.

그러더니 별안간 탄성이 흐르고 분노에 찬 고함이 터지더니 남녀 할 것 없이 모두 뒤엉켜 우물 쪽으로 우르르 달려갔다.

그때 노동자 가족의 아이 하나가 우물에서 나타났다. 허리띠에 쇠갈고리로 된 줄이 연결되어 있고 다른 세 아이가 손잡이를 돌려 줄을 끌어올리고 있었다.

옆에서 걸인 남녀와 깡마른 자매가 노동자 부부와 승강이를 벌이는 사이에 가장 날렵했던 육군하사가 아이에게 달려갔고, 뒤이어 호텔 사환과 뚱뚱한 남자가 뛰어가 아이 옷가지를 잡아당겼다.

순식간에 아이는 웃옷만 걸친 채 발가숭이가 되었다. 호텔 사환이 아이의 바지를 집어 달아나자 육군하사가 달려들어 바지를 잡아챘는데 이내 깡마른 자매에게 빼앗기고 말았다.

"저 사람들 미쳤군!" 나는 기가 차서 중얼거렸다.

"아니지, 그게 아니야." 뤼팽이 말했다.

"뭐라고! 자넨 대체 무슨 일이 벌어지고 있는지 알겠나?"

이야기 끝에 결국 루이즈 데르느몽이 중재자로 나서서 이 소동을 간신히 진정시켰다. 다시 자리를 잡고 앉기는 했으나 격렬한 감정이 휩쓸고 지나간 여파로 기운이 빠진 듯 모두 꼼짝 않고 말이 없었다.

그렇게 시간이 흘렀다. 참을성도 슬슬 바닥나고 배가 많이 고파진 나는 레누아르가까지 가서 약간의 요깃거리를 사왔다. 우리는 이해할 수 없는 희극 배우들에게서 눈을 떼지 않은 채 음식을 나눠 먹었다. 시간이 흐를수록 사람들은 점점 더 슬퍼 보였는데, 낙담한 듯 어깨를 축 늘어뜨리고는 점차 자기만의 생각에 빠져드는 것 같았다.

"저 사람들은 여기서 아예 자려는 걸까?" 나는 짜증이 나서 말했다.

그런데 한 5시쯤, 지저분한 웃옷을 입은 뚱뚱한 남자가 회중시계를 꺼내 보았다. 그와 똑같이 시계를 손에 든 그들은 매우 중요한 어떤 사건이 일어나기를 초조하게 기다리는 듯했다. 하지만 그 일이 일어나지 않은 모양이었다. 15~20분쯤 지나 뚱뚱한 남자가 절망스러운 몸짓을 보이더니 일어나 모자를 썼다.

탄식이 흘러나왔다. 깡마른 두 자매와 노동자의 아내는 바닥에 무릎을 꿇고 주저앉아 십자가를 그었다. 강아지를 든 아가씨와 걸인 여자는 흐느껴 울며 얼싸안았고, 뜻밖에도 루이즈 데르느몽 역시 슬픈 몸짓으로 자기 딸을 꼭 끌어안았다.

"가세." 뤼팽이 말했다.

"이제 다 끝난 것 같나?"

"그래, 우물쭈물할 시간이 없네. 어서 가자고."

우리는 별 어려움 없이 자리를 떴다. 레누아르가 위쪽 끝까지 가서 왼쪽으로 꺾더니 뤼팽은 나를 바깥에 세워둔 채 길가의 첫 번째 집으로 들어갔다. 그 집에서는 담벼락으로 둘러싸인 공간을 굽어볼 수 있었다.

건물 관리인과 잠시 이야기를 나눈 후 뤼팽이 돌아왔고 우리는 자동차를 한 대 세웠다.

"튀랭가 34번지로 가주십시오." 뤼팽이 운전기사에게 말했다.

34번지 1층에는 공증인 사무실이 있었고 우리는 도착하자마자 공증인 발랑디에 사무실로 안내되어 들어갔다. 온화한 얼굴에 미소를 띤 중년 남자가 우릴 맞이했다.

뤼팽은 자신을 퇴역 장교 자니오라고 소개했다. 자기 취향에 맞는 집을 지으려고 하는데 누군가에게서 레누아르가에 있는 부지 이야기를 들었다고 했다.

"하지만 그건 팔려고 내놓은 땅이 아니에요!" 공증인 발랑디에가 외쳤다.

"아! 그래도 그 사람이 말하길…."

"아닙니다…. 아니지요…."

공증인은 일어서서 서랍장을 열어 무언가를 꺼내 우리에게 보여주었다. 난 어리둥절할 수밖에 없었다. 공증인이 보여준 물건은 내가 산 그림과 똑같은, 루이즈 데르느몽의 집에 있는 것과 똑같은 그림이었다.

"이 그림에 그려진, 이른바 데르느몽의 뜰을 말씀하시는 게 맞습니까?"

"그렇습니다."

"이 터는 공포정치 때 처형된 징세 청부인 데르느몽이 소유한 커다란 정원의 일부였습니다. 팔 만한 건 전부 상속자들이 조금씩 팔아넘겼지만, 마지막으로 남은 이 땅만큼은 나눌 수 없을 겁니다…. 하지만 만에 하나…."

갑자기 공증인이 너털웃음을 터뜨렸다.

"만에 하나라니요?" 뤼팽이 물었다.

"오! 이야기가 길지요. 상당히 흥미롭기도 하고요. 가끔 그 두툼한 서류를 들춰보곤 합니다."

"무슨 의미인지 여쭈어도 실례가 안 될까요?"

"물론이지요." 발랑디에는 오히려 이야기할 수 있어 유쾌한 듯 단번에 대답했다.

그러고는 부탁하지도 않았는데 이야기를 시작했다.

"대혁명이 일어나자마자 루이 아그리파 데르느몽은 딸 폴린을 데리고 제네바에서 살던 아내에게 간다는 구실로 포부르 생제르맹에 있던 자기 저택을 폐쇄하고 하인들도 모두 내보냈습니다. 그런 후 아들 샤를과 함께 파시에 있던 자기 소유의 작은 집으로 와 살았지요. 충직한 늙은 하녀를 제외하고는 그 집에 대해서 아는 이가 없었습니다. 그곳에서 3년 동안 숨어 지내면서 이제는 아무도 자기를 못 찾겠거니 안심했는데, 어느 날 늙은 하녀가 황급히 방으로 뛰어들었습니다. 길 끝에서 무장한 사내들이 그 집 쪽으로 오는 모습을 본 거지요. 루이 데르느몽은 재빨리 채비해서 사내들이 문을 두드릴 즈음에는 정원으로 통하는 문을 빠져나가고 있었습니다. 그러면서 아들한테 들릴락 말락 한 작은 목소리로 이렇게 말했습니다. '5분만 저들을 붙잡아 두거라….' 도망치려고 했던 걸까요? 그런데 이미 누군가 정원 출입구를 지키고 있었던 걸까요? 데르느몽은 7~8분 후에 되돌아와 묻는 말에 차분하게 대답하고는 순순히 사내들을 따라갔다고 합니다. 아들 샤를은 열여덟 살밖에 되지 않았지만 함께 끌려갔지요."

"그 일이 언제 일어났나요?" 뤼팽이 물었다.

"그때가 혁명력 2년 제르미날 26일이었지요(프랑스 혁명력은 1793년에 제정되어 약 12년 동안 프랑스 행정부에서 사용된 역법으로 혁명력 2년은 1794년을 뜻하며 제르미날은 3월 중순에서 4월 중순에 해당함 – 옮긴이). 그러니까…."

발랑디에는 말을 멈추고 벽에 걸린 달력을 힐끗 보더니 외쳤다.

"세상에, 바로 오늘이로군요. 그 징세 청부인이 체포된 날이 오늘과 같은 4월 15일입니다."

"묘한 우연이로군요." 뤼팽이 응수했다. "당시 상황으로 보건대, 그 체포 사건의 여파가 꽤 컸겠지요?"

"오! 대단했지요." 공증인이 웃으며 말했다. "3개월 후 테르미도르(7월 중순에서 8월 중순에 해당함 – 옮긴이) 초에 징세 청부인이 단두대에 올랐습니다. 교도소에 아들 샤를을 남겨둔 채, 재산은 남김없이 몰수당했고요."

"재산이 엄청나겠지요?" 뤼팽이 물었다.

"그게 말이지요! 바로 여기에서 일이 복잡해집니다. 엄청날 게 틀림없는 재산이 도무지 어디로 갔는지 알 도리가 없더란 말이지요. 대혁명 전에 포부르 생제르맹의 저택이 어떤 영국인에게 팔렸고, 지방에 있던 성이며 토지, 보석, 유가증권, 수집품도 전부 팔렸다는 게 밝혀졌어요. 국민회의(1792년에 시작된 혁명의회 – 옮긴이) 때는 물론 집정내각(1795~1799년의 프랑스 혁명내각 – 옮긴이)이 들어섰을 때에도 샅샅이 조사해봤는데 아무것도 발견하지 못했다더군요."

그러자 뤼팽이 말했다. "그래도 파시에 있는 집은 남았잖아요."

"파시의 집은 데르느몽을 체포한 지방 행정관 브로케한테 헐값에 팔렸지요. 브로케 씨는 그 집에 들어앉아 문을 전부 봉하고 요새처럼 단단히 무장해놓았습니다. 샤를 데르느몽이 결국 풀려나 파시의 집으로 돌아오자 총을 쏘아대며 못 들어오게 하지요. 샤를은 소송을 걸지만 패소하고 막대한 비용만 지급했습니다. 브로케는 끄떡도 하지 않았습니다. 집을 사놓고 움켜쥐고 있었던 거예요. 만약 보나파르트가 샤를 편을 들어주지 않았다면 숨을 거둘 때까지 그 집을 내놓지 않았을 겁니다. 1803년 2월 12일, 브로케는 그 집을 떠났고 집을 되찾은 샤를은 무척이나 기뻤습니다. 그런데 이 모든 과정이 너무도 거칠고 힘들었기 때문인지 샤를의 정신이 좀 이상해졌던 모양입니다. 간신히 되찾은 파시의 집에 도착한 샤를은 문을 열기도 전에 그 앞에서 춤을 추고 노래를 불렀다고 합니다. 미쳐버린 겁니다!"

"저런!" 뤼팽이 나직이 말했다. "그래서 어떻게 됐습니까?"

"모친과 누이 폴린(제네바에서 사촌과 결혼했지요)이 둘 다 고인이 됐던 터라 예전의 늙은 하녀가 샤를을 돌봐주면서 파시의 집에서 함께 살았습니다. 별일 없이 몇 년이 흐르다 1812년에 놀라운 일이 생깁니다. 그 나이 든 하녀가 죽어가는 침상에서 두 명의 증인을 불러 이상한 사실을 밝힙니다. 혁명 초기에 징수 청부인이 금은보석으로 가득 찬 가방 여러 개를 파시 집으로 옮겼는데, 체포되기 며칠 전에 그 가방들이 사라졌다는 말이었습니다. 샤를 데르느몽이 일전에 자신의 아버지에게서 들은 말을 늙은 하녀에게 털어놓은 적이 있는데, 이 말에 따르면 정원의 원형 정자와 해시계, 우물 사이에 보석이 숨겨져 있다는 겁니다. 그 증거로 그림 세 점을 보여줬는데, 이 그림은 징수 청부인이 갇혔을 당시에 직접 그린 그림으로 자기 아내와 아들, 딸에게 넘겨 달라며 하녀인 자신에게 주었다고 합니다. 아니, 당시에는 액자에 끼워져 있지 않았으니 그저 화포 세 조각이라고 해야 할까요. 어쨌든 부자가 되겠다는 생각에 샤를과 노파는 이 사실을 아무에게도 말하지 않았습니다. 그러나 그 이후에는 아까 말했듯이 파시의 집을 되찾는 지난한 소송이 시작되었고 끝내는 샤를의 정신이 이상해졌지요. 하녀가 혼자 보물을 찾아보았으나 아무것도 찾아내지 못했으니, 결국 보물은 여전히 그곳에 있다는 겁니다."

"보물이 퍽이나 고스란히 있겠군요." 뤼팽이 빈정거렸다.

"그래요, 여전히 있습니다." 발랑디에가 큰 소리로 말했다. "만약…. 브로케가 무엇인가를 눈치채고 보물을 찾아낸 게 아니라면 말입니다. 하지만 그랬을 가능성은 거의 없어요. 브로케는 사망할 당시 찢어지게 가난했으니까요."

"그래서 어떻게 됐나요?"

"그래서 모두 찾아 나섰습니다. 누이 폴린의 자녀가 제네바에서 달려왔습니다. 샤를이 남몰래 결혼해서 아들 몇을 두었다는 사실이 그즈음에 밝혀졌습니다. 그 모든 상속자가 보물찾기에 나섰지요."

"하지만 샤를은요?"

"샤를은 완벽한 은둔 생활을 하고 있었습니다. 자기 방을 나서는 법이 없었어요."

"한 번도요?"

"아니요. 바로 그 점이 이 일에서 가장 놀랍고 신기한 점이에요. 일종의 무의식적인 의지에 이끌리기라도 했는지, 샤를 데르느뫙은 1년에 한 번 방을 나와 자기 아버지가 걷던 길을 그대로 되짚어 정원을 가로질렀고, 이 그림에 나온 정자 계단에 앉아 있기도 하고 우물가에 앉아 있기도 하더라는 겁니다. 그리고 오후 5시 27분이 되면 일어나서 다시 방으로 돌아갔는데, 이 기묘한 순례를 세상을 뜬 1820년까지 단 한 번도 거르지 않았습니다. 샤를이 1년에 단 한 번 나왔던 그날이 바로 4월 15일, 자기 아버지가 체포된 날이었지요."

공증인 발랑디에는 우리에게 들려준 이야기에 스스로 당황한 듯 더 이상 미소 짓지 않았다.

잠시 생각해보더니 뤼팽이 질문했다.

"샤를이 세상을 뜬 이후에는 어떤 일이 있었나요?"

공증인은 엄숙한 어조로 말을 이어갔다. "그때 이후로 벌써 100년이 다 되어가는데, 샤를과 폴린 데르느뫙의 상속자들은 4월 15일이면 어김없이 그 순례를 계속하고 있습니다. 초기에는 샅샅이 뒤졌습니다. 정원 구석구석을 파헤쳤고, 흙 한 줌마저도 모두 살펴보았지요. 지금은 다 끝났습니다. 거의 찾아보지도 않아요. 불쑥 생각이 떠오르면 특별한 이유도 없이 돌 하나를 들어보거나 우물을 들여다보는 정도지요. 대부분은 그 가엾은 미친 샤를처럼 정자 계단에 앉아서 기다리지요. 이해하시겠습니까, 그 운명이 얼마나 슬픈지를…. 후계자들 모두 100년에 걸친 시간이 흐르는 동안 대대로, 뭐랄까, 살아갈 원동력을 잃었다고나 할까요. 기운도 없고 의지도 없지요. 그저 4월 15일만 기다리다가 그날이 오면 기적이라도 일어나길 바라는 겁니다. 결국 모두 가난에 쪼들리는 생활을 하고 있습니다. 제 선임자들과 저는 일단 집부터 팔아서 좀 더 돈이 되는 임대용 주택을 지었습니다. 다음에는 정원을 조금씩 떼어 팔았지요. 하지만 정원의 그 장소를 파느니 차라리 죽는 게 낫다고 할 겁니다. 이 사람들은 모두 그 점만큼은 동의하고 있어요. 폴린의 직계 상속인 루이즈 데르느몽을 비롯해서 걸인, 노동자, 호텔 사환, 서커스 무용수 등 그 불행했던 샤를의 후손 전부가 말입니다."

또다시 침묵이 흐른 후 뤼팽이 말했다.

"당신 의견은 어떻습니까, 발랑디에 씨?"

"제 의견은 그곳에 아무것도 없다는 겁니다. 죽음을 앞두고 쇠약해진 늙은 하녀의 말을 어디까지 믿어야 할까요? 미친 사람이 하는 엉뚱한 생각을 그대로 믿을 수 있습니까? 게다가 징세 청부인이 설령 재산을 매각해서 현금으로 만들었다고 합시다. 이 재산은 진작 발견되지 않았을까요? 그렇게 비좁은 공간에 종이 한 장, 보석 하나는 감출 수 있어도 큰 재물을 감출 순 없습니다."

"하지만 그 그림들은요?"

"물론 그림이 있지요. 하지만 재물이 그곳에 있다는 충분한 증거가 될까요?"

뤼팽은 공증인이 꺼내 보여준 그림 위로 몸을 기울여 한참 살펴보더니 말했다.

"그림 세 점이 있다고 하셨는데요?"

"그렇습니다. 그중 하나가 여기 있지요. 샤를의 상속인 중 한 명이 맡겨놓은 그림입니다. 루이즈 데르느몽이 다른 하나를 가지고 있습니다. 세 번째 그림은 행방을 모르고요."

뤼팽이 날 바라보더니 말을 이어갔다.

"그림 세 점에 적힌 날짜가 모두 같나요?"

"같습니다. 세상을 뜨기 바로 얼마 전에 샤를 데르느몽이 액자에 그림을 끼우면서 적어 넣은 것이에요…. 같은 날짜입니다. 15-4-2, 즉 혁명력에 따라 제2년 4월 15일입니다. 데르느몽이 체포된 때가 1794년 4월이었으니까요."

"아! 그렇군요. 딱 떨어지는군요." 뤼팽이 말했다. "숫자 2가 뜻하는 게…."

뤼팽은 잠시 생각에 빠져들더니 다시 말했다.

"질문 하나만 더 드려도 되겠습니까? 아무도 이 문제를 해결해보겠다고 나서지는 않았나요?"

발랑디에가 두 팔을 쳐들었다.

"말씀 한번 잘하셨습니다." 공증인이 큰 소리로 말했다. "바로 그 점이 우리 사무실에서 크나큰 골칫거리였습니다. 1820년부터 1843년까지 온갖 사기꾼, 카드 점성술사, 계시를 받았다는 사람이 몰려와 징세 청부인의 보물을 찾아내겠다며 상속인들에게 큰소리를 치는 바람에 제 전임자 중 한 분인 튀르봉 씨께서 열여덟 번이나 파시로 불려 갔습니다. 그래서 규칙을 하나 정했습니다. 외부 사람이 보물을 찾으려고 한다면 일정 금액을 미리 맡겨놓아야 한다고요."

"얼마지요?"

"5000프랑입니다. 성공하면 발견한 재물의 3분의 1이 그 사람에게 갑니다. 실패하면 위탁금은 상속인들에게 돌아가고요.

덕분에 제가 조용히 지낼 수 있게 되었지요."

"5000프랑 받으십시오."

공증인이 펄쩍 뛰었다.

"아니! 무슨 말씀입니까?"

뤼팽이 주머니에서 지폐 다섯 장을 꺼내 침착한 태도로 한 장 한 장 책상 위에 늘어놓으며 말했다. "예치금으로 5000프랑을 받으시란 말입니다. 영수증을 써주시고, 내년 4월 15일에 데르느몽의 상속인들을 전부 파시로 불러주십시오."

공증인은 놀라서 정신이 나간 듯 보였다. 뤼팽의 변덕에 익숙해 있던 나 역시도 매우 놀랐다.

"진심이십니까?" 공증인 발랑디에는 간신히 입을 열었다.

"물론입니다."

"제가 솔직한 의견을 말씀드리지 않았습니까. 이야기가 허무맹랑할 뿐만 아니라 근거도 없다고 말입니다."

"나는 생각이 다릅니다." 뤼팽이 딱 잘라 말했다.

공증인은 약간 정신이 이상한 사람을 보듯 뤼팽을 바라보았다. 하지만 결국 마음을 정했는지 펜을 들고 공문서 용지에 퇴역 장교 자니오가 위탁금을 맡겨놓았으며 자니오가 발견한 금액의 3분의 1에 대한 소유권을 보장한다고 적었다.

"만약 마음을 바꾸게 되면…." 공증인이 덧붙였다. "일주일 전에 반드시 알려주세요. 데르느몽 가족에게는 그날과 가까워졌을 때 알릴 예정이니까요. 그 딱하신 분들이 너무 오랫동안 기대를 품게 하고 싶지 않습니다."

"오늘 당장 알리셔도 좋습니다, 발랑디에 씨. 그러면 그분들은 1년을 더욱 즐겁게 보내실 수 있을 테니까요."

우리는 공증인 발랑디에와 헤어졌다. 길에 나오자마자 나는 소리쳤다.

"자네, 무언가를 눈치챈 모양이로군?"

"내가?" 뤼팽이 대답했다. "오리무중이네. 그런데 바로 그 점이 재밌거든."

"이미 100년 동안 찾아 헤맸지만 못 찾지 않았나!"

"문제는 찾는 게 아니라 생각해보는 거야. 그런데 생각해볼 시간이 365일이나 남았단 말이지. 제아무리 흥미롭다지만 남은 시간이 너무 많아 잊어버릴까 봐 걱정이네. 친구, 내게 잊지 말라고 이야기 좀 해줄 수 있겠나?"

그 후로 나는 뤼팽에게 여러 달에 걸쳐 몇 번이나 이 사건을 상기시켰다. 하지만 뤼팽은 별로 중요하게 생각하는 것 같지 않았다. 그리고 한참이나 우리는 만날 기회가 없었다. 나중에 알게 된 사실이지만, 뤼팽은 아르메니아로 떠나 '붉은 술탄'과 무지막지한 대결을 벌였으며 그 결과 오스만 전제군주가 몰락했다.

어쨌든 나는 이런저런 방법으로 내 이웃 루이즈 데르느몽에 대한 몇 가지 정보를 얻었고 그 내용을 편지에 적어 뤼팽이 알려준 주소로 보냈다. 몇 년 전 그 여인은 매우 부유한 젊은이와 사랑에 빠졌고 지금도 서로 사랑하고 있지만, 청년의 가족이 반대해서 관계를 포기해야 했다는 내용, 또 여인은 사랑이 좌절되어 절망에 빠졌으나 그럼에도 딸과 함께 꿋꿋이 살아가고 있다는 내용이었다.

뤼팽은 한 번도 답장을 보내지 않았다. 편지를 받고는 있나? 약속한 날짜는 다가오고 있었는데 뤼팽이 너무 바빠서 결국 정해진 날짜에 나타나지 못할지도 모른다는 생각이 들었다.

마침내 4월 15일이 되었고, 뤼팽은 내가 점심을 마칠 때까지도 나타나지 않았다. 12시 15분, 나는 자동차를 타고 파시로 출발했다.

골목길에 들어서자마자 문 앞에 서 있는 노동자 가족의 네 아이가 보였다. 내가 왔다는 이야기를 아이들에게 전해 듣고 발랑디에가 황급히 뛰어나왔다.

"그런데 자니오 씨는요?" 공증인이 외쳤다.

"아직 안 왔습니까?"

"예. 다들 눈이 빠지게 기다리고 있습니다."

사람들이 공증인 주변으로 금세 모여들었는데, 눈에 익은 이들의 표정은 음울하고 맥없던 지난해와는 딴판이었다.

"모두 고대하고 있습니다." 발랑디에가 말했다. "제 잘못이군요. 하지만 어쩔 수 없었습니다…. 저로서는 확신하지 못했지만 친구분께서 워낙 확신하셨기에 그대로 전했거든요. 자니오 장교라는 분은 정말 이상한 사람이군요…."

공증인은 장교에 대해 질문했고 나는 제멋대로 꾸민 몇 가지 이야기를 주워섬겼다. 상속인들은 고개를 끄덕이며 들었다.

루이즈 데르느몽이 나직이 말했다.

"만약 그분이 오지 않으시면요?"

"그래도 나눠 가질 5000프랑이 있지." 걸인이 대답했다.

하지만 소용없었다! 루이즈 데르느몽의 말은 이들에게 찬물을 끼얹은 꼴이 되었다. 사람들 얼굴은 울상이 됐고, 불안감이 퍼진 주변 공기가 우리를 무겁게 내리누르는 듯했다.

1시 반이 되자 깡마른 자매는 기운이 빠져 주저앉았다. 더러운 웃옷의 뚱뚱한 남자가 공증인에게 버럭 화를 냈다.

"발랑디에 씨, 전적으로 당신 책임입니다…. 그 장교란 분을 좋든 싫든 강제로라도 끌고 오셔야 했어요…. 분명 우릴 가지고 논 거라고."

남자는 험악하게 나를 바라보았고, 호텔 사환은 내 쪽으로 욕설을 씨부렁댔다.

이때 노동자 가족 아이 중 맏이가 불쑥 문가에 나타났다.

"누가 와요! 오토바이를 타고요!"

정말로 벽 너머에서 모터 소리가 울려 퍼졌다. 오토바이를 탄 남자는 등뼈가 부서질 듯 전속력으로 골목길을 내달리고 있었다. 문 앞에 다다른 남자는 제동을 걸더니 오토바이에서 풀쩍 뛰어내렸다.

먼지로 뽀얗게 뒤덮여 있었으나 사내의 짙은 푸른색 겉옷이나 맵시 있게 접힌 바지, 검정 펠트 모자와 윤이 나는 반장화로 보건대 지나가는 여행객은 아니었다.

"하지만 자니오 씨는 아니신데." 공증인은 알아보지 못하고 망설였다.

"맞습니다." 뤼팽이 손을 내밀며 말했다. "제가 자니오 장교입니다. 그저 콧수염을 없앴을 뿐이에요…. 발랑디에 씨, 여기 직접 서명해주신 영수증입니다."

그러더니 노동자 가족 아이 하나의 팔을 잡더니 말했다.
"택시 정류소까지 달려가서 레누아르가로 차를 한 대 불러오너라. 냉큼 다녀와라. 2시 15분에 급한 약속이 있으니."
사람들이 웅성웅성 항의했다. 퇴역 장교 자니오가 자신의 시계를 꺼내 들여다보았다.
"아니! 지금은 1시 48분이니 족히 15분은 있습니다. 세상에, 이렇게 피곤할 수가! 배가 엄청나게 고프군요!"
육군하사가 부랴부랴 빵 조각을 내밀었고 자니오는 이를 한 입 물어뜯더니 털썩 주저앉으며 말했다.
"죄송합니다. 마르세유발 특급열차가 디종과 라로슈 사이에서 탈선하는 사고가 있었습니다. 열다섯 명이 죽고 부상자도 무수히 나오는 바람에 구조에 참여할 수밖에 없었지요. 그곳 수하물 칸에서 이 오토바이를 발견했습니다…. 발랑디에 씨, 오토바이를 원래 주인에게 되돌려 주시면 고맙겠습니다. 핸들에 이름표가 달려 있습니다. 아! 돌아왔구나, 꼬마야. 자동차는 그곳으로 왔니? 레누아르가 모퉁이에? 좋았어."
자니오는 다시 시계를 들여다보았다.
"자! 자! 시간이 없습니다."
나는 호기심에 불타 뤼팽을 바라보았다. 대체 데르느몽 상속인들의 심정은 어땠을까? 이들은 내가 뤼팽을 신뢰하는 만큼 자니오 장교를 신뢰하지는 않아서 다들 얼굴이 창백했고 일그러져 있었다.
자니오 퇴역 장교는 뜰 왼편의 해시계가 있는 쪽으로 느릿느릿 걸어갔다. 시계 받침은 근육질 남자의 상반신이었고 그 어깨에 대리석 해시계 판이 얹혀 있었는데, 세월이 흘러 표면에 새겨진 시계 눈금이 거의 지워져 있었다. 날개 달린 큐피드 위로 뻗은 기다란 화살이 시곗바늘 노릇을 하고 있었다.

퇴역 장교는 약 1분 동안 그 위로 몸을 기울이고 주의 깊게 바라보았다.

그러더니 물었다.

"칼 좀 주시겠습니까?"

어디선가 2시를 알리는 종이 쳤다. 바로 이 순간 햇살을 받은 해시계 위 시곗바늘 그림자가 원판 중앙을 가르고 있던 금과 엇비슷하게 드리워졌다.

자니오는 누군가 건네준 칼을 들고 펼쳤다. 칼끝을 이용해서 시계의 갈라진 틈에 들어차 있던 흙이며 이끼, 지의 따위를 조심스럽게 긁어내기 시작했다.

가장자리에서 10센티미터쯤 되는 곳에서 무언가에 칼이 걸린 듯했다. 자니오는 엄지와 검지를 그 틈에 집어넣더니 가느다란 물체를 끄집어내 손바닥으로 비벼 털고는 공증인에게 내밀었다.

"받으십시오, 발랑디에 씨, 일단 뭐라도 나오긴 했군요."

훌륭하게 세공된, 개암 열매 크기의 굵직한 다이아몬드였다.

퇴역 장교는 다시 긁어내기 시작했다. 얼마 안 가 또 무엇인가 걸렸다. 두 번째 다이아몬드였다. 첫 번째 것만큼이나 근사하고 투명했다.

그러더니 세 번째, 또 네 번째 다이아몬드가 줄줄이 나왔다.

1분가량 자니오는 갈라진 틈을 이쪽저쪽 따라가며 1.5센티미터 남짓 깊이로 파 들어가 똑같은 굵기의 다이아몬드 열여덟 개를 끄집어냈다.

그 1분 동안 해시계 주변에서는 소리 내는 사람도, 움직이는 사람도 없었다. 상속인들은 일종의 마비 상태에 빠진 것 같았다. 마침내 뚱뚱한 남자가 중얼거렸다.

"세상에, 이럴 수가!"

육군하사가 신음하듯 말했다.

"아! 장교님… 우리 장교님…."

두 자매는 기절해버렸고, 강아지를 든 아가씨는 무릎을 꿇고 기도하기 시작했다. 호텔 사환은 술 취한 사람처럼 비틀거리며 두 손으로 머리를 움켜잡았고, 루이즈 데르느몽은 흐느껴 울었다.

모두 차분해진 후 감사 인사를 하려고 자니오 퇴역 장교를 찾았으나 이미 사라지고 없었다.

그 후로 몇 년이 지난 후에야 뤼팽에게 이 사건에 대해 물어볼 기회가 생겼다. 마음이 동했는지 뤼팽은 선뜻 대답해주었다.

"열여덟 개 다이아몬드 사건 말인가? 세상에, 3~4세대에 걸쳐 그 답을 찾아 헤매고 있었다니! 다이아몬드 열여덟 개가 먼지만 살짝 뒤집어쓴 채 그곳에 있었는데!"

"그런데 자네는 어떻게 그 장소를 추측해낸 건가?"

"추측한 게 아니라 생각해봤지. 생각할 필요나 있었나? 애초부터 이 사건 전체가 한 가지 문제에 달려 있다는 사실에 놀랐네. 바로 시간이란 문제였어. 샤를 데르느몽이 아직 온전한 정신이었을 때 그림 세 점에 날짜를 새겼네. 조금 지나 정신이 오락가락하던 와중에도, 희미하게나마 남아 있던 지성의 힘에 이끌려 매년 그 오래된 정원 중앙으로 나왔다가 같은 힘에 이끌려 그 자리를 떠나가곤 했네. 매번 같은 시각, 즉 5시 27분에 말이야. 이미 온전하지 못하던 뇌를 그렇게 이끌었던 게 무엇이었겠나? 도대체 무슨 힘 때문에 미친 사람이 그런 행동을 보였겠나? 분명 징세 청부인의 그림 속 해시계가 의미한 '시간'에 대한 본능적 개념 때문이었겠지. 매년 지구가 태양을 한 바퀴 도는 움직임에 이끌려 샤를 데르느몽은 정해진 날짜에 파시의 정원으로 온 거였어. 그런데 그게 정해진 낮 시각에만 벌어진 사건이었단 말이야. 다시 말해서 지구의 자전에 따라 태양이 가려져 파시의 정원이 어두워지면 샤를은 그 자리를 뜬 거지. 해시계가 바로 그 상징이었다네. 그래서 당장 어디를 찾아봐야 할지 알았고."

"하지만 찾아봐야 할 시각은 어떻게 알아낸 건가?"

"그림을 보고 쉽게 알아냈지. 샤를 데르느몽처럼 당시에 살았던 사람이라면 혁명력 2년 제르미날 26일이라고 썼거나, 아니면 1794년 4월 15일이라고 썼을 거야. 혁명력 2년 4월 15일이라고 쓰지는 않았을 걸세. 아무도 그 생각을 하지 못했다는 사실이 놀라울 따름이지."

"그럼 숫자 2가 2시를 나타낸다는 말인가?"

"물론이지. 즉 상황은 다음과 같네. 징세 청부인은 자기 재산을 금이나 은 따위의 현물로 바꾸기 시작했네. 더욱 신중을 기하려고 이 금은을 팔아 아주 훌륭한 다이아몬드 열여덟 개를 구매하지. 정찰대가 들이닥치는 바람에 놀라서 정원으로 도망쳤는데, 다이아몬드는 어디에 숨겨놓아야 할까? 우연히 해시계에 눈이 갔네. 오후 2시였지. 시곗바늘 그림자가 대리석 틈을 따라 드리워지지. 그림자가 보내는 이 신호에 따라 먼지투성이 틈 사이에 다이아몬드 열여덟 개를 쑤셔 넣고는 군인들에게 얌전히 항복했지."

"하지만 바늘 그림자는 매일 2시에 대리석의 갈라진 틈에 드리워졌을 텐데. 4월 15일에만 그랬던 게 아니라."

"이 친구, 자네는 이게 미친 사람이 한 일이란 걸 잊고 있군. 그 사람은 4월 15일이란 날짜에만 집착했던 걸세."

"그렇군. 그런데 자네가 일단 이 수수께끼를 풀었으니 이미 1년 전부터 그 뜰로 들어와 다이아몬드를 쉽사리 가져갈 수 있지 않았나?"

"아주 쉬웠겠지. 만약 다른 사람들 일 같았으면 주저 없이 그랬을 걸세. 하지만 그 사람들이 딱하더군. 게다가 자네는 이 어리석은 뤼팽을 알지 않나. 별안간 자비로운 천사로 나타나 사람들을 놀래킬 일이라면 그 어떤 어리석은 짓도 주저하지 않을 걸 말이야."

"헛!" 내가 외쳤다. "그래도 이번에는 그리 어리석지도 않았지. 멋들어진 다이아몬드 여섯 개라! 데르느몽 상속인들이 기꺼이 계약을 지켰을 게 아닌가."

뤼팽이 나를 바라보더니 별안간 웃음을 터뜨렸다.

"자네, 모르고 있나? 아! 진짜 재밌는 일인데…. 데르느몽 후

계자들이 즐거워하긴 했지…. 친애하는 친구, 그런데 바로 그 다음 날부터 선량하신 자니오 퇴역 장교가 이들한테 둘도 없는 적이 되었다네! 그다음 날, 깡마른 두 자매와 뚱뚱한 남자는 항의를 하고 나섰다네. 계약이라고? 그게 무슨 가치가 있겠나. 자니오 장교라는 사람은 존재하지 않는다는 걸 증명하기란 무척이나 쉬웠을 텐데. '자니오 퇴역 장교라고! 어디서 튀어나온 작자야? 어디 한번 덤벼보라지!' 하면 끝이었다네."

"루이즈 데르느몽도?"

"아니, 루이즈 데르느몽은 비열한 짓이라며 반대했네. 하지만 어쩌겠나? 게다가 부자가 되어 약혼자를 되찾았지. 그 이후로는 소식을 들을 수 없었네."

"그럼 어떻게 됐나?"

"친구, 법이라는 덫에 발목이 붙들려 가장 작고 못난 다이아몬드 한 개를 받는 걸로 타협해야 했네. 그러니 자네도 온 힘을 다해 주변 사람을 도와주도록 하게나!"

그러고는 뤼팽이 나직이 투덜댔다.

"아! 감사하는 마음을 가진다는 건 헛소리에 불과하지! 그나마 나처럼 정직한 사람들에게는 의무를 다했다는 만족감과 양심이 있어 다행이야."

4
악랄한 함정

경마가 끝나고 사람들이 자기를 지나쳐 우르르 출구로 쏟아지자 니콜라 뒤그리발은 겉옷 안주머니에 재빨리 손을 넣었다. 곁에서 아내가 물었다.

"왜 그래요?"

"계속 불안해서…. 이 돈 때문에 말이지! 누가 가져가기라도 할까 봐 걱정되거든."

아내가 중얼거렸다.

"정말 이해할 수 없다니까. 아니, 그런 큰돈을 왜 몸에 지니고 다녀요! 우리의 전 재산이잖아요…. 얼마나 고생해서 모은 돈인데."

"쳇!" 남자가 말했다. "그 재산이 이 지갑 속에 있는 걸 누가 알겠나?"

아내가 잔소리했다.

"아무렴, 알고말고요." 부인이 투덜거렸다. "우리가 지난주에 내보냈던 그 꼬마 하인 녀석도 잘 알고 있지요. 안 그러냐, 가브리엘?"

"예, 숙모." 옆에 있던 젊은이가 대답했다.

뒤그리발 부부와 조카 가브리엘은 경마장에서 꽤 유명했다. 거의 매일 출근하다시피 했던 것이다. 뒤그리발은 낯빛이 붉은 퉁퉁한 사내였는데 낙천적인 사람 같았다. 다소 경박해 보이는 아내 역시 토실토실했으며 항상 해진 자줏빛 실크 원피스를 입고 있었다. 조카는 젊고 늘씬했는데 창백한 얼굴에 새까만 눈, 살짝 곱슬곱슬한 금발머리였다.

그 부부는 보통 경마 내내 앉아 있었고, 가브리엘이 삼촌 대신 말을 둘러보고 마부와 기수들 사이를 이리저리 다니며 정보를 물어오는 등 관람석과 마권 판매소 사이를 오갔다.

그날 이들 부부는 운이 좋았다. 옆 사람들이 조카가 돈을 가져오는 모습을 세 번이나 보았으니 말이다.

다섯 번째 경기가 끝났다. 뒤그리발이 시가를 피워 무는데, 밤색 웃옷을 허리띠로 졸라매고 희끗희끗한 염소수염이 난 한 남자가 다가와 확신에 찬 어조로 물었다.

"혹시 이걸 도둑맞지 않으셨습니까, 선생님?"

그러면서 사슬이 달린 금시계를 꺼내 보였다.

뒤그리발은 깜짝 놀랐다.

"예…. 예, 맞습니다…. 제 겁니다…. 보세요, 제 이름 머리글자도 적혀 있네요. N. D… 니콜라 뒤그리발Nicolas Dugrival이라고요."

뒤그리발은 놀라서 웃옷 안주머니에 얼른 손을 쑤셔 넣었다. 지갑은 아직 그대로 있었다.

"아!" 당황한 뒤그리발이 말했다. "운이 좋군…. 그래도 그렇지, 어떻게 했을까…? 어떤 놈이 그랬는지 아십니까?"

"예, 우리가 잡아서 경찰서로 보냈습니다. 저를 따라와 주셨으면 합니다. 이 사건을 해결하기 위해서요."

"그런데 선생님께선 누구십니까…?"

"저는 들랑글이라고 합니다. 치안국 소속 형사지요. 마르켄 경사에게 이미 연락을 해두었습니다." 니콜라 뒤그리발은 형사와 함께 관람석을 돌아 빠져나와서 경찰서로 향했다. 쉰 걸음쯤 남았을 때 누군가 다급하게 다가와 형사에게 말을 걸었다.

"시계를 훔친 녀석이 모두 불었습니다. 나머지 일당을 쫓는 중이에요. 마르켄 경사가 마권 판매소에서 자기를 기다리면서 네 번째 매표소 부근을 지키라고 하셨습니다."

마권 판매소 앞에는 사람들이 잔뜩 모여 있었다. 들랑글 형사가 투덜거렸다.

"이런 데서 만나자고 하다니 정말 한심하군…. 게다가 누굴 감시하란 말이야? 마르켄이 하는 일이 매번 그렇다니까…."

형사는 자기를 바짝 밀어붙이는 사람들을 헤치고 나갔다.

"제기랄! 밀치고 나가면서 지갑을 잘 붙들고 있어야지요. 그러다가 소매치기당하신 겁니다, 뒤그리발 씨."

"무슨 말씀이신지…."

"오! 그들이 어떻게 작업하는지 모르시는군요…. 감쪽같단 말이지요. 한 사람이 선생님 발을 밟으면 다른 사람이 지팡이로 눈앞을 가로막습니다. 그러면 세 번째 사람이 지갑을 슬쩍 하지요. 이 세 번의 동작이면 끝나는 겁니다…. 이런 이야기를 하는 저도 당한 적이 있습니다."

그러다 불쑥 화가 난 표정으로 말했다.

"이런 빌어먹을, 여기서 죽치고 있을 순 없잖아! 사람이 왜 이렇게 많아…. 견딜 수가 없군…. 아! 저기 마르켄 경사가 우리에게 손짓하는군요…. 잠깐만 기다려주십시오…. 꼼짝 말고 계세요."

형사는 어깨로 사람들을 밀치고 나갔다.

니콜라 뒤그리발은 잠시 형사가 가는 뒷모습을 눈으로 좇았다. 더는 보이지 않자 사람들에게 떠밀리지 않기 위해 옆으로 살짝 비켜섰다.

몇 분이 흘렀다. 여섯 번째 경기가 시작되려는데 아내와 조카가 자신을 찾아 헤매는 모습이 보였다. 뒤그리발은 들랑글 형사가 경사와 함께 작전 중이라고 전했다. "돈은 그대로 가지고 있지요?" 아내가 물었다.

"물론이지." 남자가 답했다. "형사한테 바짝 붙어서 아무도 근처에 오지 못하게 주의했는걸."

그러면서 웃옷을 더듬다가 외마디 비명을 질렀다. 주머니에 손을 찔러 넣은 뒤그리발은 두서없이 몇 마디를 중얼거리기 시작했다. 뒤그리발 부인도 두려운 예감이 들어 더듬거렸다.

"뭐예요! 무슨 일이에요!"

"훔쳐갔어." 뒤그리발이 신음했다. "지갑을…. 지폐 쉰 장을…."

"말도 안 돼!" 아내가 울부짖었다. "말도 안 돼요!"

"맞아, 그 형사, 그놈이 사기꾼이었어…."

여자는 비탄에 차서 절규했다.

"도둑이야! 남편이 도둑맞았어요! 5만 프랑을…. 이제 우린 망했어요. 도둑이야!"

경찰이 순식간에 이들을 에워쌌고 경찰서로 데리고 갔다. 뒤그리발은 넋을 잃고 이끄는 대로 따라갔다. 부인은 고래고래 소리를 지르며 설명에 설명을 거듭하면서 그 가짜 형사에게 내내 욕설을 퍼부었다.

"그놈을 찾아요! 그놈을 찾아내라고요! 밤색 웃옷에 염소수염…. 아! 파렴치한 놈, 우리를 잘도 가지고 놀았겠다…. 5만 프랑…. 아니, 뭐하는 거예요, 당신?"

부인은 남편에게로 달려갔지만 이미 늦었다…. 뒤그리발은 관자놀이에 총구를 대고 방아쇠를 당겼다. 총성이 울려 퍼지고 뒤그리발이 쓰러졌다. 죽은 것이다.

신문마다 떠들어댄 이 사건을 누가 잊으랴. 언론은 이를 빌미로 다시 한 번 경찰의 태만과 미숙함을 비난했다. 벌건 대낮의 공공장소에서 소매치기가 버젓이 형사 노릇을 하며 선량한 사람의 재물을 훔치고도 처벌받지 않는단 말인가?

니콜라 뒤그리발의 아내는 인터뷰를 거듭하고 탄식을 늘어놓으며 논쟁을 이어갔다. 부인이 남편의 시체 앞에 서서 팔을 치켜들고 죽은 남편의 원수를 갚겠다고 맹세하는 모습을 한 기자가 사진으로 남겼다. 부인 옆에서 조카 가브리엘도 증오에 찬 얼굴로 서 있었다. 조카 역시 나지막하나 굳은 결심이 담긴 몇 마디로 살인자를 반드시 붙잡겠다고 맹세했다.

이들이 사는 바티뇰의 단출한 거처에 대한 기사가 실렸으며,

전 재산이 털린 이들을 돕기 위해 스포츠 신문에서 모금 운동을 벌였다.

한편 그 불가사의한 인물 들랑글의 행방은 오리무중이었다. 용의자로 두 사람이 체포됐으나 혐의가 없어 바로 풀려났다. 흔적을 발견해 추적했다가도 벌써 몇 차례나 허탕치기로 끝났다. 가명이 몇 개나 거론되다가 급기야는 아르센 뤼팽이 범인으로 지목됐다. 그러자 엿새 후 이 유명한 절도범이 뉴욕에서 전보를 보내왔다.

> 궁지에 몰린 경찰이 꾸며낸 비방에 분연히 항의한다. 불행한 피해자들에게 조의를 표하며 이들에게 5만 프랑을 지급하도록 내 담당 은행가에게 요청하는 바이다.
>
> —아르센 뤼팽

신문에 전보가 발표된 다음 날, 어떤 사람이 정말로 뒤그리발의 집을 찾아와 부인 손에 봉투를 하나 전해주었다. 거기에는 1000프랑짜리 지폐 쉰 장이 들어 있었다.

이런 일까지 있었으니 신문의 논평은 좀처럼 수그러들지 않았다. 그런데 또 다른 사건이 일어나 또다시 큰 파문이 일었다. 이틀 후 뒤그리발 부인과 가브리엘이 사는 건물의 세입자들이 새벽 4시쯤 끔찍한 고함에 잠을 깼다. 사람들이 달려갔고, 건물 관리인이 문을 열었다. 이웃 누군가 가져온 촛불에 비추어보니 손목과 발목이 묶이고 입에는 재갈이 물린 가브리엘이 자기 방에 널브러져 있었고, 옆방에는 뒤그리발 부인이 가슴에 커다란 상처를 입고 피를 쏟고 있었다.

부인이 힘없이 말했다.

"돈을 훔쳐 갔어요…. 지폐를 전부…."

그리고 기절해버렸다.

어떻게 된 일일까?

가브리엘이 전한 바로는(뒤그리발 부인도 제대로 말할 수 있을 정도로 회복하자 조카의 이야기를 보충해주었다) 잠들어 있다가 두 남자의 공격을 받았다고 한다. 한 사람이 재갈을 물리고 다른 사람이 끈으로 묶었다. 어두워서 얼굴을 볼 수 없었는데 숙모가 이들을 상대로 싸우는 소리가 들렸다. 뒤그리발 부인은 끔찍한 싸움이었다고 보충했다. 강도들은 이 집을 분명히 잘 알고 있었으며, 어떤 직감이 발동했는지 곧장 돈이 들어 있는 작은 붙박이장으로 갔다. 숙모가 소리를 지르며 저항했지만 결국 돈뭉치를 빼앗겼다. 집을 떠나면서 강도 중 한 명이 숙모에게 팔을 물리자 칼을 휘두르고 달아났다는 것이다.

"어디로 말입니까?" 사람들이 가브리엘에게 물었다.

"제 방문으로요. 그리고 잘은 모르겠지만 현관으로 달아났겠지요."

"그럴 순 없어요! 건물 관리인이 봤을 테니까요."

수수께끼의 핵심은 여기에 있었다. 강도들이 어떻게 집으로 들어왔을까? 어떻게 빠져나갈 수 있었을까? 그자들이 드나들 만한 출입구는 하나도 없었다. 그러면 세입자 중 한 명인가? 꼼꼼히 조사해본 결과 이 가정은 터무니없었다.

그렇다면?

가니마르 경감이 특별히 이 사건을 맡았는데, 그도 이처럼 당황스러운 사건은 좀처럼 보지 못했다고 인정했다.

"뤼팽만큼이나 교묘하군요." 경감이 말했다. "하지만 뤼팽 짓은 아닙니다…. 아니에요…. 무언가 다른 게 있어요. 애매하고 석연찮은 구석이 있단 말입니다. 게다가 뤼팽 짓이었으면 어째서 자기가 보낸 5만 프랑을 다시 가져갔겠습니까? 이상한 점이 또 하나 있습니다. 두 번째 절도와 경마장에서 일어난 첫 번째 절도 사이에 어떤 관계가 있을까요? 평소 제가 이런 생각은 잘 안 합니다만, 모든 점이 이해하기 어려워서 왠지 조사해봐야 소용없을 거란 느낌이 듭니다. 저는 포기하겠습니다."

예심판사는 이 사건을 끈질기게 물고 늘어졌다. 기자들도 사법 당국에 힘을 보탰다. 유명한 영국 탐정도 도버해협을 건너왔다. 경찰 수사 이야기라면 사족을 못 쓰는 미국 부자도 이 사건의 실마리를 밝혀내는 사람에게 상당한 액수의 상금을 주겠다고 나섰다. 대체로 사람들은 가니마르와 비슷하게 생각했으며, 시간이 지날수록 사건이 오리무중에 빠져들어 예심판사도 점차 지쳐갔다.

과부 뒤그리발의 집에서 일상은 계속됐다. 조카의 간호를 받고 부인의 상처는 금방 회복되었다. 가브리엘은 아침이면 숙모를 식당 창가의 의자에 앉혀놓고 집 안 청소를 한 후 음식을 사러 나갔다. 그리고 건물 관리인이 돕겠다는 것도 마다하고 직접 점심을 준비했다.

경찰 수사에도 지쳤지만, 특히 쇄도한 인터뷰 요청에 지쳐버린 숙모와 조카는 그 누구도 만나기를 거부했다. 건물 관리인 여자가 떠들고 다닐까 봐 걱정되기도 하고, 또 지치기도 해서 뒤그리발 부인은 관리인을 더는 집에 들이지 않았다. 관리인은 가브리엘이 관리실 앞을 지나갈 때마다 불쑥 말했다.

"조심하세요, 가브리엘 씨. 두 분 다 감시당하고 있으니까요. 당신들을 염탐하는 사람들이 있단 말이에요. 우리 남편도 어제 당신네 창문을 흘낏흘낏 보는 남자 한 명을 봤다지 뭐예요."

"쳇!" 가브리엘은 이렇게 대답할 뿐이었다. "경찰이 우릴 지키고 있는 겁니다. 오히려 잘됐지요!"

그러던 어느 날 오후 4시쯤, 길 끝에서 청과물 행상 두 사람이 격렬한 다툼을 벌였다. 관리인은 상인들이 서로 퍼부어대는 욕설이나 들어볼까 하고 관리인실에서 나왔다. 관리인이 등을 돌리자마자 흠잡을 데 없이 말끔하게 재단된 회색 옷을 입은 중키의 젊은 남자가 건물로 살짝 들어와 잽싸게 계단을 올라갔다.

4층에 이르러 남자는 초인종을 눌렀다.

대답이 없자 다시 한 번 눌렀다.

세 번째 초인종 소리가 들리고서야 문이 열렸다.

"뒤그리발 부인?" 남자는 모자를 벗고 인사했다.

"뒤그리발 부인께서는 여전히 편찮으셔서 아무도 못 만나십니다." 현관을 막아서고 가브리엘이 대답했다.

"꼭 드릴 말씀이 있습니다."

"제가 그분의 조카입니다. 말씀해주시면 숙모님께 전할 수도…"

"좋습니다." 낯선 이가 말했다. "부인께서 당하신 절도와 관련해 우연히 중요한 정보를 알았으니, 직접 집을 살펴보고 몇 가지 세부 사항을 확인하고 싶습니다. 저는 이런 조사에 상당히 익숙한 편이라 부인께 틀림없이 도움을 드릴 수 있을 겁니다."

가브리엘은 남자를 잠시 살피고 생각해보더니 말했다.

"그런 일이라면 숙모님도 동의하실 겁니다…. 들어오십시오."

식당 문을 활짝 열고 가브리엘은 낯선 남자가 들어오도록 비켜섰다. 남자가 다가와 문턱을 넘어서는 순간, 가브리엘이 별안간 팔을 치켜들어 남자의 오른쪽 어깨를 단검으로 내리쳤다.

방에서 깔깔거리는 웃음소리가 터져 나왔다.

"명중!" 뒤그리발 부인이 의자에서 벌떡 일어나며 외쳤다. "잘했어, 가브리엘. 그런데 이 강도 놈을 죽인 건 아니겠지?"

"아닐 거예요, 숙모. 칼날이 가늘고 그다지 깊이 찌르지도 않았어요."

남자가 두 손을 앞으로 뻗으며 비틀거렸다. 얼굴은 사색이 되었다.

"멍청한 놈!" 뒤그리발 부인이 비웃으며 말했다. "덫에 걸린 거야…. 고소하구나! 네놈을 여기서 기다린 지 꽤 오래됐지. 자, 이봐, 한번 굴러떨어져 보라고. 열 받지? 그래도 어쩔 수 없을걸. 그렇지, 대장 앞에서 무릎 하나 먼저 꿇고, 다른 무릎도 꿇고…. 옳거니, 교육 한번 잘 받았네! 쿵! 저런, 쓰러지셨군…. 아! 불쌍한 우리 바깥양반이 이 모습을 볼 수 있다면! 자, 가브리엘, 이제 처리하자!"

뒤그리발 부인은 자기 침실로 가서 거울 달린 옷장 문을 열었다. 걸린 옷들을 젖히고 옷장 안쪽에 있는 다른 문을 열자 옆집으로 통하는 방 입구가 드러났다.

"드는 것 좀 도와다오, 가브리엘. 그리고 이 사람을 최대한 치료해줘라, 알았니? 지금은 아주 귀하신 몸이니까."

아침에 의식을 약간 회복한 부상자는 눈꺼풀을 간신히 뜨고 주변을 둘러보았다.

남자는 자기가 칼을 맞았던 방보다 더 큰 방에 누워 있었다. 방에는 몇 개의 가구가 놓여 있었고, 두꺼운 커튼이 창문을 완벽히 가리고 있었다.

하지만 약간의 불빛 덕분에 곁에 놓인 의자에 앉아 자기를 바라보는 젊은 가브리엘 뒤그리발을 알아볼 수 있었다.

"아! 너구나, 애송이." 남자가 중얼거렸다. "대단하더라, 꼬마야. 칼 쓰는 솜씨가 확실하고 섬세하더란 말이지."

이 말을 남기고 남자는 다시 잠들어버렸다.

그날 이후로 남자는 잠에서 몇 차례 깨어났는데, 매번 소년의 창백한 얼굴과 가느다란 입술, 매섭게 빛나는 검은 눈동자가 눈앞에 어른거리곤 했다.

"너 때문에 깜짝 놀랐다." 남자가 말했다. "날 죽이겠다고 맹세했으면 한번 죽여보라고. 하지만 좀 웃으면서 해봐! 죽는다는 생각이 세상에서 제일 웃기거든. 그런데 네 얼굴을 보고 있으면 나까지 으스스해진단 말이지. 그럼 잘 가보시게. 난 잠이나 잘 테니!"

가브리엘은 뒤그리발 부인의 명령을 충실히 따라 남자를 세심히 보살폈다. 환자는 열도 거의 다 떨어졌고 우유와 스프를 먹기 시작했다. 기운을 좀 되찾자 이런 농담도 했다.

"회복기 환자의 첫 외출은 언제야? 조그만 자동차도 준비됐고? 허, 좀 웃어보라고! 나쁜 짓이라도 저지른 울보 꼴을 하고 앉아 있으니. 자, 아빠한테 한번 웃어주렴."

어느 날 잠에서 깬 남자는 몸이 무척 불편하다고 느꼈다. 이리저리 살펴보니 자는 동안 다리와 상반신을 철사로 꽁꽁 침대에 묶어놓았는데 조금만 움직여도 가느다란 쇠줄이 살로 파고 들었다.

"아!" 남자가 감시인에게 말했다. "드디어 올 것이 왔군. 닭이 피를 보겠어. 네가 할 거니, 가브리엘 천사님? 그렇다면 이봐, 깨끗한 칼을 사용해주렴. 소독도 깨끗이 해서 말이야."

이때 자물쇠가 철컥거렸고 남자는 말을 멈췄다. 맞은편 문이 열리고 뒤그리발 부인이 들어왔다.

여자는 천천히 다가와 의자에 앉더니 주머니에서 권총을 꺼내 장전하고 탁자 위에 놓았다.

"무섭기도 해라." 포로가 중얼거렸다. "이거 여러 장르가 뒤섞인 연극을 보는 것 같군…. 이제 4막이야…. 배신자를 심판하겠지. 형 집행인이 여자라니…. 자비로운 손길이라…. 끔찍하기 짝이 없군! 뒤그리발 부인, 제발 얼굴은 망가뜨리지 마시길 부탁드립니다."

"입 닥쳐, 뤼팽."

"아! 알고 계셨습니까…? 제길, 눈치가 대단하군."

부인 목소리에는 엄숙한 무언가가 담겨 있어 포로는 위압감에 입을 다물었다.

남자는 자기를 붙들고 있던 두 사람을 차례차례 바라보았다. 붉고 통통한 뒤그리발 부인의 얼굴이 조카의 섬세한 얼굴과 대조됐다. 하지만 둘 다 결연한 표정을 짓고 있었다.

과부가 몸을 수그려 말했다.

"내 질문에 대답할 준비가 되어 있나?"

"안 되어 있을 건 없지."

"그럼 잘 들어."

"한마디도 빼놓지 않으리다."

"내 남편이 주머니에 전 재산을 담고 다닌다는 걸 어떻게 알았지?"

"하인들 입소문…."

"우리 집에서 일했던 꼬마 녀석 말이지?"

"그렇지."

"그럼 네가 먼저 남편의 시계를 훔쳤다가 돌려줘서 마음을 놓게 했나?"

"그렇지."

여자는 분노가 치미는 것을 꾹 참았다.

"멍청한 놈! 그럼 그렇지, 멍청한 놈! 내 남자 돈을 훔치고 궁지에 몰아넣어 자살하게 해놓고는, 그랬으면 멀리 달아나 숨을 것이지 파리 한복판에서 뤼팽 노릇을 계속하다니! 내가 죽은 사람 목을 걸고 살인범을 찾아내겠다고 맹세한 걸 잊었단 말이야?"

"바로 그 점에 놀랐던 거지." 뤼팽이 말했다. "그런데 왜 날 의심한 건가?"

"왜냐고? 바로 네놈 덕분에 알았지."

"나 때문에?"

"그렇고말고…. 그 5만 프랑…."

"그야 뭐, 선물이지…."

"그래, 선물이었지. 경마장 사건 때 네놈이 미국에 있던 것처럼 믿게 하려고 남을 시켜 그 전보를 보냈지. 선물이라고! 웃기고 있네! 네가 죽인 그 가엾은 사내 생각에 골치가 아팠던 거야, 그렇지 않아? 그래서 과부한테 돈을 되돌려준 거야. 물론 공개적으로 말이지. 너란 놈은 삼류 배우 같은 놈이라 관객 앞에서 동네방네 떠들어야 직성이 풀린단 말이지. 뭐, 괜찮았어! 그런데 이봐, 그런 상황에서 남편에게 훔친 지폐를 내놓으면 안 되지! 그래, 이 등신 같은 놈아, 다른 지폐도 아닌 바로 그 지폐를 주다니! 남편과 내가 번호를 붙여놓았단 말이다. 바로 그 돈뭉치를 그대로 돌려주는 짓을 했으니 네가 얼마나 멍청한지는 이제 알겠어?"

뤼팽이 웃어댔다.

"실수가 컸군. 내 책임은 아니지. 다른 지시를 내렸는데…. 그래도 어쨌든 내 탓을 할 수밖에."

"그래, 인정하시는군. 그게 곧 절도가 네놈 짓이라는 것과 네놈의 파멸을 인정하는 거였어. 이제 너만 찾아내면 됐지. 널 찾아낸다고? 아니, 그보다 더 좋은 방법이 있어. 뤼팽을 찾는 게 아니라 뤼팽이 오게 하는 거지! 진짜 멋진 계획이야. 조카 녀석 생각이었는데 나만큼이나 네놈을 혐오해. 게다가 너에 대해 쓰인 책을 모조리 읽어서 너란 놈을 속속들이 알고 있었지. 네놈의 호기심이며 술책, 수수께끼를 좋아하는 취향이나 남들이 못 풀어낸 문제를 풀려는 괴벽까지도! 네놈의 가식적인 선행이나 네게 당한 사람들에게 거짓 눈물을 흘리는 어쭙잖은 감상주의까지도 말이야. 그래서 두 명의 강도 이야기를 꾸며내 연극을 한 거야! 5만 프랑을 두 번이나 도둑맞는다 이거지! 아! 내 손으로 날 찌르면서도 조금도 아프지 않았다고 맹세해! 조카와 함께 너를 기다리고, 네 공범이 우리 창문 아래서 얼쩡거리며 장소를 탐색하는 걸 보면서도 더없이 달콤한 시간을 보냈다고 신에게 맹세해. 잘못 판단한 게 아니라면 네가 올 수밖에 없지! 네가 뒤그리발 과부에게 5만 프랑을 줬으니까. 그 5만 프랑을 뺏겼다는 사실을 인정할 수 없었던 거야. 그러니 허영심과 자만심 때문에라도 와야 했지! 그리고 이렇게 나타난 거야!"

과부는 새된 소리를 내며 웃어댔다.

"어때, 대단하지? 그 천하의 뤼팽! 고수 중의 고수! 감히 따라잡을 수도, 포착할 수도 없는 인물! 그 인물이 한 여자와 어린애가 만들어놓은 함정에 걸려들다니! 그자가 이렇게 실제로 잡혀 있다니…. 손과 발이 묶여 종달새처럼 맥없이 갇힌 꼴이라니. 보라고! 이것 봐!" 여자는 기쁨에 몸을 떨며 눈으로 먹잇감을 좇는 야수처럼 어슬렁거렸다. 뤼팽은 이제껏 이토록 깊은 증오와 잔혹함을 표출하는 사람을 본 적이 없었다.

"말은 이쯤 해두지." 여자가 말했다.

그리고 갑자기 차분해진 태도로 뤼팽 가까이에서 몸을 돌리더니, 완전히 달라진 어조로 나지막이 또박또박 끊어 말했다.

"지난 열이틀 동안 네 주머니에서 찾아낸 서류를 잘 활용했어. 네놈이 벌이는 일이며 모든 술책, 네놈의 가명과 일당들, 파리와 다른 곳에 소유한 집 등도 전부 알아냈어. 그중 하나에는 직접 가보기까지 했지. 네 은신처 중 가장 은밀한 곳인데 모든 문서와 재무 관련 장부가 숨겨져 있던 곳이지. 내가 무얼 찾아냈느냐고? 쏠쏠했지. 여기 수표 넉 장이 있다. 네가 서로 다른 이름으로 가지고 있는 은행 계좌 수표책 네 개에서 한 장씩 뜯어낸 거야. 각각 1만 프랑을 적어넣었지. 액수가 더 높으면 위험하니까. 자, 서명해."

"저런!" 뤼팽이 빈정거렸다. "말 그대로 협박이군, 정직하신 뒤그리발 부인."

"어때, 숨이 턱 막히지?"

"숨이 막히는군."

"어때, 네 수준에 걸맞은 적이 아니냐?"

"나보다 훨씬 수준이 높아. 내가 걸려든 함정, 그러니까 악랄하다 할 만한 이 함정을 만들어놓으신 분이 단지 복수심에 찬 과부가 아니라 자본을 늘리려는 훌륭한 기업가이기도 했다는 거로군."

"그렇지."

"찬사를 보내야겠군. 그러고 보니 뒤그리발 씨도 마찬가지였나?"

"그렇지, 뤼팽. 이제 네게 굳이 숨길 게 있겠어? 적어도 네 양심의 가책은 덜어주지. 그래, 뤼팽. 남편도 너와 같은 업종에 종사했어. 오! 규모가 그리 컸던 건 아니고…. 우린 욕심이 별로 없었거든…. 여기저기서 금덩어리 하나씩, 또 가브리엘이 우리한테 배운 수법으로 경마장 여기저기를 다니면서 슬쩍해온 지갑…. 그런 식으로 재산을 제법 모을 수 있었지…. 여생을 조용히 보낼 만큼 말이야."

"알고 나니 좀 낫군." 뤼팽이 말했다.

"그렇다면 다행이고! 이 이야기를 하는 이유는 내가 초짜가 아니니까 허튼 희망 따윈 갖지 말라는 뜻이야. 누가 구하러 올까? 어림도 없어. 지금 이 아파트는 내 방과 이어져 있어. 특별 출입구가 하나 있지만 아무도 모르지. 뒤그리발이 특별히 제작한 아파트야. 친구들을 받곤 했지. 작업 도구며 변장 도구, 심지어 보다시피 전화까지 있어. 그러니까 괜한 희망은 품지 마. 네 동료도 널 찾기를 포기했어. 다른 쪽으로 유인해 쫓아버렸거든. 다시 말해 넌 이제 망한 거야. 이제는 상황이 좀 이해되나?"

"그래."

"그러니까 서명해."

"내가 서명하면 날 풀어줄 건가?"

"일단 돈을 찾아야지."

"그다음에는?"

"그러고 나면 내 영혼을 위해, 내 영원한 안녕을 위해 넌 자유로워질 거다."

"믿기 어려운데."

"네게 선택의 여지나 있나?"

"그 말이 맞긴 해. 수표를 이리 내."

여자는 뤼팽의 오른손을 풀어 펜을 건네주며 말했다.

"수표 네 개에 각각 다른 이름을 적어야 하는 것과 글씨체도 바꿔야 한다는 점을 잊지 마."

"걱정하지 말라고."

뤼팽이 서명했다.

"가브리엘." 과부가 말했다. "지금은 10시야. 정오까지도 내가 돌아오지 않으면 이놈이 날 속인 거야. 그땐 이놈 머리통을 박살 내버려. 네 삼촌이 자살한 권총을 맡기마. 여섯 발 중 다섯 발이 남았어. 그걸로 충분하겠지."

여자는 노래를 흥얼거리며 방을 나섰다.

한참 침묵이 흐른 후 뤼팽이 중얼댔다.

"완전히 신세 망쳤군."

그리고 잠시 눈을 감더니 불쑥 가브리엘에게 말했다.

"얼마면 돼?"

상대방이 못 들은 것 같자 뤼팽은 성을 냈다.

"아! 그래, 얼마가 필요해? 대답해봐! 우리 둘 다 같은 업에 종사하잖아. 나도 훔치고, 너도 훔치고, 우리 모두 훔친다고. 그러니까 서로 마음이 맞을 수밖에 없지. 안 그래? 어때? 같이 뜰까? 우리 팀에 좋은 자리 하나 마련해줄게. 그것도 최상급 자리로. 얼마를 원해? 1만? 2만? 값을 불러봐. 금액은 상관없어. 돈은 얼마든지 있으니까."

꿈쩍도 않는 가브리엘의 얼굴을 보자 뤼팽은 화가 치밀어 부르르 떨었다.

"아! 대답조차 하지 않으시겠다! 이봐, 그렇게 좋나, 그 뒤그리발이? 내 말 들어, 만약 날 풀어주고 싶은 생각이 있으면… 제발 대답 좀 해봐!"

뤼팽은 말을 멈췄다. 젊은이의 눈에 뤼팽도 익히 아는 잔인한 눈빛이 떠올랐기 때문이다. 이 젊은이의 마음을 살 수 있을까?

"빌어먹을." 뤼팽이 이를 갈았다. "내가 여기서 개처럼 죽을 수는 없잖아…. 아! 만약 할 수만 있다면…."

뤼팽은 근육에 힘을 주어 단단히 결박한 끈을 풀어보려고 했지만, 심한 고통이 몰려와 소리를 질렀다. 기진맥진해진 뤼팽은 침대 위로 다시 쓰러졌다.

"그래." 뤼팽이 말했다. "과부가 말했듯이 난 끝장났어. 별도리가 없군. 애도를 표하네, 뤼팽…."

15분이 흘렀다. 그리고 30분….

가브리엘이 뤼팽에게 다가가 감긴 눈과 잠자는 사람처럼 규칙적인 호흡을 자세히 살폈다. 하지만 뤼팽이 말했다.

"내가 잔다고 생각하지 마라, 꼬마야. 이런 순간에는 잠이 안 와. 체념하고 받아들일 뿐이지…. 그래야지 별수 있나…? 게다가 앞으로 벌어질 일을 생각해보는 거지…. 무슨 일이 일어날지 뻔히 그려지는군. 나는 전생과 윤회를 믿어. 하지만 지금 네게 그 이야기를 하자면 너무 길어지겠고…. 그런데 꼬마야…. 헤어지기 전에, 우리 서로 도우면 어떻겠어? 아니라고? 그렇다면 할 수 없지…. 건강하고 오래 살아라, 가브리엘…."

뤼팽은 눈을 감고 뒤그리발 부인이 올 때까지 침묵을 지키며 꼼짝하지 않았다.

과부는 정오가 되기 조금 전에 황급히 들어왔다. 대단히 흥분해 있었다.

"돈을 찾았다." 여자가 조카에게 말했다. "가거라. 나도 자동차로 가마."

"하지만…."

"저 녀석을 끝장내는 데 네 도움은 필요 없어. 내가 혼자 처치할 거다. 하지만 네가 저 녀석의 죽을상을 보고 싶거든…. 총을 내놔봐."

가브리엘이 권총을 숙모에게 건넸다. 과부가 말했다.

"우리 서류는 다 태웠겠지?"

"예."

"좋아. 복수만 하고 튀는 거야. 총성 때문에 이웃들이 몰려들 테니. 아파트 두 채가 모두 비어 있어야 해."

여자가 침대 쪽으로 다가섰다.

"준비됐나, 뤼팽?"

"물론이지, 참을성이 바닥날 지경이야."

"하고 싶은 말은 없나?"

"없어…."

"그러면…."

"참, 한마디만."

"해봐."

"저세상에서 뒤그리발 씨를 만나면 무슨 말을 전해줄까?"

여자가 어깨를 으쓱해 보이고는 뤼팽의 관자놀이에 권총을 댔다.

“좋아.” 뤼팽이 말했다. “특히 손을 떨지 말라고, 아줌마…. 아줌마 손은 조금도 안 아플 거라고 맹세하지. 준비됐나? 구령도 붙여야겠지? 하나… 둘… 셋….”

과부가 방아쇠를 당겼다. 총성이 울렸다.

“이건가, 죽음이란 게?” 뤼팽이 말했다. “이상하네! 살아 있는 거완 다를 줄 알았는데.”

두 번째 총성이 울렸다. 가브리엘이 숙모 손에서 권총을 빼앗아 살펴보았다.

그러더니 말했다. “아! 누가 총알을 빼놓았어요…. 탄피만 남아 있다고요….”

당황한 숙모와 조카는 잠시 꼼짝 않고 있었다.

“어떻게 그럴 수가 있지?” 여자가 더듬거렸다…. “누가 그랬을까? 형사가? 예심판사가?”

여자가 말을 멈추고 목멘 목소리로 말했다.

“들어봐, 소리가….”

모두 귀를 기울이는 가운데 과부는 현관까지 가보았다. 돌아왔을 때는 자기가 실패한 데다 겁을 내고 있다는 사실에 머리끝까지 분노가 치밀어 있었다.

“아무도 없어…. 이웃들은 전부 나가 있으니 시간은 아직 있지…. 아! 뤼팽, 벌써 웃고 있구나…. 칼을 주렴, 가브리엘.”

“제 방에 있어요.”

“그럼 가서 찾아와.”

가브리엘이 황급히 나갔다. 과부는 화가 나서 발을 쿵쿵거렸다.

“맹세했다고…! 네놈은 죽은 거나 마찬가지야…! 내가 남편에게 맹세했어. 매일 아침저녁으로 맹세했어…. 지금 다시, 내 말을 들어주시는 신 앞에 무릎 꿇고 맹세한다! 죽은 이에 대한 복수는 내 권리야! 아! 이것 보시지, 뤼팽. 이제 더는 웃지 못하는군…. 저런! 심지어 겁까지 나는가 보군. 뤼팽이 겁을 낸다! 뤼팽이 겁을 내! 저 겁에 질린 눈 좀 보라고! 가브리엘, 와봐, 우리 아가야…. 저 눈 좀 보라고! 저 입술도…. 벌벌 떨고 있어…. 칼 좀 줘봐. 벌벌 떠는 저놈의 심장에 꽂아 넣을 테니…. 아! 겁쟁이! 빨리, 빨리, 가브리엘, 칼을 달라고!”

“도무지 안 보여요.” 젊은이가 당황한 채로 뛰어 들어왔다. “내 방에 없어요! 도통 무슨 일인지 모르겠다고요!”

“오히려 잘됐다!” 뒤그리발의 과부는 반쯤 미쳐 소리를 질러댔다. “잘됐어! 내 손으로 죽여주마.”

그리고 손에 잔뜩 힘을 주어 뤼팽의 목덜미를 움켜쥐고 필사적으로 조르기 시작했다. 뤼팽은 헐떡이다 포기했다. 이젠 끝이었다.

이때 창문 쪽에서 갑자기 쨍그랑 소리가 났다. 유리창 하나가 산산조각 부서졌다.

“뭐야? 무… 무슨 일이야?” 과부는 놀라 몸을 일으키며 더듬거렸다.

평소보다 더 창백한 얼굴로 가브리엘이 중얼거렸다.

“몰라요…. 모르겠어요!”

“어떻게 저런 일이 생길 수 있지?” 과부는 다시 말했다.

그러더니 움직일 엄두도 못 내고 무슨 일이 일어날지를 기다렸다. 섬뜩한 사실은 주변에 아무런 물체도 떨어져 있지 않았는데, 유리창은 분명히 돌멩이같이 상당히 무거운 물체의 충격을 받은 듯 깨져 있었기 때문이다.

잠시 후 뒤그리발 부인은 침대와 서랍장을 뒤졌다.

"아무것도 없네."

"예, 없어요." 조카도 찾아보더니 말했다.

부인이 주저앉으며 말했다.

"두려워…. 손이 후들거려…. 네가 끝내거라…."

"저도 무서워요…."

"그래도… 그래도…." 여자는 두서없이 말했다. "해치워야 하는데… 맹세했는데…."

그리고 간신히 뤼팽 곁으로 돌아가 손에 힘을 주어 뤼팽의 목을 감싸 쥐었다. 하지만 여자의 백지장 같은 얼굴을 본 뤼팽은 이미 여자가 자기를 죽일 힘을 잃었다는 걸 알아챘다. 여자에게 뤼팽은 신성하고도 감히 범할 수 없는 존재처럼 여겨졌던 것이다. 신비한 힘 덕분에 그 어떤 공격도 뤼팽을 해할 수 없었다. 뤼팽은 이미 세 번이나 설명할 수 없는 방법으로 죽음을 모면했다.

여자가 뤼팽에게 나지막이 말했다.

"네놈이 날 우습게 생각하고 있겠지!"

"천만에, 절대 아니지. 내가 아줌마였으면 무지하게 겁먹었을 거야!"

"사기꾼 놈, 이봐! 누가 널 구하러 온 거라고, 네 친구가 와 있다고 상상하는 거야? 말도 안 되지, 이놈아."
"알고 있어. 내 친구들이 날 지켜주는 건 아니지…. 아무도 날 지켜줄 사람은 없어…."
"그렇다면?"
"어쨌든 이상하고 신기한 기적 같은 무언가에 겁을 먹었잖아, 이 아줌마야."
"딱한 자식! 그 웃는 상판도 이제 조금 뒤면 끝이다."
"설마."
"기다려보시지."
여자는 조금 더 생각해보더니 조카에게 말했다.
"너라면 어떻게 하겠니?"
"팔을 묶어놓고 그냥 가버리면 어떨까요." 조카가 말했다.
얼마나 끔찍한 말이었는지! 뤼팽이 가장 비참한 죽음을 맞도록 굶어 죽게 놔둔다는 말이었다.
"아니야." 과부가 말했다. "저놈이 여기서 빠져나갈 방법을 찾아낼지도 몰라. 나한테 더 좋은 생각이 있지."
그리고 전화 수화기를 들었다. 교환원과 연결되자 말했다.
"822-48번 연결해주세요."
잠시 후였다.
"여보세요, 치안국인가요? 가니마르 경감님 계신가요…? 20분 후에 오신다고요? 정말 아쉽네요…! 경감님이 돌아오시면 뒤그리발 부인이 전화했다고 전해주세요…. 예, 니콜라 뒤그리발, 맞습니다…. 우리 집으로 와달라고 전해주세요. 거울 달린 옷장 문을 열면 그 안에 있는 다른 출구가 보일 겁니다. 출구는 다른 방 두 개로 통해 있어요. 그중 한 방에 남자가 꽁꽁 묶여 있습니다. 그놈이 바로 그 도둑, 뒤그리발 살인범입니다. 믿지 못하시겠다고요? 가니마르 경감님께 꼭 전해주십시오. 그분은 믿으실 겁니다. 아! 범인 이름을 말하지 않았군요…. 아르센 뤼팽이에요!"

여자는 곧 수화기를 내려놓았다.

"이제 됐군, 뤼팽. 사실 이런 복수가 더 마음에 들어. 공판 소식을 들으면서 얼마나 고소할까! 가자, 가브리엘."

"예, 숙모."

"잘 있어, 뤼팽. 다시 볼 일은 없을 테니. 우리는 외국으로 떠날 거야. 그래도 네가 교도소에 갇혀 있으면 사탕이라도 보낸다고 약속하지."

"초콜릿으로 부탁해요, 아줌마! 같이 먹자고요."

"잘 있어!"

"또 봅시다!"

여자는 조카와 함께 떠났다. 뤼팽을 침대에 묶어둔 채.

이들이 떠나자마자 뤼팽은 좀 더 자유로운 한쪽 팔을 움직여 끈을 풀려고 했다. 하지만 철끈을 끊기란 불가능했다. 열이 오르고 초조해져 진이 빠진 이 상태로, 가니마르가 도착하기까지 남은 20~30분가량 무엇을 해볼 수 있을까?

친구들이 도와주리라는 기대는 거의 하지 않았다. 세 번에 걸쳐 죽음을 모면한 일은 놀라운 우연일 뿐이지, 친구들이 한 일이 아니다. 만일 친구들이 한 일이라면 그렇게 불쑥 벌어진 일 정도로 끝나는 게 아니라 완전히 구출해냈을 것이다.

일말의 희망도 없다. 가니마르가 오는 중이고 여기서 뤼팽을 찾아낼 것이다. 피할 수 없는 일이다. 이미 벌어진 일이나 다름없다.

체포될 생각에 뤼팽은 분통이 터져 견딜 수 없었다. 자신의 오랜 맞수가 빈정거리는 소리가 벌써 들리는 듯했다. 이 놀라운 체포 소식을 들은 사람들은 모두 폭소를 터뜨릴 것이다. 전쟁터에서 열심히 싸우다가 떼로 몰려오는 적군에게 붙들린 것도 아니고, 추격 끝에 가까스로 체포된 것도 아니니! 남들을 무수히 골탕 먹였던 뤼팽은 뒤그리발 사건이 이렇게 끝난다는 게 아주 우습게 느껴졌다. 그 과부가 파놓은 악랄한 함정에 빠져 붙들린 데다 먹기 좋게 차려진 고기 요리처럼 경찰에 '대접'된다는 사실이 너무도 황당했던 것이다.

"뻔뻔한 과부 같으니라고!" 뤼팽이 투덜거렸다. "차라리 목을 그어 죽이지."

그러다가 불쑥 들려온 소리에 귀를 기울였다. 누군가 옆방에서 걸어 다니는 소리다. 가니마르인가? 아니다. 아무리 서둘러 왔어도 이렇게 일찍 도착할 수는 없다. 게다가 가니마르는 저런 식으로 움직이지 않을뿐더러 지금 이 사람처럼 문을 살그머니 열지도 않았을 것이다. 뤼팽은 자신의 목숨을 구해준 세 차례의 기묘한 우연을 떠올렸다. 혹시 누군가가 뒤그리발 과부에게 맞서 자신을 보호해주었고 지금도 구해주러 온 걸까? 그렇다면 대체 그 사람은 누구일까?

낯선 사람은 침대 뒤로 몸을 수그렸고 뤼팽은 그 사람을 보지 못했다. 다만 펜치로 쇠줄을 자르는 소리가 들렸고 몸이 서서히 자유로워졌다. 상반신과 팔다리가 차례로 풀려났다.

누군가 말했다.

"옷을 입으셔야 해요."

낯선 사람이 일어섰고, 뤼팽은 기진맥진한 상태로 몸을 반쯤 일으켰다.

"누구십니까?" 뤼팽이 웅얼거렸다. "당신은 누구십니까?"

그러다 뤼팽은 깜짝 놀랐다.

옆에 서 있는 사람은 여자였다. 검정 드레스를 입고 베일로 얼굴을 반쯤 가리고 있었다. 여자는 젊고 날씬하며 우아했다.

"누구십니까?" 뤼팽이 다시 한 번 물었다.

"일단 빠져나가야 합니다." 여자가 말했다. "시간이 없어요."

"그럴 수 있으면 그러고 싶군요!" 뤼팽은 힘겹게 몸을 움직이며 말했다…. "힘이 조금도 없어요."

"이걸 마셔보세요."

여인은 컵에 우유를 따라 뤼팽에게 내밀었다. 이때 베일이 살짝 걷혀 얼굴이 드러났다.

"너! 너였어!" 뤼팽이 더듬거렸다. "네가 돌아온 거라고? 그러면 아까도 너였어?"

뤼팽은 깜짝 놀라 여자를 바라보았다. 얼굴 생김새가 가브리엘과 놀라우리만치 똑같았다. 섬세하고 단정한 새하얀 얼굴은 물론, 굳게 다물려 화가 난 듯 보이는 입매도 그랬다. 누이라 해도 남자 형제와 그처럼 똑 닮기는 어렵다. 그러니 동일 인물인 게 틀림없다. 그렇지만 이 사람은 가브리엘이 여자 옷을 입고 변장했다기보다 정말로 여자 같았다. 오히려 그토록 증오에 휩싸여 추적하고 급기야 뤼팽을 칼로 찌른 그 사춘기 소년이야말로 이 여자가 변장한 모습이었다. 뒤그리발 부부는 자신들의 일을 수월하게 해치우기 위해 이 여자를 사내아이로 변장시켰던 것이다.

"당신, 당신이라고?" 뤼팽이 다시 말했다. "누가 상상이나 했을까?"

여자는 작은 약병에 든 액체를 컵에 부었다.

"강심제를 드세요." 여자가 말했다.

뤼팽은 독이 아닐까 하고 한순간 망설였다.

뤼팽의 마음을 알아챈 여자가 말했다.

"당신을 구한 사람이 저예요."

"맞아, 맞아…." 뤼팽이 말했다. "권총 탄환을 빼놓은 사람도 당신입니까?"

"그래요."

"칼을 숨겨놓은 사람도 당신이고요?"

"여기 있어요, 제 주머니에요."

"당신 숙모가 내 목을 조르려고 할 때 창문을 깬 것도 당신이었나요?"

"그래요. 이 탁자 위에 있던 문진을 밖으로 던졌어요."

"대체 왜 그런 건가요? 왜 그랬습니까?" 뤼팽은 도무지 이유를 알 수 없었다.

"마셔요."

"그러면 내가 죽기를 바란 게 아니었나요? 그렇다면 처음에 왜 날 찌른 건가요?"

"마시세요."

뤼팽은 알 수 없지만 왠지 믿음이 가 단숨에 잔을 비웠다.

"빨리 옷을 입어요…." 창가에서 멀어지며 여자가 명령했다.

뤼팽은 시키는 대로 했지만 금세 기진맥진해서 의자 위로 털썩 주저앉았다. 여자가 뤼팽 곁으로 다가왔다.

"어서 떠나야 합니다. 시간이 없어요…. 기운을 내세요."

여자는 몸을 살짝 수그려 뤼팽이 자기 어깨에 기대게 했다. 그런 후 뤼팽을 문으로, 이어 계단으로 데리고 갔다.

뤼팽은 걷고 또 걸었다. 마치 말도 안 되는 일이 일어나는 이상한 꿈속을 거니는 듯했다. 2주 동안 겪고 있던 끔찍한 악몽 끝에 기분 좋은 일이 일어난 것이다.

문득 어떤 생각이 떠올라 뤼팽은 웃기 시작했다.

"불쌍한 가니마르… 정말 운도 없지. 나도 내 체포 장면이나 봤으면 좋겠군."

계단을 내려간 후에도 놀라운 힘으로 자기를 부축하는 여자 덕분에 거리로 나올 수 있었고, 여자는 맞은편에 세워져 있던 자동차에 뤼팽을 태웠다.

"출발하세요." 여자가 운전사에게 말했다.

갑자기 바람을 쐬고 몸을 움직인 탓에 얼떨떨해진 뤼팽은 어디로 가는지, 무슨 일이 일어나는지도 몰랐다. 뤼팽은 자기가 소유하고 있던 집 중 하나로 돌아와서야 겨우 정신을 차릴 수 있었다. 그 집은 뤼팽의 하인 한 명이 관리하고 있었다.

"이제 가봐요." 여자가 하인에게 지시를 내렸다.

여자도 자리를 뜨려고 하자 뤼팽은 치맛자락을 붙들었다.

"아니, 먼저 설명을 해주셔야지요…. 왜 나를 구했습니까? 쥐도 새도 모르게 돌아온 겁니까? 그런데 왜 날 구한 건가요? 제발 설명해주지 않겠습니까?"

여자는 말없이 상반신을 꼿꼿이 세우고 고개를 약간 젖혔다. 얼굴에는 여전히 감정을 알 수 없는 굳은 표정이 떠올라 있었다. 하지만 잔혹해 보였던 여자의 입매에 씁쓸함이 배어 있었다. 눈, 그 검고 아름다운 눈에는 우수가 떠올라 있었다. 뤼팽은 여전히 이해할 수 없었지만, 어렴풋하게나마 여자 마음속에서 무슨 일이 벌어지고 있는지 알 것 같았다. 뤼팽은 여자에게 손을 내밀었다. 여자는 소스라치게 놀라 분노, 아니 혐오감을 느낀 사람처럼 뤼팽을 밀쳤다. 뤼팽이 끈질기게 묻자 여자가 외쳤다.

"좀 내버려 두라고요! 날 좀 내버려 두세요…! 내가 싫어하는 모습이 안 보여요?"

두 사람은 한순간 말없이 마주 보았다. 뤼팽은 어리둥절해 있었고, 여자는 크게 동요해서 가볍게 몸을 떨었다. 창백했던 얼굴이 놀랍도록 붉게 물들어 있었다. 뤼팽은 여자에게 부드러운 어조로 말했다.

"만약 날 싫어한다면 날 죽게 내버려 두셨겠지요…. 쉬운 일이었습니다. 그런데 왜 그렇게 하지 않으셨습니까?"

"왜냐고요? 왜냐고 물으시나요? 그 이유를 저라고 알겠어요?"

여자의 얼굴이 굳었다. 여자는 재빨리 두 손으로 얼굴을 가렸다. 눈물이 손가락 사이로 흘렀다.

뤼팽은 감동한 나머지 마치 어린 소녀를 위로하듯 따뜻한 말을 몇 마디 건네려고 했다. 좋은 충고를 해주고 이번에는 자기가 이 여자가 걷고 있는 나쁜 길에서 벗어나도록 구해주고 싶었다.

하지만 뤼팽 자신이 그런 말을 해봤자 터무니없는 소리로만 들릴 테니, 도대체 무슨 말을 해야 할지 몰랐다. 마침내 뤼팽은 모든 상황을 이해했다. 환자 머리맡을 지키는 여인의 모습을 이제야 그려볼 수 있었다. 자기 때문에 상처 입은 이를 간호해 주던 여자는 남자의 용기와 쾌활함에 감탄하며 점차 정을 느끼고 매혹되었다. 그리하여 깨닫지 못하는 사이, 원한과 분노가 들끓는 가운데 일종의 본능적 충동에 휩싸여 세 번이나 남자를 죽음에서 구해냈다.

그런데 이 모든 일이 너무도 기묘하고 예기치 못하게 벌어졌기에 뤼팽은 꽤 놀라고 당황했다. 여인이 뤼팽에게서 눈을 떼지 않고 뒷걸음질치며 문 쪽으로 떠나갔으나 뤼팽은 붙잡을 생각도 하지 못했다.

여자는 고개를 숙여 살짝 미소 짓더니 그대로 사라져버렸다.

그제야 뤼팽은 갑자기 종을 울렸다.

“저 여자를 쫓아가.” 하인에게 명령한 뤼팽은 이내 이렇게 말했다…. “아니, 여기 있게…. 결국 그편이 더 낫겠지….”

뤼팽은 한참 생각에 잠겼다. 젊은 여인의 모습이 뤼팽의 마음에서 떠나지 않았다. 문득, 뤼팽은 하마터면 죽을 뻔했던 이 기묘하고 감동적인 이야기를 처음부터 끝까지 떠올려보았다. 그러고는 탁자 위에 놓인 거울을 들어 자신의 얼굴을 들여다보았다. 온갖 고초와 시련으로 고통스러운 시기를 거쳤음에도 그다지 상하지 않은 모습이었다.
"거참, 하여간." 뤼팽이 중얼거렸다. "미남의 팔자란!"

5
붉은 실크 스카프

그날 아침 가니마르 경감은 재판소에 가기 위해 평소와 같은 시각에 집을 나섰다. 그런데 페르골레즈가를 따라 앞서 걸어가는 사람이 이상한 행동을 하는 것이 아닌가.

초라한 행색에다 11월이었는데도 밀짚모자를 쓴 이 사내는 쉰 걸음쯤 걸으면 신발 끈을 묶거나 지팡이를 줍는 등 이런저런 일을 하려고 어김없이 몸을 수그리는 것이다. 그리고 이때마다 주머니에서 자그마한 오렌지 껍질 조각을 꺼내 슬그머니 보도 한쪽에 올려놓았다.

아무도 관심을 두지 않을 만한 단순한 괴벽이거나 유치한 장난 같은 일이기도 했다. 하지만 예리한 관찰자 가니마르는 그 어떤 것도 무심히 지나치지 않았으며 현상 뒤에 숨은 은밀한 이유를 알아내야만 만족하는 사람이다.

가니마르는 이 사람을 쫓아가기 시작했다.

그랑드 아르메 가도로 들어서서 오른쪽으로 꺾는 순간, 이 사내는 열두어 살짜리 소년과 어떤 신호를 주고받았다. 소년은 왼쪽에 늘어선 건물을 따라 걸어가던 중이었다.

20미터쯤 가자 남자는 몸을 수그려 바지 밑단을 걷어 올리더니 어김없이 오렌지 껍질로 자신이 지나온 길을 표시했다. 바로 이때, 소년은 멈추어 서더니 분필로 옆 건물에 하얀 동그라미를 그리고 그 안에 엑스 표시를 했다.

두 사람은 가던 길을 계속 걸었다. 1분 후 다시 정지. 남자는 핀을 주워들면서 또다시 오렌지 껍질을 떨어뜨렸고, 꼬마는 곧바로 벽에다 두 번째 동그라미를 그리고 그 안에 엑스 표시를 했다.

'젠장.' 경감은 전율했다. '분명히 뭔가 있어…. 저 두 작자가 대체 무슨 일을 꾸미는 거지?'

이 두 '작자'는 프리드랑 대로와 포부르 생토노레를 거쳐 내려왔는데, 그 동안에는 주목할 만한 특별한 일이 일어나지 않았다.

매우 규칙적이고 기계적으로 두 사람은 같은 일을 되풀이했다. 분명 오렌지 껍질 사내는 표시해야 할 집을 선별한 후에야 자신의 행동을 했으며 소년은 상대의 신호를 보고 난 후에야 건물에 표식을 남겼다.

그러므로 두 사람이 짜고 하는 일이 틀림없고 현장에서 발각된 이 행동은 경감이 보기에 상당히 주목할 가치가 있었다.

보보 광장에 이르자 사내는 머뭇거렸다. 그러더니 마음을 정한 듯 바지 밑단을 두 차례 걷어 올렸다가 내렸다. 그러자 소년은 내무부 건물 앞에서 보초를 서는 병사의 맞은편 보도 가장자리에 앉아 돌에다가 원으로 둘러싸인 작은 엑스 표시 두 개를 그렸다.

엘리제 궁에 이르러서도 똑같은 일을 했다. 단, 경비병이 지나다니는 보도에는 두 개가 아닌 세 개를 표시했다는 점이 달랐다.

"저게 대체 무슨 뜻일까?" 가니마르가 중얼거렸다. 궁금한 나머지 얼굴이 창백해진 가니마르는 기묘한 상황이 벌어질 때마다 늘 그렇듯 자기도 모르게 영원한 적수 뤼팽을 떠올렸다….

"저게 대체 무슨 뜻이지?"

하마터면 두 '작자'를 붙들고 물어볼 뻔했다. 하지만 노련한 형사였기에 그런 어리석은 짓은 저지르지 않았다. 게다가 오렌지 껍질 사내는 마침 담배를 피워 물었고, 담배꽁초를 들고 있던 소년이 불을 빌리려는 듯 사내에게 다가갔다.

두 사람은 몇 마디를 주고받았다. 소년은 잽싸게 사내에게 물건 하나를 건넸는데, 경감이 얼핏 보기에는 총집에 담긴 총 같았다. 두 사람은 함께 그 물건 쪽으로 몸을 수그리더니 사내가 벽 쪽으로 돌아서서 호주머니에 손을 넣고 권총을 장전하는 것처럼 움직였다.

이 일이 끝나자마자 두 사람은 길을 되짚어 쉬렌가로 접어들었다. 의심을 살 위험을 각오하고 경감은 최대한 가까이에서 이들을 쫓아갔는데, 두 사람은 4층과 꼭대기 층을 빼고 모든 덧창이 닫혀 있는 어떤 낡은 집으로 들어갔다.

가니마르는 이들 뒤를 따라 뛰어들었다. 마차가 드나드는 출입문 끝에서 들여다보니 넓은 안마당 끄트머리에 도장공 간판이, 왼쪽으로는 계단 입구가 보였다.

경감은 계단을 올라갔다. 2층에 올라서자마자 위쪽에서 무언가를 두드리는 소리가 요란스레 들려왔다.

가니마르가 꼭대기 층에 올라가 보니 문이 열려 있었다. 슬그머니 들어서서 잠시 귀를 기울이자 싸우는 듯한 소리가 들렸다. 가니마르가 소리 나는 쪽으로 달려가 가쁜 숨을 헉헉 몰아쉬며 문간에 도착해보니 어이없게도 오렌지 껍질 사내와 꼬마가 의자로 마룻바닥을 내리치고 있었다.

그때 옆방에서 세 번째 인물이 나타났다. 스물여덟에서 서른 살 정도의 젊은 남자였는데, 구레나룻을 짧게 자르고 안경을 꼈으며 모피로 안을 댄 실내복을 걸치고 있었다. 외국인, 그중에서도 러시아인처럼 보였다.

"안녕하십니까, 가니마르 씨." 남자가 말했다.

이어 두 동료에게도 말했다.

"고맙네, 친구들. 훌륭하게 일을 해낸 것을 축하하네. 약속한 사례금은 여기 있네."

남자는 이들에게 100프랑짜리 지폐를 주고 내보내더니 두 개의 문을 모두 닫았다.

"미안하게 됐습니다, 경감님." 남자가 가니마르에게 말했다. "아주 급한 일로 할 말이 있어서…."

남자는 가니마르에게 손을 내밀었다. 분노에 찬 얼굴로 얼이 빠진 듯 서 있는 경감을 보며 남자가 소리쳤다.

"이해하지 못했나 보군요…. 분명한 일인데…. 내가 경감님을 볼 다급한 이유가 있었다니까요…. 그래도 모르겠어요?"

그러더니 마치 하지도 않은 가니마르의 반박에 대답하듯 말했다.

"아니, 아니에요. 경감님, 착각하고 있군요. 만약 내가 전갈을 보내거나 전화를 했다면 안 왔겠지요…. 오더라도 경찰을 떼거리로 끌고 왔겠지. 그런데 나는 경감님과 단둘이 보고 싶었습니다. 그래서 저 정직한 두 사람을 경감님 쪽으로 보내 오렌지 껍질을 뿌리고 동그라미와 엑스를 그리며 경감님을 이곳까지 유도하게 했지요. 그런데 왜 그러십니까? 그렇게 넋 나간 표정을 하고 있으니. 무슨 일입니까? 혹시 나를 알아보지 못하는 건가요? 뤼팽… 아르센 뤼팽이에요…. 기억해보세요…. 그 이름을 듣고 생각나는 게 없습니까?"

"짐승 같은 놈." 가니마르가 잇새로 그르렁거렸다.

뤼팽은 미안하다는 표정을 지어 보이고 다정한 목소리로 말했다.

"화났습니까? 그렇군, 눈을 보니 알겠어요…. 뒤그리발 사건, 그것 때문인가요? 경감님이 도착해서 나를 체포할 때까지 기다릴 걸 그랬나? 빌어먹을, 그 생각을 못 했군요! 다음번에는 맹세코…."

"너절한 놈." 가니마르가 내뱉었다.

"나는 정말이지, 좋아할 줄 알았습니다. 실제로 '그 착한 친구 가니마르를 본 지도 참 오래됐군. 내 목으로 와락 달려들겠는걸' 하고 생각했지요."

지금껏 꼼짝 않던 가니마르는 이제야 제정신을 차린 것 같았다. 주위를 휘휘 둘러본 후 뤼팽을 빤히 바라보는 모습에서 뤼팽의 목을 향해 달려들지를 망설이는 속내가 빤히 들여다보였다. 하지만 자제하더니 상대방의 이야기를 들어보겠다고 결심한 듯 의자를 끌어다 앉았다.

"말하게." 가니마르가 말했다. "바쁘니까 허튼소리는 집어치우고."

"그러겠습니다." 뤼팽이 말했다. "이야기나 합시다. 이곳보다 더 조용한 곳은 없을 거예요. 로슐로르 공작 소유의 오래된 저택인데, 공작은 절대로 이곳에서 지내는 법이 없는 터라 이 층을 내게 임대하고 도장공한테 부속건물에 대한 용익권을 내줬습니다. 이런 식으로 내가 쓰는 거처가 몇 개 있는데 꽤 유용합니다. 지금은 이렇게 러시아의 지체 높은 귀족 차림을 하고 있지만, 사실 전직 사제 장 뒤브뢰이로 통하고 있습니다…. 알다시피 되도록 관심을 끌지 않으려고 여기저기 넘쳐나는 직업을 택했지요…."

"그게 나와 무슨 상관인가?" 가니마르가 불쑥 말을 끊었다.

"그렇군요. 내가 수다나 떤 모양입니다. 바쁘다고 하셨는데, 이것 참 실례를 범했군요. 어쨌든 오래 걸리진 않을 겁니다…. 5분이면 돼요…. 시작하겠습니다…. 시가 피우시겠습니까? 아니라고요. 좋습니다, 저도 됐어요."

뤼팽도 자리를 잡고 앉아 탁자가 피아노인 양 두드리며 생각에 잠기더니 잠시 후 말을 꺼냈다.

"1599년 10월 17일, 따뜻하고 화창한 어느 날이었습니다…. 내 말 잘 듣고 있습니까…? 다시 한 번 말하자면 1599년 10월 17일에… 그런데 앙리 4세 때까지 거슬러 올라가서 퐁 뇌프 다리의 연대기까지 설명해줘야 할까요? 아니지, 경감님이 프랑스 역사에 통달해 있을 리도 없고, 알아봤자 오히려 머릿속만 복잡해질 겁니다. 그래, 이것만 알아두세요. 오늘 새벽 1시쯤, 퐁 뇌프 다리의 좌안 끄트머리 아치 밑을 지나가던 뱃사공이 배 앞쪽으로 어떤 물건이 떨어지는 소리를 들었습니다. 다리 위에서 누가 던진 건데, 센 강에 깊이 가라앉히려 했던 게 분명했습니다. 사공의 개가 짖어대며 쫓아갔고, 이어 사공이 배 끄트머리로 달려와 보니 개가 여러 물건을 감싸고 있던 신문지 조각을 주둥이로 물고 흔들어대고 있었습니다. 사공은 물속에 떨어지지 않고 뱃머리 쪽에 떨어진 물건을 주워들고 선실로 돌아와 살펴봤지요. 흥미롭다고 판단한 사공은 알고 지낸 누군가에게 이 사실을 알렸는데, 그 사람은 내 부하였습니다. 오늘 아침에 그 부하가 나를 깨워 이 사건을 알려주고 주운 물건을 넘겨 줬습니다. 바로 여기에 있는 것들이지요."

뤼팽은 탁자에 놓인 물건을 가리켰다. 우선 찢어진 신문 조각이 있었다. 그리고 뚜껑에 기다란 끈이 달린 수정 잉크병과 작은 유리 조각 하나, 유연한 판지로 만들어진 너덜너덜한 상자가 있었다. 마지막으로 새빨간 천으로 만든, 끄트머리에 술 장식이 달린 실크 조각이 있었다.

"우리 증거물을 좀 보세요, 친구." 뤼팽이 말을 이었다. "멍청한 개가 물고 뒤흔들어 잃어버린 다른 물건도 손에 넣을 수 있었다면 문제를 해결하는 게 좀 더 쉬울 겁니다. 하지만 조금만 더 생각해보고 머리를 짜내면 이것만으로도 문제를 해결할 수 있지요. 그게 바로 경감님의 뛰어난 장점입니다. 자, 어떻게 생각하시나요?"

가니마르는 잠자코 있었다. 뤼팽이 지껄이는 이야기를 참고 들어주는 중이었으나, 자존심을 지키느라 대답은커녕 동의나 비판으로 보일 만한 고갯짓 하나도 보이지 않았다.

"나와 완전히 같은 의견이라는 걸 알겠습니다." 뤼팽은 경감이 침묵하든 말든 신경 쓰지 않고 말을 이어갔다. "증거물에 근거해서 사건을 한 문장으로 요약하면 이렇습니다. 어젯밤 9시에서 자정 사이, 잘 차려입고 외알박이 안경을 썼으며 경마계에 종사하는 한 남자가 다소 특별한 차림새를 한 아가씨를 칼로 찌르고 목을 졸라 죽였습니다. 그 남자는 일이 벌어지기 직전에 여자와 함께 카페에서 머랭그(설탕과 달걀 흰자위로 만든 크림과자의 일종 – 옮긴이) 세 조각과 에클레르(속에 커스터드 크림을 채운 막대 모양 과자 – 옮긴이)를 하나 먹었고."

뤼팽은 담배를 입에 물더니 가니마르의 소매를 부여잡고 말했다.

"뭐야! 말문이 막혔나! 일반인이 경찰처럼 멋지게 추론할 수는 없다고 생각하는 건가요. 틀렸습니다, 형사님. 뤼팽은 소설에 나오는 형사처럼 추론할 수 있어요. 내세울 증거가 있느냐고요? 확실하고도 단순한 증거가 있지요."

그러더니 물건을 하나하나 가리키며 근거를 댔다.

"어젯밤 9시 이후에(이 신문 조각에 어제 날짜와 '석간'이란 말이 적혀 있지요. 게다가 신문에 붙어 있는 이 노란 띠가 보일 겁니다. 이건 9시 우편물과 함께 배달되는 정기 구독자용 신문에 붙는 띠입니다) 잘 차려입은 한 남자가(이 작은 유리 조각 한쪽 가장자리에 외알박이 안경처럼 구멍이 나 있는 점, 그리고 외알박이 안경은 본래 귀족들이 즐겨 사용하는 물건이라는 점을 주목하세요) 제과점에 들어갔습니다(여기 상자 모양을 한 아주 얇은 판지가 있습니다. 보통 이런 상자에는 머랭그나 에클레르를 담는데 그때 묻은 크림이 아직도 약간 묻어 있습니다). 외알박이 안경을 낀 남자는 상자를 들고 독특한 차림새를 한 아가씨를 만나러 갑니다. 이 새빨간 실크 스카프를 보면 차림새가 독특했으리라는 걸 충분히 예상할 수 있지요. 이유는 알 수 없지만 남자는 여자를 만나자 먼저 칼로 찌르고 이 실크 스카프로 목을 졸랐습니다(돋보기를 대고 보세요, 형사님. 그러면 실크 위에 좀 더 진한 붉은 자국이 보일 텐데, 이쪽은 칼을 닦아낸 흔적이고 저쪽은 천에 엉겨붙은 피 묻은 손자국입니다). 남자는 범죄의 흔적을 모두 없애려고 자기 주머니에서 몇 가지 물건을 꺼냈습니다. 첫째, 자기가 구독하는 경마 신문입니다(이 조각을 훑어보세요). 제목을 보면 쉽게 알 수 있지요. 둘째, 채찍용으로 보이는 이 끈입니다(두 사실로 보아 범인은 경마에 관심이 많고 스스로 말을 다룬다는 사실을 알 수 있지요). 그러고 나서 사내는 승강이를 벌이다 끈이 끊어진 자신의 외알박이 안경 파편을 모았습니다. 가위로(이 가위질 자국을 살펴보세요) 스카프에서 얼룩덜룩해진 부분을 잘라내고 나머지 부분은 스카프를 움켜쥔 피해자 손에 남겨두었지요. 그리고 이 제과점 상자에 물건을 돌돌 싸서 담았습니다. 여기에, 가령 범죄의 유력한 증거물인 칼 등 센 강 밑에 가라앉혀야 할 다른 물건들도 함께 챙겼지요. 이 전부를 신문지로 싸서 끈으로 묶은 다음, 더 무겁게 하려고 수정 잉크병을 매달았습니다. 잠시 후 이 꾸러미가 뱃사공이 타고 있던 거룻배 위로 떨어졌어요. 사건은 이렇게 된 거였습니다. 휴우! 진땀 좀 뺐군요. 자, 이 사건에 대해 어떻게 생각하십니까?"

뤼팽은 자신의 이야기에 어떤 반응을 보일지 궁금해서 가니마르를 살펴보았다. 가니마르는 여전히 침묵을 지키고 있었다.

뤼팽이 웃기 시작했다.

"내심 깜짝 놀라셨군요. 하지만 경계하고 있기도 하고요. '왜 뤼팽 이놈이 내게 이 사건을 넘기는 걸까. 살인범이 훔친 물건이 있다면 자기만 알고 있다가 직접 살인범을 쫓아가서 빼앗으면 될 텐데?' 하고 말이에요. 물론 이런 의문을 갖는 것도 당연하지요. 하지만 그럴 만한 이유가 있습니다. 내겐 시간이 없어요. 지금은 할 일이 넘쳐나거든요. 런던에서 일어난 절도 사건, 로잔에서 벌어진 또 다른 절도 사건, 마르세유 어린이 바꿔치기 사건에다가 죽을 위험에 처한 아가씨도 구해야 하고. 이 모든 걸 처리해야 합니다. 그래서 생각했습니다. '이 사건을 훌륭한 가니마르 형사에게 넘기는 건 어떨까? 사건이 반쯤은 밝혀졌으니 해결할 수 있겠지. 게다가 형사님께 얼마나 큰 도움이 될까! 유명해지실 테니 말이야!' 이런 생각을 하자마자 실행에 옮겼습니다. 아침 8시에 오렌지 껍질 사내를 보냈고, 미끼를 문 형사님이 온통 들떠서 9시에 도착했지요."

뤼팽이 자리에서 일어났다. 형사 쪽으로 몸을 살짝 기울여 똑바로 눈을 들여다보며 말했다.

"이상입니다. 이야기는 끝났어요. 아마 오늘 오후면 피해자를 알게 될 테지요…. 발레단의 무용수거나 라이브 카페의 가수 같은 사람일 겁니다. 그리고 범인은 퐁 뇌프 다리 근처, 센 강 좌안 쪽에 살고 있을 가능성이 큽니다. 끝으로 여기 있는 증거물을 전부 받으세요. 선물입니다. 한번 사건을 해결해보세요. 저는 이 스카프 조각만 간직하겠습니다. 만약 스카프 전체를 맞출 필요가 있다면, 피해자 목에서 발견될 나머지 조각을 가져오세요. 한 달 후 같은 날에요. 즉 다음 달인 12월 28일 오전 10시에 말이지요. 분명 나를 볼 수 있을 겁니다. 걱정하지 마세요. 이 모든 이야기는 진실하다고 맹세합니다, 친구. 장난치는 게 아니니 바로 수사에 착수해도 좋습니다. 아! 중요한 사실이 하나 있습니다. 외알박이 안경을 낀 그놈을 체포할 때 조심하세요. 그자는 왼손잡이에요. 잘 가세요, 형사 나리. 행운을 빌겠습니다!"

가니마르가 결정을 내릴 틈도 없이, 뤼팽은 이미 한 바퀴 빙 돌아 문밖으로 사라졌다. 형사는 후다닥 따라갔으나 무슨 장치를 해놓았는지 자물쇠 손잡이가 돌아가지 않았다. 자물쇠를 푸는데 결국 10분이 걸렸고 대기실 문을 따는 데 또 10분이 걸렸다. 계단 세 층을 우르르 내려왔을 때는 이미 아르센 뤼팽을 쫓아갈 생각은 포기해야 했다.

솔직히 쫓아갈 생각이 절실했던 것도 아니다. 뤼팽에 대해서 경감은 묘하고 복잡한 감정을 느꼈다. 일말의 두려움과 원한도 있지만 자연스레 흘러나오는 감탄도 있었는데, 그 어떤 노력을 기울이고 끈질기게 연구해도 이런 적수는 이기지 못할 거라는 막연한 느낌이었다. 가니마르는 의무감과 자존심 때문에 뤼팽의 뒤를 쫓았지만, 동시에 끊임없이 두려움에 시달렸다. 결국 이 막강한 사기꾼에게 속아 넘어갈 것이며 쉽게 실패를 비웃는 대중 앞에서 망신만 당하게 될 거라는 두려움.

특히 이 붉은 스카프 이야기는 애매하기 그지없었다. 흥미로운 점이 여럿 있는 건 사실이지만 이 얼마나 황당한가! 게다가 뤼팽의 설명 역시 겉보기에는 논리적으로 보여도 엄밀히 조사하면 허점이 드러날 것이다.

'아니야.' 가니마르는 생각했다. '전부 농담이야…. 근거 없는 일련의 예측과 가설일 뿐이지. 거기에 놀아나진 않을 거야.'

오르페브르 36번지에 가까워질 때쯤, 가니마르는 이 일을 없던 것으로 간주하기로 확고히 마음먹었다.

경감은 치안국으로 올라갔다. 도착하자 동료 하나가 말을 걸었다.

"국장님 만났나?"

"아니."

"아까 찾으시던데."

"그래?"

"그렇다네, 어서 가보게."

"어디로?"

"베른가에 계시네…. 간밤에 벌어진 살인 사건 때문에…."

"아! 그래, 피해자는?"

"잘은 모르겠지만 무슨 라이브 카페 가수라던가."

가니마르는 그저 이렇게 중얼거렸다.

"제기랄!"

20분 후 경감은 지하철에서 내려 베른가로 갔다.

극장가에서 제니 사피르라는 이름으로 알려진 피해자 여성은 검소한 아파트 3층에 살고 있었다. 가니마르 경감은 경찰관을 따라 방으로 들어갔다. 사건을 담당한 사법관들과 치안국장 뒤두이, 법의학자가 이미 도착해 있었다.

방에 들어서자마자 가니마르는 몸서리를 쳤다. 젊은 여인 시체의 손에 붉은 실크 자락이 쥐여 있던 것이다! V 모양으로 파인 블라우스는 어깨를 드러내놓고 있었고, 그 어깨에는 피가 엉겨붙어 굳은 두 상처가 있었다. 경련으로 일그러진 얼굴은 거무죽죽했으며 끔찍한 공포가 서려 있었다.

법의학자가 검사를 마치고 말했다.

"첫 번째 결론은 아주 분명합니다. 피해자는 먼저 칼에 두 차례 찔렸고, 그다음에 목이 졸렸습니다. 질식사가 분명하지요."

'제길.' 뤼팽이 들려준 범죄 사건을 되새기며 가니마르는 다시 한 번 속으로 중얼거렸다.

예심판사가 반대 의견을 냈다.

"하지만 목에 피하출혈 흔적이 없습니다."

"교살입니다." 의사가 말했다. "피해자가 사건 당시 두르고 있다가 자신을 방어하기 위해 두 손으로 움켜쥔 이 실크 스카프로 목을 졸랐을 가능성이 큽니다."

판사가 말했다. "그렇다면 어째서 일부만 남은 겁니까? 나머지는 어떻게 된 건가요?"

"피가 묻어 있어 살인자가 가져갔을 겁니다. 급히 가위로 자른 흔적이 분명하게 있습니다."

'제길.' 가니마르가 세 번째로 그르렁거렸다. '그 짐승 같은 뤼팽 녀석. 이 자리에 없었으면서도 제대로 봤군!'

"그렇다면 범죄 동기는 무엇인가요?" 판사가 물었다. "자물쇠가 부서져 있고 장롱도 엎어져 있습니다. 덧붙일 말씀이 있습니까, 뒤두이 씨?"

치안국장이 대답했다.

"하녀의 증언에 비추어 적어도 한 가지 가정을 해볼 수 있습니다. 피해자는 가수로서 재능이 떨어지는 편이었지만 미모가 뛰어났는데, 2년 전에 러시아로 여행 갔다가 사파이어로 된 훌륭한 보석을 가지고 돌아왔습니다. 러시아 왕실의 누군가가 선사한 거라고 하는데, 이때부터 사람들이 이 아가씨를 제니 사피르(프랑스어로 '사파이어'라는 뜻 – 옮긴이)라고 부릅니다. 여자는 이 선물을 매우 자랑스러워했지만 신중을 기하기 위해 몸에 차고 다니지는 않았다고 합니다. 사파이어를 범죄 동기로 추정할 수 있지 않을까요?"

"그렇다면 하녀가 보석이 있던 장소를 알고 있었습니까?"

"아니요. 아무도 몰랐습니다. 방이 흐트러져 있던 것으로 보아 살인범도 그 장소를 몰랐던 게 틀림없지요."

"일단 하녀를 조사해봅시다." 예심판사가 말했다.

뒤두이는 가니마르 경감을 따로 불러 말했다.

"자네 표정이 영 이상하군, 가니마르. 무슨 일인가? 짚이는 게 있나?"

"전혀 없습니다, 국장님."

"유감이군. 치안국에서 뭐라도 한 방 터뜨려야 하는데 말이야. 비슷한 범죄가 요즘 몇 차례나 벌어졌는데 아직도 범인을 잡지 못했거든. 이번에는 꼭 범인을 잡아야 하네. 그것도 가능한 한 빠르게 말일세."

"어렵겠습니다, 국장님."

"잡아야 하네. 잘 듣게, 가니마르. 하녀 말로는 제니 사피르가 아주 규칙적인 생활을 했다고 하네. 극장에서 돌아올 시간, 즉 10시 반쯤에 한 달 전부터 한 사내를 집으로 들였고 그자는 자정쯤에 떠났다고 하네. 제니 사피르는 '그이는 사교계 인사야. 나랑 결혼하고 싶어 해'라고 말했다고 해. 그런데 이 사교계 인사란 사람은 건물 관리인 숙소 앞을 지날 때면 옷깃을 세우고 모자챙을 내려서 사람들 눈에 뜨이지 않으려고 매우 신중을 기했다고 하네. 그리고 제니 사피르는 매번 남자가 도착하기 전에 하녀를 멀리 보냈다고 하고. 바로 그자를 찾아야 하는 걸세."

"남긴 흔적은 전혀 없습니까?"

"전혀. 범인은 매우 힘이 센 놈이고 처벌을 피하기 위해 빈틈없이 범행을 계획하고 저지른 게 확실하네. 그자를 체포하면 대단한 공적이 될 걸세. 자네만 믿네, 가니마르."

"아! 저를 믿으신다고요, 국장님." 경감이 대답했다. "좋습니다. 두고… 두고 보세요…. 믿지 마시라고는 하지 않겠습니다…. 다만…."

가니마르는 신경이 곤두서 있는 것 같았다. 경감이 이렇게 흥분한 모습을 본 뒤두이 국장은 적잖이 놀랐다.

"다만." 가니마르가 말을 이었다. "다만 맹세컨대…. 듣고 계십니까, 국장님…."

"무얼 맹세한다는 건가?"

"아무것도 아닙니다…. 두고 보세요, 국장님. 두고 보세요…."

밖으로 나와 혼자가 되어서야 가니마르는 하려던 말을 끝까지 마쳤다. 그것도 참을 수 없는 분노에 휩싸여 발을 동동 구르며 말이다.

"다만, 반드시 내 힘으로 범인을 체포하겠다고 맹세합니다. 그 비열한 놈이 제공한 정보는 하나도 사용하지 않고 말입니다. 아! 절대로 안 되지."

이 사건을 맡게 된 데 분통이 터져서 뤼팽에게 욕설을 퍼부으면서도, 경감은 반드시 사건을 해결하겠다고 굳게 다짐하며 발길 닿는 대로 걸었다. 머릿속이 혼란스러워서 생각을 정리해 보려고 애썼다. 어수선하게 흩어진 사실 가운데 그 누구도 주목하지 않았으며 뤼팽이 생각지도 못한 단서를 하나라도 찾아내 사건을 해결할 작정이었다.

술집에서 간단히 점심을 들고 다시 길을 걷던 경감은 당황스러운 감정에 휩싸여 갑자기 멈춰 섰다. 쉬렌가의 건물 현관으로, 몇 시간 전에 뤼팽이 자기를 유인해 들어갔던 바로 그 집으로 들어가고 있었던 것이다. 의지보다 더 강한 어떤 힘에 이끌려 다시 이곳으로 왔다. 문제의 해답은 이곳에 있다. 진실의 모든 요소가 이곳에 있다. 아무리 거부하려 해도 뤼팽의 주장은 지나치게 정확했고 계산은 매우 치밀했다. 이토록 놀라운 선견지명은 상대의 마음 깊숙한 곳까지 뒤흔들었다. 가니마르는 적이 남겨놓은 지점에서 조사를 시작할 수밖에 없었다.

더는 저항하지 않고 경감은 4층까지 올라갔다. 아파트 문은 열려 있었다. 탁자 위에 있던 증거물도 고스란히 있었다. 가니마르는 이것들을 전부 호주머니에 챙겨 넣었다.

이때부터 가니마르는 복종할 수밖에 없는 주인의 의도에 따라 기계적으로 행동했다.

미지의 인물이 퐁 뇌프 근처에 산다고 가정하면, 이 다리에서 베른가로 가는 길에 문제의 과자를 팔고 저녁에도 영업하는 큰 제과점이 있어야 한다. 역시나 금방 찾아냈다. 생 라자르 역 가까이에 있는 제과점 주인이 작은 종이 상자를 보여주었는데, 가니마르가 가진 상자와 재료며 모양이 똑같았다. 게다가 한 점원이 사건 전날 저녁에, 모피 옷깃에 몸을 깊이 파묻었음에도 눈에 띄는 외알박이 안경을 쓴 남자 손님이 왔던 것을 기억했다.

'이제 첫 단서가 확인됐군.' 경감은 생각했다. '범인은 외알박이 안경을 꼈어.'

가니마르는 경마 신문 조각을 모아 신문 판매상에게 보여주었는데 그는 〈튀르프 일뤼스트레〉라며 금방 알아보았다. 가니마르는 곧장 그 신문사 사무실로 가서 정기 구독자 목록을 부탁했다. 목록에서 퐁 뇌프 근처, 특히 센 강 좌안 쪽에 사는 사람의 이름과 주소를 모두 골라냈다.

경감은 일단 치안국으로 돌아가 십여 명의 경찰관을 뽑아 필요한 지시를 내려보냈다.

저녁 7시, 조사에 나섰던 경찰관 중 마지막으로 돌아온 사람이 드디어 좋은 소식을 알려왔다. 〈튀르프 일뤼스트레〉를 구독하는 프레바이유라는 사람이 오귀스탱 둑에 있는 어느 건물의 2층에 산다는 것이다. 전날 저녁, 그 남자는 털로 안을 댄 외투를 입고 집에서 나왔으며 건물 관리인으로부터 자신에게 온 편지와 〈튀르프 일뤼스트레〉를 받아서 외출한 후 자정쯤 들어왔다.

프레바이유는 외눈박이 안경을 꼈다. 경마장 단골이었으며 몇 마리의 말을 소유했는데, 직접 말을 타기도 하고 빌려주기도 했다.

수사 속도가 매우 빨랐으며 뤼팽이 예견했던 것과 똑같은 결과라서 가니마르는 현기증을 느꼈다. 가니마르는 다시 한 번 뤼팽의 놀라운 능력을 가늠해보았다. 이미 오랜 세월을 살아왔으나 지금껏 이토록 뛰어난 통찰력과 예리하고 명민한 정신을 가진 사람을 본 적이 없다.

가니마르는 뒤두이 국장을 만나러 갔다.

"모두 준비됐습니다, 국장님. 영장은 가지고 계십니까?"

"뭐라고?"

"체포할 준비가 모두 끝났다는 말입니다, 국장님."

"제니 사피르의 살인범이 누군지 아나?"

"예."

"어떻게 알아냈나? 설명해보게."

가니마르는 양심의 가책을 느끼며 얼굴을 약간 붉혔지만 그래도 대답했다.

"우연히 알아냈습니다, 국장님. 살인범이 센 강에 범죄의 유력한 증거를 모두 던져 넣었는데, 그 꾸러미 일부를 주운 사람이 제게 보내왔습니다."

"그게 누군가?"

"뱃사공인데, 보복이 두려워 자신의 이름은 밝히기를 꺼렸습니다. 하지만 필요한 단서는 모두 제게 있습니다. 일은 간단했습니다."

경감은 이어 자신이 어떻게 조사를 진행했는지 설명했다.

"아니, 자네는 그걸 우연이라고 하나!" 뒤두이 국장이 외쳤다. "일이 간단했다니! 자네 경력 중 가장 뛰어난 공적이 아닌가. 자네가 이 사건을 끝까지 지휘하게, 가니마르. 그리고 신중하게."

가니마르는 이 사건을 빨리 마무리 하고 싶었다. 오귀스탱 둑으로 부하를 데리고 가서 용의자 집 근처에 배치했다. 건물 관리자를 조사해보니 그 세입자는 보통 밖에서 식사하지만 저녁 식사 후에는 집으로 돌아온다고 했다.

정말로 9시가 되기 조금 전, 창밖을 내다보고 있던 관리인이 가니마르에게 신호를 보냈고, 가니마르는 즉시 가볍게 휘파람을 한 번 불었다. 높다란 모자를 쓰고 모피 외투를 두른 신사가 센 강을 따라 보도로 걸어오다가 길을 건너더니 건물로 다가오고 있었다.

가니마르가 다가갔다.

"프레바이유 씨 맞으십니까?"

"예, 그런데 누구십니까?"

"나는 당신을…."

하지만 가니마르는 말을 마치지 못했다. 어둠 속에서 불쑥 튀어나온 사람들을 보고 프레바이유는 잽싸게 벽으로 물러나 덧창이 모두 닫힌 1층 상점 문에 등을 기대고 섰다.

"물러서십시오." 사내가 외쳤다. "나는 당신을 모릅니다."

오른손으로 묵직한 지팡이를 휘두르며 왼손은 뒤로 감춘 채 문을 열려는 것 같았다.

가니마르는 문득 사내가 어떤 비밀 출구로 달아날지도 모른다는 생각이 들었다.

"자, 헛소리는 그만해." 가니마르가 다가서며 말했다…. "자네는 잡혔어…. 항복하라고."

그러면서 프레바이유의 지팡이를 움켜쥔 순간, 퍼뜩 뤼팽이 해준 경고가 떠올랐다. 프레바이유는 왼손잡이였으며 왼손으로 더듬어 찾던 것은 바로 자기 권총이었던 것이다.

사내가 급작스레 움직이자 경감은 재빨리 몸을 숙였다. 권총이 두 발 발사됐다. 다행히 아무도 다치지 않았다.

몇 초 후 프레바이유는 지팡이 손잡이로 아래턱을 한 대 얻어맞고 나가떨어졌다. 9시에는 유치장에 갇혔다.

당시 가니마르는 이미 명성이 드높았다. 그런데 이번 일은 범인을 일찍 체포한 데다 체포 과정이 비교적 손쉽게 이루어졌다는 점이 경찰의 발표로 드러나 가니마르는 더욱 유명세를 탔다. 프레바이유에게는 그간 범인이 밝혀지지 않은 범죄에 대한 혐의가 추가됐으며 신문들은 앞다투어 가니마르의 공적을 칭송했다.

초기에는 프레바이유에 대한 조사가 빠르게 진전됐다. 우선 본명은 토마 드로크이고, 이미 전과가 있었다. 게다가 가택수색을 해보니, 새로운 증거가 발견되진 않았으나 꾸러미를 묶는 데 사용되었던 끈과 비슷한 끈 뭉치, 그리고 피해자가 입은 상처와 비슷한 상처를 낼 만한 칼이 발견됐다.

하지만 여드레째, 상황이 급변했다. 이제껏 대답을 거부하던 프레바이유가 변호사의 도움을 받아 사건이 벌어진 시각에 범죄 현장에 없었다는 매우 확실한 증거를 제시한 것이다. 즉 범죄가 일어난 날 저녁, 프레바이유는 폴리 베르제르(파리 몽마르트르에 있는 유명한 공연장 – 옮긴이)에 있었다는 것이다.

실제로 프레바이유의 연회복 주머니에서 그날 저녁의 날짜가 적힌 공연 좌석표와 일정표가 나왔다.

"미리 준비해놓은 알리바이겠지." 예심판사가 반박했다.

"증명해보십시오." 프레바이유가 응수했다.

대질이 이루어졌다. 제과점 여종업원은 피고가 외알박이 안경을 낀 남자와 닮았다고 했다. 베른가 건물 관리인도 제니 사피르를 찾아오던 신사와 닮았다고 했다. 하지만 아무도 그 이상의 확실한 증언은 하지 못했다.

이리하여 예심으로는 정확한 사실을 조금도 밝혀내지 못했으며 중죄로 기소할 만한 확고한 근거도 찾아내지 못했다.

판사는 가니마르를 불러 당혹스러운 심정을 털어놓았다.

"더는 지속할 수 없습니다. 증거가 부족해요."

"하지만 판사님도 확신하고 계시지 않습니까! 프레바이유가 무죄였다면 체포될 때 저항하지 않았을 겁니다."

"그자는 그때 자기를 공격하는 줄 알았다고 주장해요. 또한 제니 사피르를 본 적이 한 번도 없다고 합니다. 실제로 이 말을 반박할 증인을 한 명도 확보하지 못했고요. 게다가 사파이어를 훔쳤다고 하더라도 그자 집에서는 발견되지 않았습니다."

"다른 곳에서도 발견되진 않았습니다." 가니마르가 반박했다.

"그렇다고 해도 그런 이유로 프레바이유를 기소할 수는 없습니다. 우리한테 당장 필요한 게 무엇인지 아십니까, 가니마르 씨? 바로 그 빨간 스카프의 나머지 조각이에요."

"나머지 조각이요?"

"그래요. 살인범이 그걸 가져갔을 게 분명하니까요. 범인의 피 묻은 손가락 자국이 천에 찍혀 있단 말입니다."

가니마르는 대답하지 않았다. 며칠 전부터 결국 이런 방향으로 사건이 전개되리라고 예상했다. 증거물이 부족했다. 그 실크 스카프가 있어야만 프레바이유가 유죄임을 증명할 수 있다. 그리고 유죄를 증명해야 할 사람은 가니마르였다. 체포한 장본인이며 이번 사건으로 명성까지 얻어 범죄자들에게 가장 두려운 적으로 인정되는 마당에 프레바이유가 풀려나면 꼴이 우스워질 게 뻔했다.

그러나 불행히도, 유일하고 반드시 필요한 이 증거물을 뤼팽이 가지고 있다. 대체 어떻게 되찾아야 할까?

가니마르는 베른가의 그 기묘한 사건을 해결하기 위해 궁리를 거듭하고 새롭게 조사를 진행했다. 관련 인물들을 다시 신문해보고 여러 날 밤을 새우며 일했다. 프레바이유의 삶을 재구성해보기도 하고 경찰관 열 명을 동원해 행방이 묘연한 그 사파이어를 찾으려고도 했다. 모두 소용없었다.

12월 27일, 예심판사가 재판소 복도에서 경감을 불러 세웠다.

"어때요, 가니마르 씨, 새로운 게 있나요?"

"없습니다, 예심판사님."

"그렇다면 이 사건을 포기하겠습니다."

"하루만 더 기다려주십시오."

"어째서요? 스카프의 나머지 조각을 찾았습니까?"

"내일 손에 넣을 겁니다."

"내일이요?"

"그렇습니다. 하지만 지금 판사님께서 가지고 계신 스카프 조각이 필요합니다."

"그걸 이용하겠다고요?"

"그걸로 스카프 전체를 찾아내겠다고 약속드리겠습니다."

"알겠습니다."

가니마르는 판사 사무실로 들어갔다. 나올 때 경감의 손에는 실크 조각이 들려 있었다.

'빌어먹을.' 가니마르가 웅얼거렸다. '그 증거란 걸 찾으러 가겠다. 그래서 손에 넣을 테다…. 뤼팽이 약속 장소에 감히 나타난다면 말이지.'

가니마르의 마음속 깊은 곳에선 뤼팽이 약속 장소에 나타날 만큼 대담한 인물이라는 사실을 추호도 의심하지 않았다. 바로 그 때문에 더욱 심기가 불편했다. 어째서 뤼팽이 이러한 약속을 정한 걸까? 무슨 목적이라도 있는 걸까?

걱정스럽기도 할뿐더러 분노와 증오심에 불탄 가니마르는 필요한 모든 대비책을 마련해놓기로 작정했다. 함정에 빠지지 않기 위해서이기도 했고, 이 기회를 이용해 적을 함정에 빠뜨리기 위해서이기도 했다. 그리하여 밤을 새우며 쉬렌가의 그 오래된 저택을 탐색해 중앙 출입문 이외의 출구가 없다는 사실을 확인했다. 부하들에게는 이번 작전이 위험천만하다고 알린 후 다음 날, 즉 뤼팽이 정한 12월 28일에 부하들을 대동하고 드디어 결전 장소에 도착했다.

경감은 부하들을 건물 근처의 한 카페에 배치했다. 지시 사항은 확실했다. 4층 창문에 자신의 모습이 보이거나 한 시간이 지나도 자신이 돌아오지 않으면 저택을 완전히 포위해서 빠져나가려는 사람이 누구든 체포하라는 것이다.

경감은 자기 권총이 잘 작동하는지, 주머니에서 쉽게 끄집어낼 수 있는지 확인했다. 그리고 건물로 올라갔다.

경감은 지난번에 방을 떠났을 때와 똑같은 상태, 그러니까 문은 열려 있고 자물쇠도 여전히 부서져 있는 상태를 보고 상당히 놀랐다. 큰방 창문이 길 쪽으로 나 있는 것을 확인한 후 이 집의 다른 방 세 개를 살펴보았다. 아무도 없었다.

"뤼팽이 겁을 먹었군." 이렇게 중얼거리며 경감은 다소 만족감을 느꼈다.

"멍청하군요." 뒤에서 누군가 말했다.

뒤돌아보니 도장공이 입는 기다랗고 푸른 작업복을 걸친 나이 든 직공이 문턱에 서 있었다.

"생각해볼 필요가 없습니다." 남자가 말했다. "나예요, 뤼팽입니다. 오늘 아침부터 도장공에서 일하고 있어요. 지금은 식사 시간이지요. 그래서 올라온 거고."

뤼팽은 유쾌한 미소를 머금고 가니마르를 바라보며 외쳤다.

"그래! 내가 약속했던 바로 그 순간이군요, 친구. 내게 당신의 일생 중 10년을 준다고 해도 이 휴식 시간과 바꾸지는 않을 거야. 그래도 내가 경감님을 얼마나 좋아하는데! 어떻게 생각하나요, 형사 나리? 미리 짜고 예측했던 걸까요? 하나부터 열까지 예측해놓았던 걸까요? 내가 이 사건을 정확히 파악하고 있었지요? 스카프의 비밀을 꿰뚫고 있었잖아요? 내 논리에 허점이나 빈틈이 없었다는 건 아닙니다…. 하지만 이 뛰어난 예지력과 기막힌 재구성! 사건에 대해서나, 범죄가 일어난 순간부터 증거를 찾아 헤매다 경감님이 이곳에 도착하는 순간까지 벌어질 일을 차근차근 예견해낸 이 기막힌 직관! 정말 대단한 선견지명 아닌가요! 스카프는 가지고 계십니까?"

"반쪽은 가지고 있지. 나머지는 네게 있나?"

"여기 있습니다. 맞춰보지요."

두 사람은 두 실크 조각을 탁자 위에 펼쳐놓았다. 가위질 자국이 정확히 맞아떨어졌다. 게다가 색깔이 똑같았다.

뤼팽이 말했다. "이곳에 온 이유는 이것 때문만은 아니겠지요. 경감님이 관심을 두는 건 핏자국을 확인하는 일이겠지. 날 따라오세요, 경감님. 여긴 좀 어둡군요."

이들은 안뜰 근처에 있는 옆방으로 건너갔는데 확실히 더 밝았다. 뤼팽은 자신이 가진 천 조각을 유리창에 댔다.

"보세요." 가니마르에게 자리를 내주며 말했다.

경감은 기쁨에 겨워 몸을 떨었다. 손가락 다섯 개와 손바닥 자국이 아주 분명하게 보였다. 반박할 수 없는 증거다. 제니 사피르를 찔러 피투성이가 된 그 손으로 범인은 천을 쥐고 피해자 목에 휘감았던 것이다.

"왼손 자국입니다." 뤼팽이 지적했다…. "그것 때문에 경감님께 경고했던 건데, 보다시피 신기할 요소는 하나도 없어요. 나를 뛰어난 정신의 소유자로 인정해주는 건 좋지만, 그렇다고 마법사로 취급하는 건 싫거든요."

가니마르는 황급히 실크 조각을 주머니에 챙겨 넣었다. 뤼팽이 말했다.

"그렇고말고요, 경감님, 그건 경감님이 가져야 할 게 맞습니다. 경감님이 좋아하니 나도 좋군요. 그리고 보세요, 함정 같은 게 아니라 오로지 호의로 한 일입니다…. 동지끼리, 친구끼리 서로 돕는 거지요…. 뭐, 솔직히 말하면 호기심도 좀 있었어요…. 그래, 나머지 실크 조각을 살펴보고 싶었거든요…. 경찰이 가지고 있던 것 말이에요…. 겁내지 마세요. 두려워하지 마시라고요, 잠시만 보고 돌려드리겠습니다…."

가니마르는 저도 모르게 뤼팽의 말을 들었고, 뤼팽은 태평스럽게 스카프 한쪽 끝에 달린 술을 만지작거렸다.

"여자들이 하는 일이 얼마나 기발한지! 경감님, 조사하면서 이 사실을 깨달았나요? 제니 사피르는 솜씨가 꽤 좋아서 자신의 모자와 옷을 직접 만들었습니다. 이 스카프도 직접 만들었던 게 분명하지…. 첫날부터 그 점이 눈에 들어오더군요. 이미 경감님께도 말했지만, 나는 호기심이 많은 성격이라서 방금 경감님이 챙겨 넣은 실크 조각을 아주 충분히 살펴봤거든요. 그랬더니 그 불쌍한 아가씨가 술 장식 안에 부적으로 작은 성인 메달을 넣어두었더군요. 감동적이지 않나요, 경감님? 구원의 성모 마리아 메달이라니."

경감은 어리둥절한 채로 뤼팽에게서 눈을 떼지 않았다. 뤼팽은 계속 말했다.

"그래서 생각했습니다. 나머지 스카프 조각을 살펴보면 얼마나 재미있을까? 경찰이 피해자 목에서 찾아낼 스카프 조각 말입니다! 드디어 손에 넣은 이 나머지 조각 역시 끝 부분에 술 장식이 되어 있군요…. 그러니 똑같은 은닉처가 있는지, 그 안에는 뭐가 들었는지 알 수 있을 거란 말씀…. 보세요, 경감 나리. 이 얼마나 교묘하게 만들어졌는지! 이렇게 간단하다니까! 붉은 명주실 타래를 구해서 나무로 만든 속이 빈 올리브 장식 주변을 감싸 엮기만 하면 되는군요. 즉 좀 좁긴 하지만 성인 메달이나… 다른 물건을… 충분히 넣어둘 수 있단 말이지요. 가령 보석이라든가… 사파이어…."

이 말과 동시에 뤼팽은 명주실을 풀어내 올리브 장식 안에서 엄지와 검지로 순도와 크기가 완벽하리만치 근사한 푸른 보석을 집어냈다.

"이것 보세요, 내가 뭐라고 했습니까, 친구?"

뤼팽이 고개를 들어 가니마르를 보았다. 경감은 눈앞에서 반짝이는 보석에 사로잡힌 듯 얼빠진 시선으로 창백하게 질려 있었다. 경감은 이제야 뤼팽의 술책을 깨달은 것이다.

"짐승 같은 놈." 가니마르는 뤼팽을 처음 봤을 때 내뱉었던 욕설을 또다시 내뱉었다.

두 남자는 서로 마주 보고 섰다.

"그걸 내놔." 경감이 말했다.

뤼팽은 천 조각을 내밀었다.

"그리고 사파이어도!" 가니마르가 명령했다.

"멍청하긴."

"보석을 내놓으라고, 안 그러면…."

"안 그러면 무얼 어쩌시겠습니까, 이 우둔한 양반아?" 뤼팽이 외쳤다. "거참! 내가 아무 이유도 없이 이 사건을 넘겼다고 생각했습니까?"

"이리 내놓으라고!"

"날 뭐로 보는 건가요? 벌써 4주 동안이나 경감님을 얼간이처럼 부렸는데, 지금 와서 경감님은…. 저기, 조금 더 생각해보세요, 가니마르…. 4주 동안 경감님은 충실한 복슬강아지에 지나지 않았다는 사실을 떠올려보라고요. 이리 가져와, 저기로 가져다주렴, 뒷발로 서봐…. 사탕 줄까? 아! 이렇게 아빠 말을 잘 듣는 허수아비라니…."

들끓는 분노를 삭이며 가니마르는 자기 부하들을 어떻게 부를까, 오로지 그 한 가지만 생각했다. 지금 자신이 있는 방이 안뜰로 통해 있으므로 몸을 조금씩 움직이면서 다른 방으로 이어진 문으로 빠져나갈 기회를 노렸다. 그러다가 단숨에 창문으로 뛰어가 유리창을 부수리라.

"아무리 그래도 그렇지." 뤼팽이 말을 이었다. "경감님이나 다른 사람들이나 참 멍청하군요! 그 천을 손에 넣고도 살펴볼 생각을 해본 사람이 한 명도 없고, 그 가련한 아가씨가 왜 스카프를 붙들고 늘어졌는지 그 이유를 생각해본 사람도 전혀 없었다니. 단 한 사람도 없었단 말이지요! 당신들은 생각하거나 예측해보지도 않고 우연에 따라 행동하지요."

경감은 목적을 이뤘다. 뤼팽이 잠시 멀어진 틈을 타 잽싸게 몸을 돌려 문 손잡이를 그러쥔 것이다. 하지만 이내 입에서 욕설이 튀어나왔다. 손잡이가 꼼짝도 안 했던 것이다.

뤼팽이 웃음을 터뜨렸다.

"그것도 몰랐나요! 그것도 예상 못 했군요! 내게 함정을 파 놓았으면서도 내가 그걸 눈치챌 거라는 건 생각도 못 한 거지요…. 내가 일부러 이 방으로 끌어들이는 건 아닐까 하는 생각도 해보지 않고 따라 들어온 겁니다. 특별 장치가 돼 있던 자물쇠도 까맣게 잊고 말이지! 보세요, 솔직히 이 점에 대해 무슨 할 말이 있겠습니까?"

"무슨 말을 하겠느냐고?" 가니마르는 이성을 잃고 내뱉었다.

그리고 재빨리 권총을 꺼내 적의 얼굴을 정면으로 겨누었다.

"손들어!" 가니마르가 외쳤다.

뤼팽이 그 앞에 우뚝 서더니 어깨를 으쓱해 보였다.

"또 실수하고 있군."

"다시 말한다. 손들어!"

"또 허튼짓이라니까. 경감님 물건은 발사되지 않을 겁니다."

"뭐라고?"

"경감님 집에서 일하는 가정부, 카트린 할멈이 바로 내 밑에서 일하거든요. 오늘 아침에 당신이 카페오레를 즐기는 동안 할멈이 화약을 물로 적셔놨지."

가니마르는 화가 나서 권총을 주머니에 쑤셔 넣고 뤼팽에게 달려들었다.

"이러고 나면 그다음에는?" 가니마르 다리에 발길질 한 방을 날려 제압한 후 뤼팽이 말했다.

두 사람의 옷깃이 거의 스칠 듯 가까웠다. 두 사람의 시선은 서로 치고받기 직전의 맞수처럼 팽팽했다.

하지만 싸움은 일어나지 않았다. 과거 전적으로 보아 몸싸움은 아무런 소용이 없을 듯했다. 뤼팽을 상대로 겪었던 패배와 헛된 공격, 뤼팽이 가했던 치명적인 반격을 하나하나 기억하는 가니마르는 꼼짝도 하지 않았다. 더는 어쩔 도리가 없다. 뤼팽은 자유자재로 힘을 구사할 줄 알았으며 일대일 대결에서 당해낼 자가 없다. 그러니 맞서는 게 무슨 소용일까?

"그렇지 않습니까?" 뤼팽이 친근한 어조로 말했다. "그냥 여기에서 멈추는 게 나아요. 게다가, 경감 나리, 이 사건으로 얻은 걸 좀 생각해보세요. 명예도 얻었고 다음번 승진도 확실해졌으니, 그 덕분에 행복한 노년을 보낼 수 있잖아요. 그런데 거기에다 사파이어까지 찾아내고 이 가련한 뤼팽마저 잡아들이려는 건 아니겠지…. 그건 옳지 않거든요. 물론 이 뤼팽이 경감님의 목숨을 구했던 건 제외하고서 말이에요. 그래, 여봐요! 누가 경감님께 프레바이유가 왼손잡이라고 알려주었나요? 그럼에도 고작 이런 식으로 감사를 표시하는 건가요? 치사하군요, 가니마르. 정말이지, 딱해서 봐줄 수가 없군."

계속 지껄이면서 뤼팽 역시 아까의 가니마르처럼 슬금슬금 문 쪽으로 다가갔다.

가니마르는 적이 빠져나가려 한다는 사실을 알아차렸다. 그래서 몸을 사리던 것도 잊고 뤼팽 앞을 가로막으려 했다. 그러나 뤼팽의 박치기에 배를 호되게 맞고 반대편 벽으로 나가떨어졌다.

뤼팽은 손놀림 세 번 만에 용수철 장치를 푼 뒤 손잡이를 돌려 문을 살짝 열었고, 이내 너털웃음을 흩뿌리며 사라졌다.

20분 후 가니마르가 자기 부하들 곁으로 돌아왔을 때, 부하 한 사람이 말했다.

"도장공 하나가 동료들과 점심을 들러 어느 건물에 들어갔다가 나오면서 제게 이 편지를 주더군요. '당신 상급자에게 전하십시오'라고 하기에 '상급자라니요?'라고 되물었지요. 그런데 그자는 이미 멀리 가버렸습니다. 경감님께 전하라는 것 같습니다."

"이리 주게."

가니마르가 봉투를 뜯었다. 연필로 황급히 휘갈긴 듯한 편지에는 이렇게 적혀 있었다….

> 이 글은 선량한 친구인 경감님께 남을 지나치게 믿지 말라고 경고하기 위해 썼습니다. 누가 경감님의 권총이 물에 젖었다고 말하면 그 사람을 얼마나 신뢰하든, 심지어 그 사람이 아르센 뤼팽이라 해도 속아 넘어가지 마세요. 일단 한번 쏴보고, 상대가 팽 쓰러져 저세상으로 가면 확실히 알게 될 테지요. 첫째, 탄약은 물에 젖지 않았다는 것과 둘째, 카트린 할멈은 둘도 없이 정직한 가정부라는 사실을 말이에요.
>
> 카트린 할멈을 소개받을 날을 기대하며, 충실한 벗 '아르센 뤼팽'이 다정한 마음을 담아.

6
배회하는 죽음

아르센 뤼팽은 성벽을 따라 한 바퀴 돌고는 출발점으로 되돌아왔다. 들어갈 틈이라고는 하나도 없었기에 모페르튀의 광대한 영지로 들어가려면 안에서 굳게 잠긴 낮은 쪽문을 통하거나 관리인실이 바로 옆에 있는 중앙 철책 문을 통과해야 했다.

"좋아." 뤼팽이 말했다. "비상수단을 써야겠군."

뤼팽은 오토바이를 세워둔 잡목 숲으로 들어가 오토바이 안장 밑에 감아둔 가벼운 밧줄 뭉치를 빼들고, 아까 둘러보면서 미리 봐둔 자리로 갔다. 도로에서 멀리 떨어진 그 곳은 숲 가장자리에 있었는데 공원에 심긴 큰 나무가 담 위로 솟아 있었다.

뤼팽은 밧줄 끄트머리에 돌멩이를 묶고 집어던져 굵직한 나뭇가지에 걸리게 했다. 이제 나뭇가지를 잡아당겨 그 위에 올라타기만 하면 됐다.

나뭇가지가 제자리로 퉁겨 올라가면서 뤼팽도 따라 올라갔다. 그렇게 담을 넘어 나무를 타고 미끄러져 내려가 공원 풀밭 위로 살포시 뛰어내렸다.

겨울이었다. 벌거벗은 나뭇가지 사이로 잔디 언덕이 구불구불 펼쳐져 있었으며 저 멀리 모페르튀 성이 자그마하게 보였다. 뤼팽은 들킬까 봐 전나무가 모여 있는 곳 뒤로 몸을 숨겼다. 그리고 작은 쌍안경으로 음울하고 컴컴한 성의 전면을 살펴보았다. 창문은 물론 덧창까지 모두 빈틈없이 닫혀 있었다. 사람이 살지 않는 집 같았다.

"저런." 뤼팽이 중얼거렸다. "저 저택, 과히 유쾌한 곳은 아닌걸! 저런 곳에서 노년을 보내라면 싫겠군."

괘종시계가 3시를 알리는 종을 울리자 1층의 문 하나가 테라스 쪽으로 열리더니 검정 외투를 입은 날씬한 여자가 나타났다.

여자는 몇 분 동안 새 떼에 둘러싸여 빵 조각을 던져주며 이리저리 오갔다. 그러더니 잔디밭 중앙까지 이어진 돌계단을 내려와 오른쪽 통로로 접어들었다.

쌍안경 너머로 여자가 뤼팽 쪽으로 오는 것이 똑똑히 보였다. 여자는 키가 크고 금발이었으며 우아했고 아주 젊어 보였다. 12월의 창백한 태양에 눈길을 주며 지나가는 길에 난 잡목의 마른 가지를 또각또각 부수며 가벼운 발걸음을 내디뎠다.

여자가 뤼팽 쪽으로 3분의 2 정도 다가왔을 때, 별안간 사납게 개 짖는 소리가 울려 퍼졌다. 무시무시한 생김새에 엄청나게 큰 그레이트데인 개가 가까이 있던 개집에서 불쑥 튀어나오더니 묶인 사슬이 팽팽해질 만큼 달려가 몸을 곧추세웠다.

여자는 살짝 물러섰다가 지나갔다. 매일 벌어지는 일이라 별로 개의치 않는 것 같았다. 개는 더 격렬히 짖어댔고, 끈에 걸려 숨이 막힐 텐데도 뒷발로 서서 사슬이 끊어질 듯 발악했다.

서른 걸음이나 마흔 걸음쯤 지나온 여자는 갑자기 짜증이 났는지 뒤돌아서 손을 한번 휘저었다. 그러자 개는 분통이 터진 듯 개집 쪽으로 잠시 물러섰다가 다시 한 번 격렬히 돌진했다. 그때 여자가 끔찍한 비명을 내질렀다. 개가 끊어진 사슬을 끌며 쏜살같이 달려오고 있었던 것이다.

여자는 온 힘을 다해 뛰기 시작했다. 도와달라고 필사적으로 소리를 질렀다. 하지만 몇 달음에 개는 여자를 따라잡았다.

금세 기운이 빠져 여자는 넘어졌고 이젠 끝장이었다. 개는 이미 여자 위로 달려들기 직전이었다.

바로 그때 총성이 울렸다. 개가 앞으로 나뒹굴었다가 다시 똑바로 몸을 일으켜 앞발로 땅을 긁었다. 숨이 가쁜 듯 몇 차례 쉰 소리로 낑낑대더니 결국 들릴락 말락 한 신음을 내며 거칠게 헐떡였다. 그걸로 끝이었다.

"죽었군." 곧장 달려온 뤼팽이 다시 총을 쏘려다가 말했다.

여자가 일어났다. 얼굴이 백지장처럼 창백했고 아직도 온몸을 후들후들 떨었다. 여자는 놀라서 자기 목숨을 구해준 낯선 남자를 살펴봤다. 그리고 나직이 말했다.

"고마워요…. 정말 무서웠는데…. 하마터면 큰일 날 뻔했습니다…. 감사합니다, 선생님."

뤼팽은 모자를 벗어 손에 들었다.

"제 소개를 드리겠습니다, 아가씨. 폴 도브뢰이라고 합니다…. 일단 다른 말씀을 드리기 전에 잠시만…."

그러더니 개 시체로 몸을 기울여 개가 힘을 가하는 바람에 사슬이 끊어진 부분을 주의 깊게 살펴보았다.

"역시 그랬군!" 뤼팽은 나직이 말했다. "내 생각이 맞았어. 이런! 상황이 급하게 돌아가는군…. 좀 더 일찍 왔어야 했는데."

여자에게 돌아온 뤼팽은 다급히 말했다….

"아가씨, 지금은 일분일초가 다급합니다. 제가 이 공원에 있는 건 다소 특별한 상황이라 가능하면 모습을 들키고 싶지 않군요. 하지만 이건 오로지 아가씨와 관련된 일 때문에 그렇습니다. 그런데 혹시 성에서 총소리를 들었으리라고 보십니까?"

젊은 여자는 이미 아까의 충격에서 벗어난 것 같았으며 담대한 성격이 드러나는 확신에 찬 어조로 대답했다.

"그렇지 않을 거예요."

"오늘 아버님께서 성에 계십니까?"

"아버지는 편찮으세요. 한 달 전부터 자리에 누워 계세요. 더구나 아버지 방은 다른 쪽으로 나 있어요."

"그러면 하인들은요?"

"하인들도 역시 반대쪽에서 기거하고 일해요. 아무도 이쪽으로 오지 않아요. 저만 가끔 이곳을 산책하곤 해요."

"그렇다면 제 모습을 본 사람도 없겠군요. 게다가 저 나무들도 가리고 있으니."

"그럴 거예요."

"그럼 제가 터놓고 이야기해도 되겠습니까?"

"물론이에요. 하지만 무슨 말씀이신지…."

"이해하실 겁니다."

뤼팽은 여자에게 좀 더 다가서서 말했다.

"간단히 말씀드리겠습니다. 자, 이렇습니다. 나흘 전에 잔 다르시외 양께서….”

“저로군요.” 여자가 미소 지었다.

“잔 다르시외 양께서.” 뤼팽이 다시 말했다. “마르셀린이라는 친구에게 편지를 썼습니다. 베르사유에 사는….”

“그걸 어떻게 아세요?” 젊은 여자는 놀라서 물었다. “다 쓰기도 전에 찢어버렸는데요.”

“편지 조각을 방돔 성으로 가는 도로변에 버려놓으셨지요.”

“그래요, 산책하면서….”

“그 편지 조각을 누가 주워서 그다음 날 내 손에 들어왔습니다.”

“그렇다면… 읽어보셨나요?” 여자는 살짝 기분이 나쁜 듯 말했다.

“예, 제가 실례를 무릅썼습니다만, 후회하진 않습니다. 아가씨를 구할 수 있었으니 말입니다.”

“무엇으로부터 절 구한다는 말씀인가요?”

“죽음입니다.”

뤼팽의 짧은 말은 똑 부러졌다. 여자는 전율했다.

“전 죽을 위험에 처해 있지 않아요.”

“아닙니다, 아가씨. 10월 말쯤 여느 날처럼 테라스 의자에 앉아 책을 읽고 계셨지요. 바로 이때 석재 돋을새김 장식이 떨어졌는데, 만약 몇 센티만 가까웠어도 크게 다칠 뻔했지요.”

“그건 우연히….”

“11월의 어느 화창한 저녁나절, 훤한 달빛 아래서 채소밭을 지나고 계셨습니다. 총이 한 발 발사돼 아가씨의 귓전을 스쳤지요."

"제 생각에 그건…."

"그리고 지난주, 이 공원 개천에서 폭포로부터 2미터 정도 떨어진 목재 다리를 건너가고 있는데 갑자기 다리가 무너져 내렸지요. 나무뿌리에 매달리셨던 건 정말 기적 같은 일이었습니다."

잔 다르시외는 애써 미소를 지어보려 했다.

"그렇다고 해도 마르셀린에게 보내려던 편지에도 썼듯이 모두 단순한 우연일 뿐이였어요…."

"아닙니다, 아가씨. 아니에요. 이러한 우연은 한 번 정도는 일어날 수 있습니다…. 두 번까지도 가능하지요! 하지만 세 번이나 반복되지는 않아요. 바로 이 때문에 제가 감히 아가씨를 구하러 오겠다고 마음먹은 겁니다. 하지만 제가 관여됐다는 사실을 비밀로 해야만 사건을 해결할 수 있습니다. 그래서 대문으로 들어오는 대신 살짝 숨어 들어왔던 거고요. 아까 말씀하신 대로 하마터면 큰일 날 뻔했지요. 적이 다시 한 번 아가씨를 공격했으니까요."

"뭐라고요! 그렇게 생각하세요? 아니, 불가능해요…. 믿을 수 없어요…."

뤼팽이 사슬을 주워 보여주었다.

"여기 마지막 고리를 보십시오. 미리 줄을 사용해서 일부분을 잘라놓았습니다. 만약 그렇지 않았다면 이만한 사슬이 끊어지진 않았을 겁니다. 줄질한 자국이 선명하지요."

잔은 하얗게 질렸다. 예쁜 얼굴은 두려움에 휩싸여 잔뜩 굳었다.

“대… 대체 누가 제게 그토록 큰 원한을 품었을까요?” 잔이 더듬거렸다. “끔찍해요…. 남을 해친 적이라곤 한 번도 없는데…. 하지만 선생님 말씀이 맞는 건 확실해요…. 게다가….”

여자는 좀 더 나지막이 말했다.

“게다가 그 누군가는 아버지에게도 위협을 가하는 게 아닐까 하는 생각이 들어요.”

“아버지도 공격당했나요?”

“아니요. 아버지는 방에서 나오시는 일이 없으니까요. 하지만 아버지의 병환이 정말로 이상하기 짝이 없어요! 힘이 하나도 없으시고… 이젠 걸으실 수도 없어요…. 더구나 심장이 멎을 것처럼 숨이 가쁘실 때가 있어요. 아! 이렇게 끔찍한 일이!”

젊은 여인을 대할 때 필요한 단호함이 솟아오른 뤼팽이 말했다.

“아무 염려 마십시오, 아가씨. 만약 제 말을 그대로 따르시면 이 상황을 이겨낼 것이라고 확신합니다.”

“그래요…. 그래요, 따르겠어요. 하지만 이 모든 게 너무 끔찍해요….”

“제발 절 믿으십시오. 그리고 제 말을 들으세요. 몇 가지 사실을 알아야 합니다.”

뤼팽은 차례차례 질문했고, 잔 다르시외는 곧바로 대답했다.

“저 개는 절대 풀어놓지 않습니까?”

“절대로요.”

“누가 먹이를 줍니까?”

"문지기가요. 날이 저물 무렵 사료를 가져와요."
"그러면 문지기는 개한테 다가가도 물리지 않겠군요?"
"그래요. 그 사람만 가능해요. 개가 사납거든요."
"그 남자를 의심하진 않습니까?"
"오, 밥티스트는 그럴 리가 없어요! 절대로요…."
"그렇다면 의심할 사람이 아무도 없나요?"
"없어요. 하인들은 모두 굉장히 충직해요. 저를 아주 좋아하고요."
"성에 다른 친구들은 없나요?"
"없어요."
"형제도 없고요?"
"없어요."
"그렇다면 아버님만 아가씨를 보호해줄 수 있겠군요."
"예, 하지만 지금은 어떤 상태이신지 선생님께 이미 말씀드렸지요."
"아버지께 이런 일들이 벌어졌다고 말씀드렸나요?"
"예, 하지만 실수였어요. 우리 집 주치의인 연세 지긋하신 게루 선생님은 아버지께 그 어떤 충격도 주지 말라고 하셨거든요."
"어머니는요?"
"어머니에 대한 기억은 없어요. 돌아가셨거든요. 16년 전에, 그러니까 정확히 16년 전에요."
"몇 살이셨나요?"
"다섯 살이 조금 안 됐을 때였어요."

"여기에 살고 계셨습니까?"

"파리에 살았어요. 그 이듬해에야 아버지께서 이 성을 사들이셨어요."

뤼팽은 한동안 묵묵히 있더니 이렇게 마무리 지었다.

"좋습니다, 아가씨. 고맙습니다. 지금 주신 정보로 충분하겠어요. 더구나 너무 오래 함께 있는 건 신중하지 못할 것 같군요."

여자가 말했다. "하지만 문지기가 조금 있다가 개를 발견할 텐데…. 누가 죽였다고 해야 할까요?"

"아가씨지요. 아가씨가 그러신 겁니다. 방어하려고 그런 거지요."

"저는 총을 가지고 다니는 일이 없어요."

"그랬다고 해야지 어쩌겠습니까." 뤼팽이 미소 띤 얼굴로 말했다. "오로지 아가씨만이 그럴 수 있었으니 말입니다. 그렇게 말하면 알아서들 생각할 겁니다. 중요한 건 제가 성으로 다시 돌아왔을 때 의심받지 않아야 한다는 거지요."

"성으로요? 오실 생각이세요?"

"어떻게 해야 할지는 아직 잘 모르겠지만, 분명 올 겁니다. 그것도 바로 오늘 밤에…. 그러니 다시 말씀드리지만, 걱정하지 마십시오. 제가 알아서 하겠습니다."

잔은 뤼팽을 바라보았다. 남자의 기세에 눌리고 그 확고하고 선량한 태도에 사로잡혀, 여자는 이렇게 말할 뿐이었다.

"걱정하지 않아요."

"그렇다면 모든 게 순조롭게 진행될 겁니다. 저녁에 뵙지요,

아가씨."

"예, 그럼."

여자는 멀어져갔다. 뤼팽은 잔이 성 모퉁이를 돌아 사라질 때까지 눈으로 좇다가 중얼거렸다.

"예쁜 아가씨로군! 무슨 일이 일어나면 안 되지. 다행히 이 용감하신 아르센이 지켜주고 있단 말이야."

뤼팽은 들킬 걸 크게 두려워하지는 않았지만 그래도 귀를 쫑긋 세운 채 공원 구석구석을 살펴보았다. 그러고는 밖에서 봐두었던 나지막한 쪽문을 찾아갔다. 채소밭으로 통하는 문이었는데, 뤼팽은 문의 빗장을 풀어두고 열쇠를 빼들었다. 그런 뒤 벽을 따라 아까 타고 넘어온 나무 쪽으로 갔다. 2분이 지났을 때 뤼팽은 자기 오토바이 위에 올라타고 있었다.

모페르튀 마을은 성 가까이 붙어 있었다. 뤼팽은 사람들에게 물어 교회 바로 옆에 게루 박사의 집이 있다는 사실을 알아냈다.

초인종을 누르고 진료실로 인도되어 들어간 뤼팽은 자신이 파리 쉬렌가에 사는 폴 도브뢰이라고 소개하며, 치안국과 비공식적으로 협력하고 있는 사이이며 이 관계는 엄수해야 할 비밀이라고 말했다. 뒤이어 자신이 찢어진 편지를 읽고 다르시외 양이 위험에 처한 상황을 알게 되었으며 아가씨를 구하러 왔다고 설명했다.

게루 박사는 나이가 지긋한 시골 의사였으며 잔을 매우 아꼈다. 뤼팽의 설명을 듣자마자 의사는 일련의 사건들로 보건대 음모가 있는 게 틀림없다는 말에 동의했다. 매우 감동한 박사는 방문객에게 호의를 베풀고자 저녁 식사를 하고 가라고 붙들었다.

두 사람은 오랫동안 이야기를 나눴다. 그리고 저녁에 함께 성으로 갔다.

의사는 2층 환자 방으로 올라가서 환자에게 젊은 동료 의사 한 사람을 데려와도 좋은지 물어보았다. 이제 의사직에서 은퇴해 쉬려고 하며 조만간 자기 환자들을 이 젊은이에게 인계할 예정이라고 했다.

뤼팽은 방으로 들어서다가 아버지의 침대맡에 있는 잔 다르시외를 보았다. 잔은 놀랐다는 몸짓을 간신히 억누르고 의사의 신호를 받고 방에서 나갔다.

뤼팽이 보는 앞에서 진찰이 이루어졌다. 다르시외의 얼굴은 고통으로 비쩍 말라 있었고 눈은 열에 들떠 있었다. 그날은 특히 심장이 불편하다고 호소했다. 진찰 후 환자는 근심이 완연한 태도로 질문을 던졌으며 대답을 들을 때마다 안심하는 것 같았다. 딸인 잔에 관해서도 이야기했다. 분명 딸에게 무슨 일이 벌어졌는데 자신에게 감추는 게 틀림없다고 말이다. 의사가 그렇지 않다고 했지만 다르시외는 여전히 걱정했다. 경찰에 알려 조사를 벌였으면 좋겠다는 뜻을 비쳤다.

흥분 상태가 계속되자 환자는 진이 빠져 서서히 잠이 들었다.

복도로 나온 뤼팽이 의사를 멈춰 세웠다.

"말해보세요, 선생님의 정확한 의견은 무엇입니까? 다르시외 씨의 병환이 다른 이유에서 비롯됐을 수 있다고 보십니까?"
"무슨 말씀인지?"
"다시 말해 어떤 적의를 품은 자가 아버지와 딸을 모두 없애려고 한다면…."
게루 박사는 그럴 수 있다는 생각에 큰 충격을 받은 듯했다.
"그렇군요, 그래요. 가끔은 환자의 증세가 정말이지 이상하다 싶었는데! 그렇다면 다리 전체가 거의 마비된 이유는 자연스럽게…."
의사는 잠시 생각해보더니 나직한 목소리로 말했다.
"독이겠군요…. 하지만 어떤 독일까요? 게다가 어떤 중독 증상인지 도무지 짐작이 가지 않습니다…. 아니, 무얼 하십니까? 무슨 일입니까?"
두 사람은 2층의 작은방 앞에서 이야기하는 중이었다. 방 안에서는 잔이 의사가 아버지를 진료하는 틈을 타 저녁 식사를 준비하고 있었다. 뤼팽은 열린 문으로 이 모습을 바라보고 있었는데, 여자가 컵을 입으로 가져가 그 안에 든 것을 몇 모금 마셨다.
별안간 뤼팽은 여자에게 달려가 팔을 붙들었다.
"지금 무얼 마시고 계십니까?"
"아니." 어안이 벙벙해진 여자가 말했다…. "차를 마시고 있어요."
"왜 인상을 찡그렸지요?"
"모르겠어요. 맛이 조금…."
"맛이 조금?"

"그러니까…. 맛이 좀 씁쓸했달까요…. 하지만 제가 차에 탄 약 때문이었을 거예요."

"무슨 약이요?"

"의사 선생님이 처방해주셔서 매일 저녁 식사 때마다 먹는 약이 있어요, 안 그래요, 선생님?"

"그래." 게루 박사가 말했다. "하지만 그 약에는 아무 맛도 없는데…. 잘 알지 않느냐, 잔. 벌써 2주째 먹는 중이니까 말이야. 그런데 그런 건 처음…."

"그래요…." 아가씨가 중얼거렸다. "그런데 이번엔 맛이…. 아! 이런, 입이 계속 타들어가는 것 같아요."

이번에는 게루 박사가 잔에 든 것을 한 모금 마셔보았다.

"아! 퉤!" 차를 도로 뱉어낸 박사는 외쳤다. "실수했을 리가 없는데!"

한편 뤼팽은 약물이 든 병을 살펴보더니 물었다.

"평소에 이 병을 어디에 보관하세요?"

하지만 잔은 대답할 수 없었다. 손을 가슴에 댄 채 창백한 얼굴로 눈에 경련을 일으키며 극도로 고통스러워했다.

"아파요, 아파요." 여자가 더듬거렸다.

두 남자는 잔을 재빨리 방으로 옮겨 침대에 눕혔다.

"토사제를, 빨리." 뤼팽이 말했다.

"붙박이장을 열어보세요." 의사가 지시했다…. "구급약 통이 있어요…. 찾았나요? 거기서 조그만 튜브 하나를…. 그래요, 그거예요…. 이젠 따뜻한 물을… 선반에 차 끓이는 그릇이 있어요."

종소리를 듣고 잔을 보살펴주는 하녀가 달려왔다. 뤼팽은 하녀에게 다르시외 양이 알 수 없는 이유로 쓰러졌다고 말했다.

그리고 식당으로 돌아가 찬장이며 선반을 뒤져본 후 주방으로 내려갔다. 그곳에 있던 사람들에게는 의사의 지시로 환자의 식사 내용물을 살펴보러 왔다고 했다. 뤼팽은 식사하고 있던 주방장 여자와 하인, 문지기 밥티스트에게 자연스럽게 몇 마디를 물어보았다.

다시 방으로 올라온 뤼팽은 의사를 찾아갔다.

"어떻습니까?"

"지금은 잠들었어요."

"위험하진 않나요?"

"아니요. 다행히 두세 모금만 마셨어요. 하지만 오늘 벌써 두 번이나 선생께서 잔을 구하셨습니다. 이 약병 내용물을 분석해 보면 증거가 나올 거예요."

"분석할 필요도 없어요, 선생님. 독극물로 살해하려 했던 게 분명합니다."

"하지만 누가요?"

"모르지요. 어쨌든 이 일을 꾸민 자는 성에서의 일상을 훤히 꿰고 있어요. 자기 마음대로 돌아다니지요. 공원에서 개 사슬에 줄질해놓는가 하면 음식에 독을 타고요. 한마디로 자기가 없애고 싶은 여자, 아니 사람들의 일상생활을 그대로 따라 움직이고 있어요."

"아! 그렇다면 선생께서는 다르시외 씨도 같은 위험에 처했다고 보십니까?"

"물론입니다."

"그렇다면 하인 중 한 명일까요? 하지만 그건 말이 안 돼요. 정말로 그리 믿으십니까?"

"무엇을 믿어야 할지는 모르겠습니다. 전혀 모르겠어요. 지금 드릴 수 있는 말씀은 상황이 급하고 최악의 상황도 대비해야 한다는 겁니다. 죽음이 이곳에 있습니다, 선생님. 성안을 배회하고 있단 말이에요. 이제 곧 목표를 달성하고 말 겁니다."

"무얼 해야 할까요?"

"지키고 있어야지요. 다르시외 씨 건강이 염려된다고 하면서 오늘 밤 이 작은방에서 머뭅시다. 아버지와 딸의 방이 서로 가까이 있어요. 위급한 상황이 닥치면 분명 소리를 들을 수 있을 겁니다."

방에는 잘 수 있을 만한 안락의자가 하나 있었다. 두 사람은 번갈아 가며 자기로 했다.

하지만 뤼팽은 두세 시간밖에 자지 못했다. 한밤중에 게루 박사에게 말하지 않고 방을 빠져나가 성안을 샅샅이 살펴본 후 중앙 철책 문을 통해 밖으로 나갔다.

9시쯤 뤼팽은 오토바이를 타고 파리에 도착했다. 전화로 미리 불러놓은 동료 두 사람이 기다리고 있었다. 셋은 각자 흩어져 뤼팽이 지시한 대로 종일 조사를 벌였다.

오후 6시가 되자 뤼팽은 황급히 길을 떠났다. 나중에 뤼팽이 전한 이야기에 따르면 안개 낀 12월의 그 컴컴한 밤, 오로지 오토바이 전조등 불빛에만 의존해 미친 듯이 달렸던 그때만큼 목숨이 위험했던 적은 없었다고 한다.

뤼팽은 아직도 열려 있는 철책 문 앞에서 오토바이에서 껑충 뛰어내린 후 단숨에 2층까지 달렸다.

작은방에는 아무도 없었다.

뤼팽은 문을 두드리지도 않고 서슴없이 잔의 방으로 들어갔다.

"아! 거기 계셨군요." 뤼팽은 잔과 의사를 보고 안도의 한숨을 내쉬었다. 두 사람은 나란히 앉아 이야기를 나누고 있었다.

"무슨 일이십니까? 새로운 사실을 발견했나요?" 평소 차분했던 뤼팽이 이토록 흥분한 모습을 보이자 걱정이 된 의사가 말했다.

"아닙니다." 뤼팽이 답했다. "새로운 사실은 못 찾았습니다. 여기는요?"

"여기도 마찬가지예요. 방금 다르시외 씨를 보고 오는 길입니다. 오늘 하루는 몸 상태가 아주 좋았고 식욕도 좋았습니다. 보시다시피 여기 있는 잔도 안색이 좋아졌지요."

"그렇다면 떠나야 합니다."

"떠난다고요! 그럴 순 없어요." 여자가 반대했다.

"그러셔야 합니다." 뤼팽은 격렬하게 발을 구르며 소리쳤다.

하지만 금세 평정을 되찾아 잠시 실례하겠다고 말한 후 3~4분 동안 말없이 깊은 생각에 잠겼다. 의사와 잔은 걱정하며 기다렸다.

드디어 뤼팽이 여자에게 말했다.

"내일 아침에 떠나십시오, 아가씨. 한 1~2주만 떠나 계세요. 베르사유에 사는 친구분 집으로 모셔다 드리겠습니다. 편지를 썼던 그 친구 집이요. 오늘 밤에 완벽히 준비해놓으세요. 떠난다는 사실을 숨기지 마시고 하인들에게도 알리십시오…. 선생님께서는 다르시외 씨께 이 사실을 잘 말씀해주세요. 만전을 기하려면 따님이 성을 떠나야 하며 안전을 위해서도 반드시 필요한 일이라고요. 덧붙여 떠날 기력을 되찾는 즉시 다르시외 씨께서도 그쪽으로 가실 거라고 말입니다. 괜찮으시겠습니까?"

"좋아요." 잔이 말했다. 강압적이고도 부드러운 뤼팽의 목소리에 완전히 기세가 꺾여 있었다.

"그렇다면." 뤼팽이 말했다. "서두르십시오. 그리고 방에서 절대 나오지 마세요."

아가씨가 살짝 몸을 떨며 말했다. "하지만 오늘 밤은…."

"걱정하실 일은 없습니다. 혹시 위험한 상황이 생기면 우리가 오겠습니다. 박사님과 제가요. 가볍게 세 번 노크하는 경우 말고는 절대로 문을 열지 마세요."

잔은 즉시 종을 울려 하녀를 불렀다. 의사는 다르시외의 방으로 갔으며 뤼팽은 작은방으로 간단한 음식을 가져다 달라고 부탁해 식사했다.

"이제 됐습니다." 20분쯤 지나 돌아온 의사가 말했다. "다르시외 씨도 크게 반대하는 눈치는 아니었습니다. 그분도 잔을 멀리 보내는 게 좋다고 생각하고 계세요."

두 사람은 방에서 물러나 성 밖으로 나왔다.

철책 문 가까이에서 뤼팽이 문지기를 불렀다.

"문을 닫아도 좋네, 친구. 만약 다르시외 씨께서 우리를 필요로 하면 즉시 사람을 보내게."

모페르튀 교회에서 10시를 알리는 종이 울렸다. 시커먼 구름 사이로 이따금 달이 나타나 시골 마을을 비추었다.

두 사람은 한 100보쯤 걸어갔다.

마을로 다가가다가 갑자기 뤼팽이 의사의 팔을 붙들었다.

"멈춰요!"

"무슨 일이에요?" 의사가 외쳤다.

"만약." 뤼팽은 툭툭 끊어가며 말했다. "내 계산이 맞는다면, 그러니까 이 사건을 완전히 헛짚고 있는 게 아니라면, 오늘 밤에 다르시외 양이 살해될 겁니다."

"뭐! 뭐라고 하셨습니까?" 의사가 두려움에 사로잡혀 더듬거렸다…. "아니, 그렇다면 어째서 우리가 떠나온 겁니까?"

"범인은 우리의 행동을 은밀히 주시하고 있었어요. 그자가 자기 계획을 바꾸지 않고, 또 자신이 택한 시각이 아니라 내가 정한 시각에 범행을 시도하게 하려고 그런 겁니다."

"그렇다면 다시 성으로 돌아갑니까?"

"물론입니다. 하지만 각자 흩어져서 갑니다."

"좋습니다. 바로 움직이지요."

"잘 들으세요." 뤼팽은 차분한 목소리로 말했다. "쓸데없는 말로 시간 낭비는 않겠습니다. 무엇보다 모든 감시망을 피해야 합니다. 그러려면 일단 선생님께서는 댁으로 바로 돌아가셔야 합니다. 집에서 몇 분 기다렸다가 아무도 뒤를 쫓지 않는 게 확실할 때 다시 나오십시오. 일단 성에 도착하면 왼쪽 벽을 타고 채소밭으로 통하는 작은 문으로 가세요. 여기 열쇠가 있습니다. 교회 종이 11시를 치면 문을 살짝 열고 곧장 성 뒤쪽의 테라스로 가세요. 다섯 번째 창문이 느슨하게 닫혀 있습니다. 발코니를 뛰어넘기만 하면 되지요. 일단 다르시외 양 방에 도착하면 빗장을 걸고 움직이지 마십시오. 아시겠습니까, 절대 움직이지 마세요. 무슨 일이 일어나도 두 분 모두 꼼짝 말고 계셔야 합니다. 다르시외 양이 몸단장하는 단장실 문을 살짝 열어두는 습관이 있는 것 같던데, 맞습니까?"

"맞아요. 제가 그렇게 하라고 했습니다."

"놈은 그쪽으로 올 거예요."

"그럼 선생은요?"

"나도 그 문으로 들어가겠습니다."

"선생은 그놈이 누군지 아십니까?"

뤼팽은 망설이더니 대답했다.

"아니요…. 모릅니다…. 이 방법으로 곧 알게 되겠지요. 어쨌든 정말로 침착하셔야 합니다. 무슨 일이 일어나도 꼼짝 마시고 입도 뻥끗해선 안 됩니다."

"약속하겠습니다."

"그거로는 부족합니다, 선생님. 맹세해주세요."

"맹세하겠습니다."

의사는 떠났다. 뤼팽은 그 즉시 바로 옆의 작은 언덕으로 올라갔다. 그곳에서 성의 2층과 3층 창문이 보였다. 창문 여러 개에 불이 밝혀져 있었다.

뤼팽은 한참을 기다렸다. 불이 하나둘 꺼졌다. 그러자 뤼팽은 의사와 반대 방향으로 가서 오른쪽으로 꺾어진 후 벽을 따라 나무가 밀집해 있는 곳까지 걸어갔다. 뤼팽이 전날 오토바이를 감춰놓은 곳이었다.

11시를 알리는 종이 울렸다. 의사가 채소밭을 가로질러 성까지 들어갈 시간을 계산해보았다.

뤼팽이 중얼거렸다. "일단 그쪽은 모든 게 준비됐겠군. 슬슬 구하러 가보자고, 뤼팽. 적이 곧 최후의 수단을 쓸 텐데, 제기랄 내가 그 자리에 있어야 한다고…."

뤼팽은 지난번에 했던 대로 나뭇가지를 잡아당겨 벽으로 기어오른 후 가장 굵은 나뭇가지로 올라갔다.

바로 이때 뤼팽은 귀를 쫑긋 세웠다. 마른 잎사귀가 바스락거리는 소리를 들은 것 같았다. 실제로 그림자 하나가 자신보다 30미터쯤 위에서 움직이는 모습이 보였다.

'빌어먹을.' 뤼팽이 속으로 말했다. '끝장났어. 놈이 눈치챘군….'

마침 달빛 한 줄기가 비추었다. 남자가 총을 겨누는 모습이 똑똑히 보였다. 뤼팽은 뛰어내리려고 몸을 돌렸다. 하지만 이내 총성이 들리는가 싶더니 가슴에 깊은 통증을 느꼈다. 뤼팽은 분노에 찬 욕설을 내뱉었고 나뭇가지에서 나뭇가지로, 마치 시체처럼 추락했다….

한편 게루 박사는 아르센 뤼팽이 시킨 대로, 다섯 번째 창문턱을 넘어 어둠 속을 더듬으며 2층으로 올라갔다. 잔의 방 앞에서 가볍게 세 번 노크하고 방으로 들어가 빗장을 걸었다.

"침대에 누워 있어라." 의사는 낮은 목소리로 말했다. 잔은 저녁에 입었던 옷차림 그대로였다. "네가 잠든 것처럼 보여야

해. 으…. 방이 꽤 쌀쌀하구나. 단장실 창문이 열려 있니?"

"예…. 닫을까요…."

"아니, 그대로 둬라. 누가 올 거다."

"누가 온다고요!" 잔이 놀라 중얼거렸다.

"그래. 틀림없어."

"하지만 누굴 의심하세요?"

"글쎄다…. 누가 성이나 공원에 숨어든 것 같다."

"오! 무서워요."

"무서워하지 않아도 된단다. 널 지켜주는 그 사내는 퍽 힘이 센 것 같고, 확실하지 않으면 이런 일도 안 꾸몄을 거다. 지금쯤이면 마당 어딘가에서 대기하고 있을 거야."

의사는 야등을 끄고 창문으로 다가가 커튼을 걷어 올렸다. 가느다란 돋을새김 장식이 2층을 쭉 둘러 있어 안뜰 먼 곳의 한쪽밖에 보이지 않았다. 의사는 침대 쪽으로 돌아와 앉았다.

숨 막히는 몇 분이 흘렀다. 이들에게는 무척 긴 시간처럼 느껴졌다. 마을 괘종시계가 울렸지만, 두 사람은 밤에 들려오는 미세한 온갖 소리에 귀를 기울이느라 종소리도 제대로 듣지 못했다. 두 사람은 온 신경을 곤두세우고 계속 귀를 쫑긋 세웠다.

"들었니?" 의사가 속삭였다.

"예, 예." 잔이 침대에서 일어나 앉으며 말했다.

"누워라…. 누워." 잠시 후 의사가 말했다…. "누가 온다…."

밖의 돋을새김 장식에 부딪혀 살짝 딸깍거리는 소리가 들렸다. 그러더니 좀 더 큰 소리가 연이어 들려왔는데 무슨 소리인지 도무지 알 수 없었다. 하지만 옆방 창문이 크게 열린 건 분명했다. 쌀쌀한 공기가 확 몰려왔기 때문이다.

순간적으로 확실히 알 수 있었다. 누군가 옆방에 있다.

의사는 살짝 떨리는 손으로 권총을 움켜쥐었다. 하지만 움직이지는 않았다. 엄중히 맹세한 말을 떠올렸고 이를 어길까 봐 살짝 두려웠다.

방은 칠흑 같았다. 적이 어디에 있는지 알 수 없었다. 하지만 두 사람은 적이 와 있다고 짐작했다. 보이지 않는 행동과 양탄자를 밟는 희미한 소리를 좇으며 그자가 방에 들어와 있음을 확신했다.

적이 멈춰 섰다. 확실했다. 침대에서 다섯 걸음쯤 떨어진 곳에 꼼짝 않고 서 있었다. 아마도 마음을 결정하지 못한 채 날카로운 눈길로 어둠을 가르고 있으리라.

의사의 손안에서, 식은땀에 젖은 얼음장 같은 잔의 손이 떨렸다.

의사는 다른 손으로 권총을 좀 더 거세게 쥐고 손가락을 방아쇠에 가져다 댔다. 맹세를 어기는 일이었으나 망설이지 않았다. 적이 침대 끝에 와 닿으면 대충 조준하는 한이 있더라도 발사하리라.

적은 한 발짝 더 다가서다가 멈췄다. 이들이 온 힘을 다해 서로 살펴보는 가운데 주변을 둘러싼 고요함과 싸늘함, 그리고 어둠은 그 자체로 아주 끔찍했다.

대체 누가 이토록 깊은 밤에 불쑥 나타났을까? 이 남자는 누구일까? 여자에게 얼마나 끔찍한 원한을 가졌기에 이런 가증스러운 짓을 하는 걸까?

아무리 겁에 질려 있어도 잔과 의사의 머릿속에는 오로지 진실을 밝히고 적의 가면을 벗기겠다는 생각뿐이었다.

적은 다시 한 걸음 더 움직이더니 또 멈춰 섰다. 사방이 어두웠으나 그자의 형체는 좀 더 짙은 색이어서 주변과 구분되었다. 그자의 팔이 점점 올라왔다.

1분, 그리고 다시 1분이 흘렀다.

바로 이때 그 남자와 멀리 떨어지지 않은 오른쪽에서 가벼운 소리가 들렸다…. 이내 강렬한 불빛이 쏟아져 남자의 얼굴을 정면으로 비췄다.

잔이 두려움에 찬 비명을 질렀다. 자기 위로 칼을 치켜들고 도사리고 있던, 자기 아버지를 본 것이다!

이와 거의 동시에 불이 꺼지고 총성이 한 번 울렸다…. 의사가 발사한 것이다.

"제길… 쏘지 마십시오." 뤼팽이 울부짖었다.

뤼팽은 두 팔로 의사의 몸통을 부여잡았다. 의사는 숨이 넘어갈 듯한 목소리로 말했다.

"보셨지요…. 보셨지요…. 여봐요…. 그자가 도망쳐요…."

"도망치게 놔두십시오…. 그게 낫습니다."

뤼팽은 다시 손전등을 켜고 단장실로 달려가 남자가 사라졌음을 확인하고, 탁자 쪽으로 되돌아와 차분히 등불을 켰다.

잔은 침대에 누워 있었다. 파랗게 질려 기절해 있었다.

의사는 안락의자에 웅크려 불분명한 소리로 중얼거렸다.

"선생님." 뤼팽이 웃으며 말했다. "정신 차리십시오. 걱정할 일은 없습니다. 이제 다 끝났으니까요."

"잔의 아버지가…. 아버지가…." 늙은 의사는 신음했다.

"부탁하겠습니다, 선생님. 다르시외 양이 아픈 것 같습니다. 보살펴주십시오."

더는 설명하지 않고 뤼팽은 단장실로 건너가 돋을새김 장식 위로 올라갔다. 사다리가 하나 걸쳐져 있었다. 뤼팽은 그걸 타고 잽싸게 내려갔다. 벽을 따라 스무 걸음쯤 가니 다시 밧줄로 된 사다리가 나왔다. 사다리를 타고 올라가 보니 다르시외의 방이었다. 방에는 아무도 없었다.

'완벽하군.' 뤼팽은 생각했다. '상황이 불리하다고 판단하고 내뺀 게 틀림없어. 잘 가게…. 그러면 방문도 막아놓았을까? 역시…. 이런 식으로 우리 환자님이 정직하신 의사 선생을 속였군. 밤에 일어나서 난간에 매달아 놓은 밧줄 사다리를 이용해 마음 푹 놓고 일을 꾸민 거야. 멍청하진 않아, 그 다르시외란 놈….'

뤼팽은 문의 빗장을 풀고 잔의 방으로 돌아왔다. 마침 의사가 방에서 나오다가 뤼팽을 작은방으로 끌고 갔다.

"잠들었어요. 깨우지 맙시다. 충격이 컸습니다. 벗어나려면 시간이 좀 걸릴 거예요."

뤼팽은 물병을 기울여 물을 한 잔 따라 마셨다. 그리고 앉아서 차분하게 말했다.

"자! 그놈은 내일 나타나지 않을 거예요."

"무슨 말씀인가요?"

"다시 한 번 말하지만, 그놈이 내일 나타나지 않을 거란 말입니다."

"왜요?"

"일단 다르시외 양이 아버지한테 엄청난 애정을 느낄 것 같진 않으니까요…."

"지금 그게 문제입니까! 딸을 죽이려는 아버지를 상상해보세요! 몇 달에 걸쳐 네 번, 다섯 번, 여섯 번이나 그런 끔찍한 시도를 한 아버지를요! 여봐요, 잔보다 담이 더 큰 사람이라도 이런 일을 겪으면 영영 헤어나올 수 없지 않겠습니까? 이렇게 끔찍한 기억을 가지고 어떻게 살겠습니까!"

"잊을 겁니다."

"이런 일은 잊히지 않아요."

"잊을 겁니다, 선생님. 그 이유는 아주 단순합니다…."

"아니, 그게 도대체 무엇인가요!"

"잔은 다르시외 씨의 딸이 아닙니다."

"뭐라고요?"

"다시 말씀드리지만, 잔은 그 불한당 놈의 딸이 아닙니다."

"무슨 말씀입니까? 다르시외 씨가…."

"다르시외 씨는 잔의 의붓아버지입니다. 잔이 태어나고 나서 얼마 지나지 않아 친아버지가 돌아가셨습니다. 잔의 어머니는 자기 남편과 성이 같은 남편의 사촌과 결혼했지요. 그리고 바로 그해에 세상을 뜹니다. 잔을 다르시외 씨에게 맡기고요. 다르시외 씨는 일단 잔을 외지로 데려갔고, 뒤이어 이 성을 사들입니다. 이 지방에서 자신을 아는 사람이 아무도 없으니 잔을 친딸이라고 소개하지요. 잔 역시 출생에 얽힌 진실은 모르고요."

의사는 어안이 벙벙하여 잠시 있다가 중얼거렸다.

"그 사실이 확실합니까?"

"파리 시청에서 호적 기록을 종일 찾아봤고, 공증인도 두 사람이나 만나봤습니다. 관련 문서도 다 확인했어요. 의심의 여지가 없습니다."

"하지만 그렇다고 해서 범죄를 저지를 이유가 되진 않습니다. 한 번도 아니고 이렇게 잇달아 일어났는데."

"이유가 있습니다." 뤼팽이 단언했다. "이 사건에 뛰어들었던 초반에 나는 다르시외 양의 말 한마디 때문에 조사 방향을 결정할 수 있었습니다. '다섯 살이 조금 안 됐을 때 어머니가 돌아가셨다'고 했습니다. '16년 전이었다'고 하면서요. 그러니까 현재는 다르시외 양이 스물한 살, 즉 막 성년이 되려는 참이지요. 그 점이 중요하단 생각이 들더군요. 성년이 되면 모든 재산을 넘겨받습니다. 친어머니의 상속자였던 다르시외 양의 재산 상태가 어땠을까요? 물론 처음부터 의심했던 건 아닙니다. 일단 그런 끔찍한 일은 상상할 수 없었고, 또 거의 불구나 다름없이 누워서 아픈 척을 한 다르시외 씨의 연기가 감쪽같았으니…."

"진짜로 아팠습니다." 의사가 끼어들었다.

"이 모든 사실로 그자를 의심할 생각은 못 했습니다. 게다가 위협받는 대상이라고까지 여기던 차였으니. 하지만 가족 중에 그들이 사라지기를 바라는 누군가가 있던가요? 파리에 가보고 진실을 알았지요. 다르시외 양은 어머니로부터 막대한 재산을 물려받았고, 아버지가 그 용익권을 갖고 있었어요. 다음 달에 파리에서 공증인이 가족회의를 소집할 예정이었습니다. 진실이 밝혀질 터였고 다르시외 씨는 파산할 게 틀림없지요."

"그자가 따로 떼어놓은 재산도 없었다는 겁니까?"

"있었지요. 하지만 투기를 잘못하는 바람에 막대한 재산을 잃었습니다."

"하지만 말입니다! 잔이 그자에게서 굳이 재산 용익권을 거두진 않았을 텐데요."

"선생께서 모르고 계시는 사실이 하나 있습니다. 저는 잔이 쓰고 찢어버린 편지를 읽고 알았습니다만, 다르시외 양은 베르사유에 사는 친구 마르셀린의 오빠를 사랑하고 있습니다. 하지만 아버지가 그 결혼에 반대하고 있어서(그 이유는 이제 이해하셨겠지만) 잔은 결혼하기 위해 성년이 되기를 기다렸어요."

"그렇군요." 의사가 말했다. "그래요…. 그자가 파산할 게 틀림없군요."

"그래요, 파산할 예정이었습니다. 살아날 길은 딱 하나, 수양딸이 죽는 거였지요. 그 직속 상속자가 자신이었으니."

"그렇지요. 다만 아무도 그자를 의심해서는 안 된다는 조건이 붙지요."

"물론입니다. 그래서 우연한 죽음으로 가장하려고 그런 사건들을 줄줄이 꾸민 겁니다. 바로 그 때문에, 내가 일을 좀 앞당기려고 딸이 곧 떠난다는 말을 전하게 한 겁니다. 그러면 이제껏 환자인 척하던 그자가 밤을 이용해 공원이나 복도를 돌아다니면서 오랫동안 잘 준비해놓은 계획을 실행할지도 모르니까요. 아니지, 당장 움직여 실행에 옮겨야 했어요. 준비도 없이 갑작스레 무기를 들고 말이지요. 난 그럴 거라고 확신했습니다. 역시나 그자가 왔지요."

"그런데 그자가 의심하지 않았을까요?"

"나를 의심했습니다. 밤에 되돌아오리라고 생각해서 내가 벽을 타고 넘어온 그 자리에서 기다리고 있었습니다."

"그랬습니까?"

"그랬습니다." 뤼팽이 웃으며 말했다. "그래서 가슴에 총을 한 방 맞았지요. 아니, 내 지갑이 총을 맞았다고 해야겠군요…. 보세요, 여기 구멍이 있지요…. 영락없이 시체처럼 나무에서 떨어졌습니다. 유일한 적을 해치웠다고 여긴 그자는 성으로 돌아갔지요. 두 시간 동안 성 부근을 배회하는 모습이 보이더군요. 그러더니 마음을 먹었는지, 창고에서 사다리를 가져와 창문에 걸쳤습니다. 그래서 그 뒤를 따라오기만 하면 됐지요."

의사는 잠시 생각해보더니 말했다.

"선생은 이 일이 일어나기 전에 그자를 붙들 수 있었을 텐데, 왜 올라오게 두셨습니까? 잔한테는 무척 혹독한 경험이어서 굳이 그 일을 겪지 않아도 됐을 텐데…."

"필요한 일이었습니다! 다르시외 양은 절대로 진실을 받아들이지 못했을 거예요. 범인의 얼굴을 직접 봐야 했습니다. 깨어나자마자 선생께서 잔에게 상황을 말씀해주십시오. 금방 극복할 겁니다."

"하지만 다르시외 씨가…."

"다르시외 씨가 사라진 이유에 대해선 편하신 대로 설명해주십시오…. 갑작스러운 여행이라든가…. 혹은 정신이 이상해졌다든가…. 조사를 좀 해볼 수도 있겠습니다만…. 그자가 두 번

다시 나타나지 않으리란 것만은 확신하셔도 좋습니다…."

의사가 고개를 끄덕였다.

"그래요, 사실… 선생 말이 맞습니다…. 이 모든 일을 아주 훌륭하게 잘 처리해주셨습니다. 선생이 잔의 생명을 구하셨습니다…. 잔이 직접 감사 표시를 할 겁니다. 하지만 제가 선생께 도움이 될 만한 일은 없을까요? 경찰청 치안국과 협력하신다고 말씀하셨는데… 제가 선생의 용기와 행동을 적은 편지를 그쪽에 보낼 수 있지 않을까요?"

뤼팽이 웃음을 터뜨렸다.

"물론이지요! 그런 편지를 써주시면 내게 도움이 될 겁니다. 그럼 내 직속 상사이신 가니마르 경감님께 편지를 써주십시오. 쉬렌가에 사는 자기 부하 폴 도브뢰이가 또다시 빛나는 공을 세웠다며 좋아할 겁니다. 사실 바로 얼마 전에 그분의 지휘 아래에서 멋지게 작전을 수행했거든요. '붉은 실크 스카프' 사건이라고, 아마 들어보셨을 겁니다. 그 훌륭하신 가니마르 양반이 얼마나 기뻐할지 모르겠군요!"

7
백조 목의 에디트

"아르센 뤼팽, 정확히 가니마르 경감을 어떻게 생각하나?"

"아주 좋게 생각하지, 친구."

"아주 좋게? 그런데 어째서 기회가 있을 때마다 그 사람을 우습게 만드는 건가?"

"못된 습관이랄까. 후회하고 있네. 그래도 어쩌겠나? 그게 세상의 이치인걸. 여기 용감한 경찰관이 있네. 질서를 지키고 우리를 악당에게서 지켜줄 요량으로 목숨을 바치는 용맹스런 이들이 있어. 정말 훌륭한 분들이지. 그런데 우리는 이들을 비웃고 멸시하기만 한단 말이지. 정말 한심한 일이야!"

"말 한번 잘했네, 뤼팽. 자네가 무슨 선량한 소시민이라도 된 듯 말하는군."

"그럼 내가 뭐겠는가? 남들 재산에 다소 독특한 견해를 가졌을 뿐… 물론 내 재산에 대해서는 이야기가 달라지지. 젠장, 내 물건엔 손대면 안 돼. 그러면 내게 혼쭐이 날 테니. 어… 어! 내 돈주머니, 내 지갑, 내 시계…. 그 손 치우지 못해! 내가 좀 보수주의적인 성향이 있다네, 친구. 소박한 금리생활자의 본능이 있다고. 전통과 권위라면 껌뻑 죽는다는 말이지. 그래서 가니마르를 상당히 높이 평가하고 그에게 감사하는 것이라네."

"하지만 감탄하지는 않고 말이야."

"크게 감탄하기도 한다네. 가니마르는 치안국 나리들이 모두 그렇듯 불굴의 용기를 지녔을 뿐만 아니라 결단력이나 통찰력, 판단력도 상당히 갖추었네. 실제로 내가 경험해보기도 했지. 정말 대단한 사람이야. 사람들이 **백조 목의 에디트**라고 부르던 그 이야기를 아나?"

"다들 알고 있는 만큼."

"그렇다면 조금도 모른다는 말이군. 아마도 내가 벌인 일 중 가장 공을 들이고 만전을 기해 성공적으로 꾸민 사건일 거야. 종잡을 수 없을 만큼 신기한 요소를 무수히 엮어놓느라 이를 실행하는 데 극도로 조심해야 했지. 난해하고 엄밀하면서도 수학적인, 그야말로 진정한 체스 게임이라고나 할까. 그런데 가니마르가 그 비밀을 파헤쳤단 말이야. 가니마르 덕분에 사건의 진상이 경찰청에 고스란히 알려졌고. 그 진상이라는 게 결코 평범하진 않지."

"좀 알려줄 수 있나?"

"언젠가 시간이 나면 알려주겠네…. 그런데 오늘 밤에는 브뤼넬리 양이 오페라 극장에서 춤을 추거든. 자리에서 내가 안 보이면 퍽 실망할 거라고!"

내가 뤼팽을 만날 기회는 드물었다. 게다가 뤼팽은 내킬 때만 조금씩 이야기를 들려줬다. 그러니 그때그때 들려주는 이야기를 듣고서 각 부분을 정리해 전체 이야기를 재구성해야 한다.

이 사건의 발단은 모두가 기억하므로 사실만 간추려 간단히 언급하겠다.

지금으로부터 3년 전, 브레스트에서 출발한 기차가 렌 역에 도착했을 때 화물칸 문 하나가 부서져 있었다. 이 화물칸은 아내와 함께 열차에 탄 브라질의 부자, 스파르미엔토 대령이 임대한 것이었다.

부서진 화물칸에는 대령의 장식용 융단 수집물 일체가 실려 있었다. 그중 한 융단이 들어 있던 상자가 부서져 있었으며 융단도 사라지고 없었다.

스파르미엔토 대령은 철도 회사를 고소했고, 이 도난 사건으로 자신의 융단 수집물의 가치가 떨어졌다며 거액의 손해배상을 청구했다.

경찰은 수색을 시작했다. 철도 회사는 범인에게 상당한 액수의 보상금도 내걸었다. 2주 후, 우체국 직원이 제대로 봉하지 않은 어떤 편지를 우연히 열어보았고 이 융단 도난 사건이 아르센 뤼팽의 지시로 이뤄졌으며 그다음 날 북미 대륙으로 융단이 보내질 예정이라는 사실을 알게 되었다. 바로 그날 저녁, 생라자르 역의 짐 보관소에 있던 대형 가방 속에서 도난당한 장식 융단이 발견되었다.

이리하여 도난 사건은 실패로 끝났다. 뤼팽은 매우 실망한 나머지 스파르미엔토 대령에게 전갈을 보내 자신의 불편한 심기를 전했다. 전하려는 내용은 분명했다.

선심을 쓰느라 융단을 한 장만 가져왔습니다. 하지만 다음에는 열두 점을 가져갈 테니 이를 명심하십시오.

—A. L.

스파르미엔토 대령은 몇 달 전부터 프장드리가와 뒤프레누아가가 만나는 모퉁이의 작은 정원 깊숙한 곳의 저택에서 지냈다. 대령은 어깨가 떡 벌어진 건장한 남자로 새카만 머리카락과 구릿빛 피부에 항상 세련되면서도 검소한 옷차림이었다. 대령은 젊은 영국 여자와 결혼했는데, 부인은 미모가 빼어났으나 몸이 쇠약한 편으로 이 융단 사건으로 크게 충격을 받았다.

사건이 일어난 첫날, 부인은 남편에게 값을 얼마를 받든 융단을 팔아버리라고 간청했다. 혈기왕성하고 고집 센 대령은 부인의 요청을 여자의 변덕으로 치부하며 따르지 않았다. 대령은 아무것도 팔지 않는 대신 경계를 더욱 철저히 했으며, 그 어떤 도난 사건도 일어나지 않도록 온갖 수단을 동원해 단단히 무장했다.

우선 저택에서 정원 쪽만 감시하면 되도록 뒤프레누아가 쪽으로 난 저택의 1층과 2층 창문을 전부 폐쇄해버렸다. 그리고 재산 일체의 안전을 책임지는 특수 업체에 협조를 요청했다. 그래서 융단이 걸린 화랑의 모든 창문에는 보이지 않는 곳에 경보기가 설치되었다. 오직 대령만이 그 위치를 알며 살짝만 건드려도 저택의 모든 전등이 켜지고 경보가 울리도록 해놓았다.

대령이 찾아간 보험회사에서는 저택 1층에서 매일 밤 세 사람이 지키고 있어야만 보험을 들어주겠다고 했다. 보험회사가 직접 파견할 세 사람 비용은 대령이 지급한다는 조건이었다. 보험회사에서는 파견할 인물로 확실하고 경험이 많으며 뤼팽에게 강한 적대심을 품은 전직 형사 세 사람을 선정했다.

저택의 하인들에 대해서는 스파르미엔토 대령이 오랜 기간 알아오던 사람들이라 믿을 수 있다고 직접 보증했다.

이렇게 모든 조처가 마무리되었다. 요새를 방불케 하는 철통 같은 방어 태세를 갖춘 대령은 자기가 속한 두 클럽의 회원과 사교계 부인들, 기자들, 예술 애호가와 비평가를 여럿 초대해서는 일종의 미술 전람회 개막식 같은 성대한 연회를 베풀었다.

정원 철책 문을 들어선 사람들은 마치 감옥에 들어온 듯한 인상을 받았다. 계단 아래쪽에 있는 형사 세 명이 초대장을 보여달라며 의심 어린 눈초리로 뚫어지게 살펴보는 모습을 상상해보라. 형사들은 금세라도 몸수색을 하거나 지문을 채취할 기세였다.

대령은 2층에서 손님들을 맞이하며 웃는 얼굴로 양해를 구했다. 융단 수집품을 지키려고 자신이 마련해둔 대비책을 설명하는 대령의 모습이 몹시 즐거워 보였다.

부인은 대령 곁에 서 있었다. 금발에 창백한 피부의 유순해 보이는 여인으로 매력적인 젊은 기운과 우아함을 발산했다. 부드러운 태도를 보였고 약간 우수에 차 있었는데, 힘겨운 운명에 처한 사람들이 보일 법한 체념의 빛이 서려 있었다.

초대받은 사람이 전부 모이자, 정원의 철책 문과 현관문이 모두 닫혔다. 그리고 모든 사람은 이중으로 단단히 무장해놓은 문을 거쳐 중앙 화랑으로 자리를 옮겼다. 엄청나게 두꺼운 덧문이 달린 창에는 쇠창살까지 달려 있었다. 바로 그곳에 열두 점의 장식 융단이 전시되어 있었다.

마틸드 왕비(장차 정복왕 윌리엄이 되는 노르망디 공 기욤과 결혼해 영국 왕비가 됨－옮긴이)의 솜씨로 여겨지는 그 유명한 바이외 벽걸이 융단(프랑스 노르망디의 옛 도시 바이외에서 발견된 벽걸이용 장식 융단으로 노르망디 공의 영국 정복에 관한 설화가 약 일흔두 개 장면으로 나뉘어 수놓아져 있음－옮긴이)으로부터 영감을 받아 제작된 더없이 훌륭한 예술 작품들로서, 이 열두 점의 융단에는 영국 정복의 역사가 표현되어 있었다. 정복왕 기욤을 따르던 한 군인의 후손이 16세기에 주문했으며 아라스(프랑스 북부 도시로 15~16세기에 벽걸이 융단 제작의 중심지－옮긴이)의 유명한 직조공 제앙 고세가 제작했고, 그로부터 400년이 지나 브르타뉴 지방의 오래된 작은 저택 깊숙한 곳에서 발견되었다. 이 사실을 알게 된 대령은 5만 프랑을 주고 이 물건을 사들였는데 지금은 그 가치가 스무 배로 뛰었다.

하지만 대령의 융단 열두 점 중 가장 아름답고 독특한 것은 마틸드 왕비의 융단에는 나타나지 않은 내용을 다룬 작품으로, 아르센 뤼팽에게 빼앗겼다가 되찾은 바로 그 융단이었다. 그 작품에는 '백조 목의 에디트'가 헤이스팅스에 널려 있던 시체 가운데 자신의 연인이자 색슨족의 마지막 왕 해럴드를 찾아 헤매는 장면이 묘사되어 있었다(1066년, 영국의 참회왕 에드워드가 죽은 뒤 의동생 해럴드 2세가 왕위에 올랐으나 노르망디 공 기욤이

왕위 계승권을 주장하며 쳐들어와, 헤이스팅스 전투에서 해럴드 군을 격파하고 정복왕 윌리엄 1세가 된다. 일설에 따르면, 전장에서 해럴드 2세의 시체를 찾을 수 없자 그의 첫 배우자인 에디트가 전장으로 걸어 들어가 자신만이 알아볼 수 있는 표식을 보고 심하게 훼손된 남편의 시신을 발견했다고 한다. 에디트는 유난히 흰 피부를 지닌 미녀로 '백조 목의 에디트'라는 이름으로 널리 알려졌음 – 옮긴이).

이 융단 앞에 선 방문객들은 꾸밈없는 선의 아름다움과 빛바랜 색채, 살아 움직이는 듯한 인물 군상을 보고 감탄해 마지않았다…. 불운한 왕비 '백조 목의 에디트'는 자신의 무게를 지탱하지 못하는 흰 백합처럼 몸을 구부리고 있었다. 흰 드레스가 나른한 몸매를 드러냈으며 여인은 두려움에 떨며 가늘고 긴 손을 애원하듯 뻗고 있었다. 특히 우수와 절망에 찬 미소가 떠오른 얼굴은 보는 사람들로 하여금 고통을 느끼게 했다.

"가슴을 에는 미소로군요." 사람들이 귀 기울여 듣는 가운데 한 비평가가 지적했다.

"매력적인 미소인 데다, 이걸 보니 대령님, 스파르미엔토 부인의 미소가 떠오르는군요."

이 지적은 정곡을 찔렀다. 비평가는 계속 말했다.

"유사점이 바로 눈에 띄더군요. 목 부분의 우아한 곡선이나 섬세한 손, 자태, 그러니까 평소 모습이…."

"정말 그렇지요." 대령이 인정했다. "바로 그러한 이유로 이 융단을 샀습니다. 물론 다른 이유도 있었지만요. 정말 놀라운 우연이지만, 제 아내의 이름도 에디트입니다. 그래서 그때 이후로 아내를 '백조 목의 에디트'라고 부릅니다."

대령이 웃으며 덧붙였다.

"비슷한 점은 그 정도이길 바랍니다. 사랑하는 아내 에디트가 이 이야기에 나오는 불행한 여자처럼 연인의 시체를 찾아 헤매는 일은 없어야겠지요. 천만다행으로 저는 이렇게 살아 있고 죽고 싶은 마음도 없습니다. 단, 융단이 사라지면…. 글쎄요, 무슨 짓을 저지를지 모르겠지만…."

대령은 웃어넘겼지만 아무도 따라 웃지 않았다. 이러한 불편한 느낌은 그날 이후에도 이 연회에 관한 이야기가 다뤄질 때마다 늘 등장했다. 아무튼 당시 연회에 초대받은 이들은 대령의 말에 무슨 말을 해야 할지 몰랐다.

누군가 농담을 던져보았다.

"대령님의 이름은 해럴드가 아니시지요?"

"절대로 아닙니다." 큰 소리로 대답한 대령은 여전히 유쾌해 보였다. "아니지요, 이름이 다를 뿐만 아니라 색슨족의 왕과 닮은 모습도 전혀 없습니다."

대령이 말을 마친 바로 그 순간, 창문 쪽에서(오른쪽 창문인지 가운데 창문인지에 대해서는 의견이 분분하다) 짧고 날카로우며 높낮이가 일정한 경보음이 울렸다. 이후에도 이 점만은 모든 사람이 만장일치로 증언했다. 경보가 울리자 스파르미엔토 부인이 공포에 찬 비명을 지르며 남편의 팔을 붙들었다. 대령이 외쳤다.

"무슨 일이지? 이게 무슨 일인가?"

손님들은 꼼짝도 하지 않고 창문 쪽을 바라보았다. 대령이 다시 외쳤다.

"무슨 일이지? 이해할 수 없군. 나 말고는 아무도 경보 위치를 모르는데…."

대령이 말을 마치자 동시에, 그러니까 두 가지 일이 동시에 일어났다는 점에 대해서도 모든 증언이 일치했는데, 별안간 저택의 모든 층과 응접실, 방, 창문이 깜깜해지면서 귀가 멍해질 만큼 시끄러운 경보벨이 한꺼번에 울렸다.

몇 초 동안 정신없는 아수라장이 펼쳐졌다. 여자들은 울부짖었으며 남자들은 닫힌 문을 쾅쾅 쳐댔다. 사람들은 서로 밀치고 싸움을 벌였으며 넘어져 밟히거나 넘어진 사람을 밟아댔다. 마치 화염에 휩싸여 혹은 포탄 소리를 듣고 극도의 공포에 빠진 사람들 같았다. 이때 대령의 고함이 이 소란을 뚫고 퍼졌다.

"조용히! 움직이지 마십시오! 제가 책임지겠습니다! 전기 스위치가 구석에 있습니다…. 자…."

실제로 대령은 손님들 사이를 뚫고 화랑 구석까지 가 전등을 켰고 그러자 방이 다시 밝아졌다. 요란스레 울리던 경보도 멈췄다.

갑자기 밝아진 방에는 기묘한 광경이 펼쳐졌다. 두 부인이 기절해 있었고 무릎을 꿇고 납빛 얼굴로 남편의 팔에 매달려 있던 스파르미엔토 부인은 거의 죽은 사람처럼 보였다. 남자들은 창백한 얼굴로 넥타이를 풀어 헤치고 있어 거하게 싸움이라도 한판 벌인 듯했다.

"융단이 그대로 있어요." 누군가 외쳤다.

모두 깜짝 놀랐다. 이 소란이 벌어졌으니 분명 융단이 사라졌을 테고, 그래야만 이 사건을 설명할 수 있다고 여긴 듯했다.

사라진 것은 아무것도 없었다. 벽에 걸린 값나가는 그림 몇 점도 그대로였다. 형사들은 저택 전체에 그 소동이 벌어졌고, 한 군데도 빠짐없이 온통 암흑으로 뒤덮였음에도 저택을 나가거나 들어오려고 한 사람은 한 명도 없었다고 전해왔다….

대령이 말했다. "더구나 경보기는 화랑 창문에만 설치되어 있고, 그 작동법을 아는 사람은 저뿐인데, 경보는 제가 울린 게 아닙니다."

사람들은 이 소동을 시끌벅적하게 웃어넘겼으나 민망함이 묻어나오는 허한 웃음이었다. 자기들 행동이 스스로 생각하기에도 어처구니없었던 것이다. 게다가 이 저택에 떠도는 불안하고 근심 어린 기운에 짓눌려 모두들 서둘러 그곳을 떠나고 싶어 했다.

이 와중에 기자 두 명은 자리를 뜨지 않았다. 대령은 에디트를 보살핀 후 아내를 하녀들에게 맡기고 기자들에게 돌아갔다. 이들 세 사람은 형사들과 함께 조사해보았으나 아무것도 발견하지 못했다. 그러고 나서 대령은 샴페인을 한 병 땄다. 결국 밤이 한참 깊어서야, 정확히 말해 새벽 2시 45분이 되어서야 기자들이 돌아갔으며 대령도 자기 방으로 돌아왔다. 형사들은 배정된 1층 숙소로 물러났다.

형사들은 번갈아가며 보초를 섰다. 이들에게는 일단 깨어 있어야 한다는 지시와 정원을 한 바퀴 둘러본 후 화랑까지 순찰하라는 지시가 내려져 있었다.

이 지시는 거의 완벽하게 지켜졌는데, 다만 쏟아지는 잠을 이기지 못한 형사들이 새벽 5시에서 7시 사이에 순찰을 하지 못했다. 하지만 그 시각에는 이미 훤히 날이 밝아오고 있었다. 게다가 조금이라도 경보음이 울렸다면 형사들이 깨지 않았겠는가?

그런데 오전 7시 20분, 형사 한 명이 화랑 문을 열고 들어가 덧창을 열어젖히고 보니 벽걸이 융단 열두 점이 사라지고 없었다.

맨 처음에 절도 사실을 알게 된 전직 형사와 그 동료는 즉각 경보를 울리지 않았다는 이유로 훗날 엄청난 비난을 받았다. 대령에게 보고하거나 경찰서에 전화로 알리지도 않고 나름대로 먼저 조사를 벌였다는 것이다. 하지만 이 정도로 보고가 지체됐다고 하여 경찰 수사에 얼마나 지장이 있었다는 것일까?

아무튼 8시 반이 되어서야 대령은 융단이 사라졌다는 보고를 받았다. 옷을 차려입고 막 외출하려던 참이었다. 이 소식을 들은 대령은 그리 놀라지 않은 것 같았다. 적어도 완벽하게 감정을 자제한 것 같았다.

하지만 감정을 자제하느라 너무 힘을 들였는지 별안간 의자 위로 무너져 한동안 비탄에 빠져 울부짖었다. 이토록 혈기왕성해 보이는 사내가 그리 슬픔에 빠져 있으니, 보는 사람의 마음이 미어졌다.

감정이 잦아들고 제정신을 되찾자 대령은 화랑으로 가서 휑하게 비어 있는 벽을 조사했다. 그런 후 책상 앞에 앉아 재빨리 편지를 휘갈겨 써서 봉투에 넣고 봉했다.

"받으십시오." 대령이 말했다. "지금 급한 약속이 있어 가봐야 하니… 이 편지를 경찰서장께 전해주세요."

전직 형사들이 자기를 바라보고 있는 가운데 대령은 덧붙였다.

"내가 느낀 점을 적었습니다…. 의심되는 부분이 있어서…. 서장이 보면 알 겁니다…. 일단 나는 내 나름대로 조사를 벌이겠습니다…."

대령은 부랴부랴 뛰어나갔고, 형사들은 대령이 흥분해 있었다고 똑똑히 기억했다.

몇 분 후 경찰서장이 도착했다. 서장은 대령의 편지 내용을 밝혔는데 그 내용은 이러했다.

> 나 때문에 슬픔에 빠지게 될 사랑하는 아내가 날 용서하기를. 마지막 순간까지 아내의 이름을 부르겠습니다.

결국 간밤의 일이 일어난 후 안 그래도 신경이 예민해져 있던 스파르미엔토 대령이, 그만 한순간 정신이 이상해진 나머지 자살하려고 떠난 것이다. 과연 자살할 용기가 있을까? 아니면 마지막 순간에 이성을 되찾을까?

스파르미엔토 부인에게 이 사실을 알렸다.

수색을 진행하고 대령의 흔적을 찾아다니는 동안 부인은 내내 공포에 질린 채 기다렸다.

오후가 저물 무렵, 빌 다브레에서 전화 한 통이 걸려왔다. 기차가 지나간 어떤 터널 출구에서 철도청 직원이 남자 시체를 한 구 찾아냈다고 전했다. 시체는 끔찍하게 훼손돼 있었으며 특히 얼굴은 인간의 형상이 남아 있지 않았다고 했다. 남자의 호주머니에서는 아무런 문서도 발견할 수 없었다. 하지만 인상착의가 대령과 일치했다.

저녁 7시, 스파르미엔토 부인은 자동차로 빌 다브레에 도착해 역사에 마련된 한 방으로 인도됐다. 시체를 덮고 있던 천을 들추자 에디트, 즉 '백조 목의 에디트'의 눈앞에 남편의 시체가 드러났다.

이런 상황이었으니 뤼팽의 평판이 좋을 리 없었다.

어떤 냉소적인 시평란 담당자는 다음과 같이 적었는데, 여기에는 일반 대중의 의견이 잘 녹아 있다.

> 뤼팽은 앞으로 조심하라! 이런 사건이 몇 번만 더 일어나면 이제껏 우리가 뤼팽에게 품고 있던 호의적인 감정은 눈 녹듯 사라지고 말 것이다. 부패한 은행가나 독일 남작, 수상쩍은 외지인이나 주식회사를 상대로 범죄를 저지르는 한에서만 뤼팽의 행동을 눈감아 줄 수 있다. 살인은 특히 안 될 것! 절도는 받아 줄 수 있어도 살인은 용납할 수 없다…. 이 사건에서 뤼팽은 직접 살인하지는 않았으나 분명 이 죽음에 책임이 있다. 뤼팽 손에 피가 묻어 있다. 뤼팽 가문의 깃발에 피가 묻어 있다.

특히 에디트의 창백한 모습을 본 사람들은 연민을 느꼈으며 뤼팽에 대한 대중의 분노와 반감은 날이 갈수록 커졌다. 사건 전날 대령의 집에 들었던 손님들이 입을 열었다. 그리하여 그날 잔치에서 벌어졌던 놀라운 상황이 세세히 알려졌으며, 금세

이 금발의 영국 여인을 둘러싸고 일종의 전설이 생겨났다. 널리 알려진 '백조 목의' 왕비 이야기에서 따온 매우 비극적인 전설이.

사람들은 놀라운 절도 수법에 대해서만큼은 감탄할 수밖에 없었다. 경찰은 즉시 다음과 같은 사실을 발표했다. 보초를 선 전직 형사들이 초반에 주목한 것으로, 나중에도 확인된 바와 같이 화랑 창문 세 개 중 하나가 활짝 열려 있었다. 그러니 뤼팽과 그 공범들이 이 창문으로 들어왔다는 사실에는 의심의 여지가 없었다.

매우 신빙성이 큰 가설이다. 하지만 이 일을 어떻게 해냈을까? 첫째, 아무도 모르게 정원 철책 문으로 들어왔다가 나갔다? 둘째, 정원을 가로질러 와서 조금도 흔적을 남기지 않고 화단에 사다리를 세웠다? 셋째, 저택의 경보기와 전등 장치를 건드리지 않고 덧창을 열었다?

사람들은 보초를 선 전직 형사 세 명에게 혐의를 두었다. 예심판사는 이들을 오랜 시간 신문했으며 이들의 사생활을 낱낱이 조사한 후 전혀 혐의가 없다는 사실을 분명히 밝혔다.

한편 융단은 도무지 찾을 방법이 없을 듯했다.

바로 이때쯤 가니마르 경감이 인도의 오지에서 돌아왔다. 왕관 사건 이후 소냐 크리슈노프가 사라지고 나서, 뤼팽의 옛 공범들에게서 얻어낸 확고한 증거를 바탕으로 뤼팽의 뒤를 쫓았던 것이다.

가니마르는 영원한 적수 뤼팽이 벽걸이 융단 사건이 있는 동안 극동 지방으로 보내기 위해 자신을 속였다고 여기고, 경찰청에서 보름간 휴가를 얻어 스파르미엔토 부인 댁으로 찾아가 남편의 복수를 약속했다.

에디트는 극도의 고통에 빠져 있는 나머지, 복수를 약속하는 것에서 아무런 위안도 얻지 못했다. 시체를 매장한 바로 그날 저녁, 부인은 전직 형사 세 명을 내보냈다. 볼 때마다 끔찍한 과거가 떠오른다며 다른 하인들도 모두 내보낸 후 하인 한 명과 나이 든 가정부 한 명만 새로 고용했다. 자기 방에 틀어박혀 모든 일에 무심한 채 부인은 가니마르가 맘껏 다니도록 내버려 두었다.

가니마르는 1층에 자리를 잡고 즉시 면밀한 조사에 들어갔다. 주변 지역을 중심으로 탐문 수사를 실시했으며 저택의 배치를 연구하고 경보기 하나하나를 스무 번이고 서른 번이고 작동시켜보았다.

보름이 지나자 가니마르는 휴가 연장을 요청했다. 당시 치안국장이던 뒤두이가 가니마르를 만나러 왔다가 화랑에서 사다리 꼭대기에 올라가 있는 가니마르를 발견했다.

경감은 조사해봤지만 아무런 성과도 없다고 토로했다.

그다음 날, 뒤두이가 다시 저택에 와보니 가니마르는 크게 근심하고 있었다. 앞에 신문 꾸러미가 하나 놓여 있었다. 국장의 채근에 못 이겨 경감은 결국 이렇게 중얼거렸다.

"모르겠습니다, 국장님. 하나도 모르겠어요. 그런데 어떤 끔찍한 생각이 자꾸 든단 말입니다…. 너무 말도 안 되는 생각이라서! 게다가 설명하기도 곤란하고…. 오히려 상황만 복잡하게 만드니….”

“그래서?”

“국장님, 제가 하는 대로 놔두고 조금만 더 참고 기다려주십시오. 그러다 어느 날 갑자기 국장님께 전화를 드릴 겁니다. 그러면 당장 자동차를 잡아타고 한시도 지체하지 마세요…. 그때는 비밀이 밝혀졌다는 뜻이니까요.”

다시 이틀이 흘렀다. 아침에 뒤두이 국장은 전보를 한 통 받았다.

릴로 갑니다.

—가니마르

치안국장은 생각했다. ‘대체 무슨 일을 하겠다고 그곳에 가는 거지?’

아무런 소식도 없이 하루가, 그리고 또 하루가 지났다.

하지만 뒤두이 국장은 믿었다. 이 노련한 형사는 아무 이유도 없이 행동에 나설 인물이 아니란 걸 잘 알고 있었다. 만약 가니마르가 ‘움직인다’면 그럴 만한 충분한 이유가 있다는 뜻이다.

정말로 둘째 날 저녁, 뒤두이 국장에게 전화가 걸려왔다.

“국장님이십니까?”

“자넨가, 가니마르?”

신중한 성격인 두 사람은 먼저 상대방의 정체부터 확인했다. 이리하여 안심한 가니마르는 황급히 말을 이었다….

"당장 열 명을 준비해주세요, 국장님. 그리고 국장님도 직접 와주십시오."

"어딘가?"

"대령의 저택 1층입니다. 정원 철책 대문 쪽에서 국장님을 기다리겠습니다."

"가겠네. 자동차로 가야겠지?"

"예, 국장님. 대문에서 100보 떨어진 곳에 차를 세우십시오. 그리고 가볍게 휘파람 신호를 보내면 제가 문을 열겠습니다."

가니마르가 말한 대로 일이 착착 진행되었다. 자정 조금 전, 저택 위층에 불이 모두 꺼지자 가니마르 경감은 거리로 살짝 빠져나와 뒤두이 국장 앞으로 갔다. 두 사람 사이에 빠르게 이야기가 오갔다. 경관들은 가니마르의 지시를 기다리고 있었다. 국장과 경감은 함께 소리 없이 정원을 가로질러 매우 조심스럽게 저택 안으로 들어섰다.

"아니, 무슨 일인가?" 뒤두이 국장이 말했다. "이 모든 게 무슨 일이야? 우리가 무슨 음모라도 꾸미는 사람들 같군."

하지만 가니마르는 웃지 않았다. 국장은 가니마르가 이토록 흥분해 격한 어조로 말하는 모습을 본 적이 없었다.

"새로운 게 있나, 가니마르?"

"예, 국장님. 이번에는 정말입니다! 하지만 저도 도무지 믿을 수가 없군요…. 하지만 제가 잘못 알고 있을 리가 없으니…. 모든 사실을 알고 있습니다…. 믿을 수 없지만, 틀림없는 사실이지요…. 틀림없어요…. 다른 것도 아닌 바로 그 사실이 말입니다."

가니마르는 이마에 흘러내리는 땀방울을 닦아냈다. 뒤두이 국장이 연거푸 질문해대자 경감은 감정을 자제하고 물을 한잔 들이켠 후 말했다.

"뤼팽이 한두 번 물 먹인 게 아니지요…."

"무슨 말을 하려는 건가, 가니마르?" 뒤두이 국장이 대뜸 말했다. "바로 본론으로 들어가 주겠나? 요점만 말하게. 무슨 일인가?"

"아닙니다, 국장님." 경감이 반박했다. "제가 거쳐온 과정을 국장님도 전부 아셔야 합니다. 죄송합니다만, 그럴 수밖에 없습니다."

그리고 다시 말을 이었다.

"국장님, 뤼팽은 그동안 저를 자주 속여 넘겨 엄청나게 애를 먹였습니다. 저는 매번 지기만 했지만, 그래도 뤼팽과의 대결에서 적어도 한 가지는 얻었습니다. 그놈이 어떤 전략을 쓰는지 알았다는 것입니다. 이번 융단 사건에서 애초부터 두 가지 의문이 떠오르더군요. 첫째, 뤼팽은 자신의 행동이 어떤 결과를 불러오는지 모르면 움직이지 않습니다. 융단이 사라지면 스파르미엔토 씨가 자살할 거라고 분명히 예상했을 겁니다. 그럼에도 피라면 치를 떠는 뤼팽이 융단을 훔쳐갔지요."

"50~60만 프랑짜리 융단이었으니 유혹이 컸겠지." 뒤두이가 지적했다.

"아닙니다, 국장님. 다시 말씀드리지만, 그 어떤 경우라고 해도, 수백 혹은 수천만 프랑을 얻는대도 뤼팽은 살인하지 않습니다. 자신이 죽음의 원인이 되는 것조차 꺼릴 겁니다. 이게 바로 첫 번째 의문이지요. 둘째, 사건 전날 밤, 개막식 연회에서 그런 소동이 벌어진 이유가 무얼까요? 분명히 겁을 주기 위해서지요. 안 그렇습니까? 단 몇 분 만에 불안하고 위험한 분위기가 조성됐습니다. 어쩌면 눈에 띌 만한 어떤 진실로부터 사람들의 주의를 돌리기 위해 이 소동을 벌인 게 아니었을까요…. 무슨 말인지 아시겠습니까, 국장님?"

"도통 모르겠네."

"그래요." 가니마르가 말했다. "그렇습니다. 분명치는 않지요. 저 역시 이렇게 의문을 제기하면서도 잘 이해되지 않았습니다…. 그래도 제대로 짚었단 생각이 들어요…. 예, 뤼팽이 다른 곳으로 시선을 끌려고 한 게 틀림없어요. 다시 말해 뤼팽 자신에게 시선을 쏠리게 함으로써 실제로 사건을 지휘한 사람이 드러나지 않게 한 겁니다."

"공범 말인가?" 뒤두이가 넌지시 말했다. "공범이 손님들 사이에 섞여 있다가 경보를 울렸고, 손님들이 모두 떠난 후에는 저택에 숨어 있었던 건가?"

"자, 자…. 정답이 멀지 않습니다, 국장님. 융단을 훔칠 수 있던 사람은 오로지 저택 안에 살짝 숨어든 사람뿐이란 점이 확실하지요. 그러니 손님 명단을 살펴보고 이들 한 명 한 명을 조사해보면…."

"그런데?"

"그런데 한 가지 문제가 있어요. 전직 형사 셋이 도착 손님 명단과 떠나는 손님 명단을 모두 가지고 있단 말입니다. 그런데 저택에 들어온 사람이 예순세 명, 나간 사람이 예순세 명이었습니다. 그러니….”

“그럼 하인인가?”

“아니요.”

“그 전직 형사들인가?”

“아닙니다.”

“그래도, 그래도….” 초조해진 국장이 말했다. “만약 내부 사람이 절도한 거라면….”

“내부 사람의 소행인 게 확실합니다.” 점점 더 흥분하고 있는 경감이 딱 잘라 말했다. “의심의 여지가 없어요. 조사를 거듭해 본 결과 그 사실은 확실합니다. 확신이 강해지다 보니, 결국 이런 터무니없는 가정까지 해보게 되더군요. 즉 ‘이론적으로도 사실에 비추어봐도, 절도는 저택에 사는 공범의 도움 없이 이뤄질 수 없다. 하지만 공범은 존재하지 않았다’라고요.”

“말도 안 되네.” 뒤두이가 말했다.

“말도 안 되지요, 그렇지요.” 가니마르가 말했다. “하지만 이 터무니없는 문장을 입 밖에 내자마자 불현듯 진실을 깨달았습니다.”

“무얼 말인가?”

“오! 애매하고 불완전한 진실입니다만, 그걸로 충분합니다. 이 끈을 따라가면 끝까지 갈 수 있습니다. 이해하시겠습니까, 국장님?”

뒤두이는 말이 없었다. 가니마르가 거쳤던 사고를 뒤두이 국장도 거치고 있었다. 국장이 중얼거렸다.

“만약 손님이 아니고, 하인도 아니고, 형사들도 아니라면…

아무도 안 남아….”

“아니요, 국장님. 남는 사람이 있습니다….”

뒤두이 국장은 전기 충격이라도 받은 듯 전신을 부르르 떨더니 감정이 북받친 목소리로 말했다.

“아니, 아닐세. 여보게, 말도 안 되네.”

“왜 그렇습니까?”

“보게, 생각해보라고….”

“말씀해보십시오, 국장님…. 해보세요.”

“뭐! 그러니까 그 사람 아닌가?”

“그래요, 국장님.”

“말도 안 돼! 뭐라고! 스파르미엔토가 뤼팽의 공범이었을 거라니!”

가니마르가 싸늘하게 웃었다.

“그렇습니다…. 아르센 뤼팽의 공범…. 그러면 모든 걸 설명할 수 있습니다. 밤중에 형사들이 아래층에서 지키고 있는 동안, 아니 자는 동안이라고 해야겠지요. 스파르미엔토 대령이 다소 수상쩍은 샴페인을 마시게 했으니 말입니다. 그동안 대령은 융단을 걷어 길 쪽으로 나 있던 3층의 자기 방 창문으로 빼돌린 겁니다. 그 아래층 창문이 봉쇄되어 있었기 때문에 그쪽은 감시하지 않았거든요.”

뒤두이 국장은 생각해보더니 어깨를 으쓱했다.

“말이 안 되네!”

“왜 말이 안 됩니까?”

“왜냐고? 만약 대령이 아르센 뤼팽의 공범이었다면 자기 계획이 성공한 마당에 자살해버리진 않았을 테니까."

"누가 자살했다고 했습니까?"

"뭐라고! 시체를 발견하지 않았나."

"이미 말씀드렸습니다. 뤼팽, 그놈이 하는 일에서 살인은 일어나지 않습니다."

"하지만 시체가 실제로 있지 않았나. 게다가 스파르미엔토 부인이 남편의 시체라고 알아봤으니."

"바로 그 점입니다, 국장님. 저 역시 그 부분이 마음에 걸렸습니다. 그러니까 별안간 한 사람이 아닌 세 사람이 등장하는 겁니다. 첫째, 절도범 아르센 뤼팽. 둘째, 공범인 스파르미엔토 대령. 셋째, 죽은 사람. 너무 많습니다. 정말이지, 지긋지긋할 정도지요!"

가니마르는 신문 뭉치를 집더니 끈을 풀어 신문 한 부를 국장에게 내밀었다.

"기억하십니까, 국장님…. 국장님이 여기 도착할 즈음 저는 신문을 들춰보고 있었지요…. 국장님 이야기에도 들어맞고 제 가설도 확인해줄 사건이 없나 싶어 뒤졌습니다. 이 기사를 읽어보십시오."

뒤두이 국장은 신문을 들고 큰 소리로 읽었다.

> 릴 특파원이 기이한 사실을 알려왔다. 릴 시의 시체 영안실에서 시체 한 구가 사라진 사실이 어제 아침에 발견되었다. 그 전날, 증기 전차 바퀴 아래 몸을 던진 신원 미상의 시체였다…. 시체가 사라진 정황은 아직 밝혀지지 않았다.

뒤두이 국장은 잠시 말이 없더니 이렇게 물었다.

"그렇다면… 자네 생각은?"

"제가 릴에서 돌아오는 길입니다." 가니마르가 대답했다. "조사해본 결과 의심의 여지가 없어요. 스파르미엔토 대령이 개막식 연회를 벌인 그날 밤에 시체가 사라진 겁니다. 곧장 시체를 자동차로 빌 다브레까지 운반해서 철도 근처에서 정차해 저녁까지 기다린 거지요."

뒤두이가 이야기를 마무리했다. "즉 터널 근처 말이지."

"그 옆입니다, 국장님."

"다시 말해서 발견된 시체는 스파르미엔토 대령의 옷을 입혀놓았을 뿐 릴 시에서 가져온 시체였다는 거고."

"바로 그겁니다, 국장님."

"그러니까 스파르미엔토 대령은 살아 있고?"

"국장님이나 저만큼 멀쩡히 살아 있습니다."

"아니, 그렇다면 대체 왜 이렇게 과정이 복잡한 건가? 어째서 애초에 융단을 하나만 훔쳤다가 되돌려 주었으며 나중에 다시 열두 점을 훔쳐간 건가? 대체 개막식 연회는 왜 한 거야? 그곳에서 벌어졌던 소동은 또 뭐란 말이야? 이 모든 일이 왜 일어나야 했지? 자네 이야기는 앞뒤가 안 맞아, 가니마르."

"국장님, 이야기의 앞뒤가 안 맞는 이유는 제가 그랬듯이 국장님도 중간에서 생각을 멈추었기 때문입니다. 여기까지만 와도 이 사건은 제법 기묘하지만 끝까지, 말이 안 될 만큼 더욱 놀라운 상황까지 생각을 밀고 나가셔야 합니다. 그러지 않을 이유가 있나요? 아르센 뤼팽이 관여된 일 아닙니까? 그자가 벌인 일이라면 말이 안 되는 상황이나 놀라운 일이 벌어질 걸 항상 염두에 둬야 하지 않던가요? 가장 터무니없어 보이는 가설을 따라가야 하지 않던가요? 가장 터무니없어 보이는 가설이라고 했습니다만, 사실 이 말은 정확하지 않지요. 오히려 이 모든 일이 놀랍도록 논리적이고 애들 장난만큼 단순했으니까요. 공범이요? 공범은 배신하게 마련입니다. 그러니 공범이 무슨 소용이 있겠습니까! 자신이 직접 나서서, 자기 손으로, 자기 힘으로 행동하는 게 더 편하고 자연스러운데 말입니다!"

"무슨 말인가? 무슨 말이야?" 뒤두이 국장이 내뱉었다. 점점 당황하는 기색이 역력했다.

가니마르가 다시 한 번 싸늘하게 웃었다.

"숨이 막혀오지요. 안 그렇습니까, 국장님? 지난번에 저를 보러 여기 오셨을 때 제 모습이 그랬습니다. 당시 그 생각을 하고 있었지요. 놀라서 혼이 빠져 있었다고요. 지금까지 봐왔으니 무슨 짓이라도 할 놈인 건 알고 있었지만… 이번 일은, 아니, 정말 믿을 수 없을 정도였습니다!"

"불가능해! 불가능해!" 뒤두이는 낮은 목소리로 반복해 말했다.

"반대로 아주 가능한 일이었습니다, 국장님. 아주 논리적이고 자연스러운 일이었지요. 성 삼위일체의 신비만큼이나 투명하다고요. 같은 사람이 세 인물로 나타난 겁니다! 한 사람씩 제거해보면 어린아이도 1분 만에 풀 수 있을 문제였지요. 죽은 사람을 지우면 스파르미엔토와 뤼팽이 남지요. 스파르미엔토를 제거하면…."

"뤼팽이 남지." 치안국장이 중얼거렸다.

"그렇지요, 국장님. 뤼팽만 남습니다. 음절 두 개, 자모 다섯 개, '뤼팽' 말입니다. 브라질 사람의 탈을 벗고 죽은 이들 가운데서 되살아난 뤼팽 말이지요. 뤼팽은 6개월 전부터 스파르미엔토 대령으로 변신해 브르타뉴 지방을 여행하다가 벽걸이 융단 열두 점이 발견된 사실을 알고 이를 사들입니다. 그리고 이 중에서 가장 아름다운 융단이 도둑맞은 사건을 꾸며서 자신인 스파르미엔토로부터 역시 자신인 뤼팽에게로 사람들의 관심을 돌리지요. 그리고 깜짝 놀란 대중 앞에서 뤼팽 대 스파르미엔토, 스파르미엔토 대 뤼팽의 대결을 떠들썩하게 알려놓고는 개막 연회를 벌여 손님들에게 잔뜩 겁을 주었습니다. 모든 준비가 완료되자 뤼팽은 본연의 모습으로 돌아와 스파르미엔토의 융단을 훔칩니다. 애초 뤼팽의 또 다른 가면이었으나 뤼팽의 피해자로 부상한 스파르미엔토는 잠시 사라졌다가 만천하가 보는 앞에서 시체로 발견되지요. 대령의 친구들이 슬퍼하고 대중이 대령의 처지를 동정하는 동안 뤼팽은 이 사건으로 큰 이득을 봅니다…."

가니마르는 말을 멈추고 국장을 바라보았다. 그리고 강조하려는 듯 힘주어 말했다.

"비탄에 빠진 과부를 남겨두고 말입니다."

"스파르미엔토 부인! 자네 정말…."

"글쎄요." 경감이 말했다. "엄청난 이득을 볼 게 아니었다면 이토록 복잡하게 이야기를 쌓아올리진 않았을 겁니다."

"아니, 그 이득이란 미국이나 다른 데서 융단을 팔아서 얻겠다는 게 아닌가."

"맞습니다. 하지만 스파르미엔토 대령도 쉽게 융단을 팔 수 있었습니다. 아니, 더 좋은 값으로 팔아넘길 수 있었지요. 다시 말해 다른 이득이 있었습니다."

"다른 이득?"

"예, 국장님. 국장님은 스파르미엔토 대령이 거액의 절도 피해자라는 사실을 잊고 계십니다. 대령이 죽으면 과부가 남지요. 그러니 과부가 받아 챙기겠지요."

"누가 무얼 받는다는 말인가?"

"무얼 받느냐고요? 보험금 말입니다."

뒤두이 국장은 어리둥절했다. 이 모든 사건의 진정한 의미를 퍼뜩 깨닫는 중이었다. 국장이 중얼거렸다.

"정말 그래, 그렇다고. 대령이 융단에 보험을 들어놨으니…."

"벌어먹을! 그 액수는 또 얼마인지 아십니까."

"얼마인가?"

"80만 프랑입니다."

"80만 프랑!"

"예, 그렇습니다. 서로 다른 다섯 군데 보험사에 들어놓았습니다."

"스파르미엔토 부인이 그 보험금을 벌써 다 받았나?"

"어제 15만 프랑을 받았고, 오늘 제가 없는 동안 20만 프랑을 받았습니다. 나머지 금액은 이번 주에 차차 받을 겁니다."

"정말 끔찍하군! 그렇다면 좀 더 일찍…."

"뭐라고요, 국장님? 그자들은 제가 없는 사이에 미리미리 계산을 끝냈습니다. 저 역시 돌아오는 길에, 알고 지낸 보험회사 대표를 우연히 만나 알아낸 사실입니다."

치안국장은 얼이 빠진 듯 한동안 말이 없었다. 그러더니 중얼거렸다.

"어쨌든 대단한 놈이군!"

가니마르가 고개를 끄덕였다.

"예, 국장님, 불한당이지만 솔직히 말해서 대단한 놈이지요. 이 계획이 성공하려면 4주에서 5주 동안 아무도 스파르미엔토 대령을 의심하지 않도록 꾸며야 했습니다. 오로지 뤼팽한테 모든 질책과 비난이 쏟아져야 했지요. 그리하여 결국 고통에 휩싸여 연민을 불러일으키는 과부, 그 가련한 '백조 목의 에디트'만 남습니다. 우아하면서도 전설에 딱 들어맞는 과부의 모습이 얼마나 감동적이었는지, 보험회사 양반들은 그 슬픔을 조금이라도 위로해주길 바라며 돈을 지급하는 걸 기쁘게 여길 정도였습니다. 여기까지입니다."

두 사람은 가까이 붙어 있었는데, 서로에게서 시선을 떼지 못했다.

국장이 말했다.

"그 여자는 누군가?"

"소냐 크리슈노프입니다!"

"소냐 크리슈노프?"

"예, 제가 작년 왕관 사건 때 체포했던 러시아 여자인데 뤼팽의 도움으로 도망쳤지요."

"확실한가?"

"물론입니다. 처음에는 저 역시 다른 사람과 마찬가지로 뤼팽의 술책에 넘어가는 바람에 그 여자에게 별로 관심을 두지 않았습니다. 하지만 이 사건에서 여자가 무슨 역할을 하는지 알게 되자 곧바로 기억이 나더군요. 바로 그 소냐입니다. 뤼팽에 대한 사랑이 깊어 영국 여자로 변신해 목숨이라도 바칠 사람입니다."

뒤두이가 인정했다.

"잘했네, 가니마르."

"그보다 더 좋은 게 있습니다, 국장님."

"아! 무엇인가?"

"뤼팽의 나이 든 유모 말입니다."

"빅투아르 말인가?"

"스파르미엔토 부인이 과부 노릇을 할 때부터 여기에 있었습니다. 요리사로 말입니다."

"오! 오!" 뒤두이가 말했다. "대단하네, 가니마르!"

"또 있습니다, 국장님!"

뒤두이는 전율했다. 국장의 손을 다시 부여잡은 경감의 손이 떨고 있었던 것이다.

"무슨 말을 하려는 건가, 가니마르?"

"국장님, 소냐와 빅투아르 정도의 사냥감 때문에 국장님께 이 시각에 누를 끼쳤으리라 생각하십니까? 쳇! 그 정도였다면 좀 더 기다렸다가 덮쳤을 겁니다."

"그렇다면?" 드디어 경감이 흥분한 이유를 깨달은 뒤두이가 나직이 말했다.

"그래요, 아셨군요, 국장님!"
"그자가 여기 있나?"
"여기 있습니다."
"숨어 있나?"
"전혀요. 단지 변장하고 있습니다. 하인으로요."
뒤두이 국장은 이번엔 아무런 몸짓도, 말도 하지 않았다. 뤼팽의 담대함에 놀랐던 것이다.
가니마르가 비웃듯 말했다.
"성 삼위일체에 한 인물이 추가됐지요. '백조 목의 에디트'가 실수할 수도 있으니 대장이 와 있어야 했습니다. 뤼팽은 다시 이곳으로 돌아올 만큼 용기가 대단한 놈입니다. 3주 전부터 내 조사가 진척되는 모습을 유유히 지켜보고 있었으니까요."
"그자를 알아봤나?"
"뤼팽을 알아볼 순 없습니다. 변장하면 완전히 다른 사람으로 나타나니까요. 게다가 설마 다시 돌아오리라고는 꿈에도…. 하지만 오늘 밤, 제가 그늘진 계단에서 몰래 소냐를 감시하고 있는데, 빅투아르가 하인에게 말을 걸며 '도련님'이라고 부르더군요. 이때 깨달았습니다. 유모가 뤼팽을 항상 '도련님'이라고 불렀거든요."
이번에는 뒤두이 국장이 평정을 잃어갔다. 그토록 뒤쫓았으면서도 매번 놓치기만 한 적이 이곳에 있다니!
"이놈이 손안에 있군. 이번엔 꼭 잡겠어." 뒤두이가 나직이 말했다. "이젠 우리 손을 빠져나가지 못할 테지."
"그렇습니다, 국장님. 그놈은 못 빠져나갑니다. 그자뿐만 아니라 나머지 두 여자도….”

“어디 있나?”

“소냐와 빅투아르는 3층에 있고 뤼팽은 4층에 있습니다.”

뒤두이가 불쑥 걱정스러운 듯 지적했다. “그런데 융단이 사라졌을 때 바로 그 방의 창문으로 빼돌렸던 게 아닌가?”

“맞습니다.”

“그렇다면 뤼팽 역시 그곳으로 도망칠 수 있을 텐데. 창문이 뒤프레누아가로 나 있으니까 말이네.”

“물론입니다, 국장님. 하지만 미리 조치해놨습니다. 국장님이 도착하시자마자 부하 네 명을 뒤프레누아가 창문 아래쪽으로 보냈지요. 누군가 창문에 나타나서 내려오려는 낌새가 보이면 총을 발사하라고 단단히 지시했습니다. 한 번은 공포탄을, 그리고 두 번째에는 실탄을 쏘라고요.”

“허, 가니마르. 전부 다 생각해두었군. 그러면 새벽이 되자마자….”

“기다린다고요, 국장님? 그놈을 상대로 신중하시겠다고요! 규정이며 합법적인 시간 따위를 지키시겠다고요! 아니, 그자들은 예의든 뭐든 신경도 안 쓸 텐데요? 뤼팽이 뛰어난 술책을 쓰면 어쩌시려고요? 아, 안 됩니다. 농담이시겠지요. 독 안에 든 이놈한테 달려드는 겁니다. 그것도 당장!”

분노한 가니마르는 초조함에 부들부들 몸을 떨며 밖으로 나갔다. 정원을 가로질러 경관 여섯 명을 들여보냈다.

“준비됐습니다, 국장님! 뒤프레누아가 쪽에서 총을 장전해 창문을 겨누라고 명령을 내려놓았습니다. 가시지요.”

사람들이 오가는 소리가 크게 들렸다. 저택에 있는 사람들이 듣지 못할 리가 없었다. 뒤두이 국장은 왠지 떠밀리는 듯한 느낌을 받았으나 일단 결단을 내렸다.

"가세."

작전은 빠르게 진행되었다.

8시, 브라우닝 자동권총으로 무장한 경관들은 뤼팽이 방어 태세를 취하기 전에 잡아들이려고 계단을 무지막지하게 뛰어 올라갔다.

"문 여십시오." 스파르미엔토 부인이 쓰는 방문으로 달려들며 가니마르가 고함쳤다.

경관 하나가 어깨로 들이받아 문을 부쉈다.

방에는 아무도 없었다. 빅투아르의 방 역시 비어 있었다!

"위로 올라간 거다!" 가니마르가 외쳤다. "뤼팽을 보러 지붕 아래 방으로 간 거야. 조심하게!"

이들 여덟 명은 모두 4층으로 올라갔다. 놀랍게도 지붕 아래 방 문이 열려 있고 그 안에는 아무도 없었다. 다른 방도 역시 비어 있었다.

"이런, 제기랄." 가니마르가 욕설을 퍼부었다. "어디로 간 거지?"

이때 국장이 가니마르를 불렀다. 뒤두이 국장은 막 3층으로 내려가 창문 하나가 잠기지도 않은 채 살짝 닫혀 있는 것을 발견한 참이었다.

"여보게." 국장이 가니마르에게 말했다. "융단을 빼돌린 곳으로 나갔군. 뒤프레누아가라고 하지 않았나."

"하지만 그랬다면 총을 발사했을 겁니다." 분노가 머리끝까지 치솟은 가니마르가 으르렁거리며 반박했다. "길을 감시하고 있었다고요."

"길을 감시하기 전에 빠져나갔겠지."

"국장님께 전화했을 때 세 사람 전부 각자 자기 방에 있었습니다!"

"그렇다면 정원 쪽에서 자네가 나를 기다릴 때 빠져나갔거나."

"하지만 왜요? 왜 그런 겁니까? 내일이나 다음 주도 아니고, 바로 오늘 떠날 이유가 없었다고요. 일단 보험금을 다 챙긴 후에…."

아니, 그럴 이유가 있었다. 가니마르는 탁자 위에 놓인 자기 앞으로 쓰인 편지를 뜯어 읽어본 후 그 이유를 알 수 있었다. 편지는 업무를 만족스럽게 수행해낸 하인에게 작성해줄 법한 증명서 같은 글투로 적혀 있었다.

> 아래 서명한 본인, 괴도신사이자 전 대령, 전 하인이며 전 시체였던 아르센 뤼팽은 가니마르라는 인물이 이 저택에 기거하는 동안 빼어난 자질을 보여주었음을 증명하는 바이다. 타의 모범이 되는 충직하고 사려 깊은 태도로, 단서가 하나도 없었음에도 내 계획의 일부를 알아내 보험회사가 입을 45만 프랑의 손해를 막았다. 이에 찬사를 보내며, 덧붙여 아래층의 전화가 소냐 크리슈노프의 방 전화와 연결되어 있어서 치안국장에게 전화를 거는 것이 곧 당장 도망치라고 내게 전화를 건 셈이었

음을 미리 알려주지 못해 유감이라는 말을 전한다. 이는 가벼운 실수이므로 그 빛나는 노고와 영광스러운 승리는 한 치도 손상되지 않을 것이다.

이에 따라 가니마르는 본인이 보내는 찬미와 감탄, 열렬한 호감을 기꺼이 받아주기를 바란다.

—아르센 뤼팽

8
지푸라기

그날 저녁, 어스름이 밀려오는 오후 4시쯤 구소 영감은 아들 넷을 대동하고 사냥에서 돌아오는 중이었다. 다섯 모두 억센 사내였다. 훤칠한 다리에 탄탄한 상반신이었고 바깥을 쏘다니느라 햇볕에 얼굴이 그을어 있었다.

다섯 모두 엄청나게 굵직한 목 위로 조그만 머리통, 좁은 이마, 가는 입술, 새 부리처럼 굽은 코를 가지고 있었는데, 험상궂어 보여서 별로 호감이 가지 않는 인상이었다. 주변 사람들은 이들을 두려워했다. 득이 되는 일이라면 사정없이 달려들었고, 음흉하고 악의에 찬 행동도 서슴지 않았기 때문이다.

에베르빌 영지를 에워싼 오래된 방벽에 이르자 구소 영감은 좁다랗고 묵직한 문을 열고 들어갔고, 아들들이 모두 통과하기를 기다렸다가 문을 잠그고 묵직한 열쇠를 호주머니에 집어넣었다.

구소 영감은 과수원을 가로지르는 길로 아들들 뒤를 따라 걸었다. 가을을 맞아 잎이 떨어진 커다란 나무 몇 그루와 군데군데 무리지어 있는 전나무는 지금은 구소 영감의 농장이 된 옛 공원의 흔적을 드러냈다.

아들 하나가 말했다.

"어머니가 장작불을 피워놓으셨으면 좋겠는데!"

"그랬을 거다." 아버지가 말했다. "저길 봐라, 연기가 피어오르고 있어."

잔디밭 끝에 구소 영감의 집과 그 부속건물이 보였다. 그 너머로 솟은 교회 종탑은 하늘에 걸린 구름을 뚫을 듯 높았다.

"총은 장전을 풀어놓았느냐?" 구소 영감이 물었다.

"제 건 아직 안 풀었어요." 맏이가 말했다. "한 발을 넣어뒀어요. 황조롱이 머리통을 날리려고 남겨놨지요…. 게다가…."

맏이는 종종 자기 솜씨를 뽐내곤 했다. 이번에도 그럴 요량으로 동생들에게 말했다.

"벚나무 꼭대기에 있는 저 자그만 나뭇가지를 봐. 내가 저걸 명중시키지."

그 작은 가지 끝에는 허수아비가 하나 달려 있었다. 봄부터 달려 있던 허수아비는 잎사귀 잃은 나뭇가지를 필사적으로 보호하려는 듯 두 팔을 벌린 채였다.

맏이가 조준했다. 그리고 총이 발사됐다.

허수아비는 우스꽝스러운 모양새로 뒹굴며 떨어져서 아래쪽에 있는 좀 더 커다란 나뭇가지 위에 걸려 우뚝 멈추었다. 헝겊으로 만든 머리에 높다란 모자를 쓴 허수아비는 그네가 오가듯 지푸라기 다리를 대롱거렸다. 그 아래 벚나무 가까이에는 나무로 된 물통으로 샘물이 흘러내리고 있었다.

모두 깔깔 웃어댔다. 아버지가 찬사를 보냈다.

"멋들어지게 쐈다, 아들. 잘했어, 저 허수아비 때문에 짜증이 나던 참이었거든. 밥 먹다가 눈만 들면 저 멍청한 놈이 보이더라고…."

그리고 몇 걸음을 더 옮겼다. 집에서 20미터쯤 떨어진 곳까지 왔을 때 아버지가 갑자기 아들들을 멈추게 한 뒤 말했다.

"응? 무슨 일이지?"

형제들도 멈춰 서서 귀를 기울였다.

한 명이 중얼거렸다.

"옷 방 쪽에서 나는 소리예요."

다른 아들이 더듬거렸다.

"애원하는 소리 같아요…. 어머니 혼자 계시는데!"

별안간 끔찍한 비명이 울려 퍼졌다. 다섯 남자는 일제히 달리기 시작했다. 비명이 또다시 들리더니 이내 절망적인 외침으로 변했다.

"다 왔어요! 우리 왔어요!" 맏이가 앞장서 뛰어가며 외쳤다.

현관문은 집을 빙 돌아가야 했기 때문에 맏이는 유리창을 주먹으로 깨부수고 곧장 부모님 침실로 뛰어들었다. 바로 옆방이 옷 방이었는데 구소 부인은 항상 그곳에 있었다.

"아! 빌어먹을." 얼굴에 피칠을 한 채 쓰러져 있는 어머니를 보고 맏이가 소리쳤다. "아버지! 아버지!"

"무슨 일이야, 네 엄마는 어딨어?" 막 도착한 구소 영감이 울부짖었다…. "아! 빌어먹을, 어떻게 이런 일이! 당신한테 무슨 짓을 한 거야, 여보?"

구소 부인은 간신히 팔을 들며 더듬거렸다.

"뒤를 쫓아요! 저쪽! 저쪽으로! 난 괜찮아요…. 그냥 긁혔을 뿐이니까…. 뛰라니까요! 그자가 돈을 가져갔어요!"

아버지와 아들은 용수철처럼 뛰어나갔다.

"그자가 돈을 가져갔다고!" 구소 영감이 고래고래 소리를 지르며 자기 아내가 가리킨 문 쪽으로 달려들었다…. "돈을 가져갔어! 도둑이야!"

이때 나머지 아들 셋이 달려오던 복도 끝에서 떠들썩한 목소리가 들려왔다.

"그자를 봤어! 봤다고!"

"나도! 계단으로 올라갔어."

"아니야, 저기 있다. 다시 내려온다!"

쿵쾅거리며 달리자 마룻바닥이 들썩거렸다. 복도 끝에 다다른 구소 영감 눈에 현관문을 열려고 서 있는 한 남자가 보였다. 남자가 문을 열고 나가면 그걸로 영영 끝이다. 교회 광장으로 간 뒤 마을 골목길을 따라 도망치면 그만이었다.

문을 열려다가 들키자 놀란 남자는 이성을 잃고 구소 영감에게 달려들었다. 영감을 붙잡고 한 바퀴 빙 돌더니 달려드는 맏아들을 살짝 피해 네 아들에게 쫓기며 구소 부부 침실로 도망쳤다가 맏아들이 부순 창문을 뛰어넘어 사라졌다.

아들들은 남자를 쫓아 잔디밭과 과수원을 가로질러 달려갔다. 어둑어둑한 밤이 깔리고 있었다.

"이제 끝난 거야, 그 강도 놈." 구소 영감이 비웃었다. "그놈이 빠져나갈 구멍은 없지. 벽이 아주 높으니 말이야. 끝장이야. 아! 이 불한당!"

구소 영감의 하인 두 사람이 마을에서 돌아오자, 이들에게 상황을 알리고 총을 내주었다.

"그놈이 집 근처로 오는 낌새만 보이면 쏴버려. 동정 따윈 하지 마!"

주인은 하인들에게 지키고 설 위치를 정해주고 짐수레가 드나드는 철책 문이 단단히 잠겨 있는지 확인하고 나서야 아내에게 도움이 필요할지도 모른다는 생각이 들었다.

"여보, 좀 어때?"

"그놈은 어디 있어요? 붙잡았어요?" 구소 부인은 기다렸다는 듯 물어보았다.

"그래, 이제 곧 잡을 거야. 애들이 벌써 잡았을 거야."

이 말을 듣자 부인은 기운을 차려 럼주를 한 모금 마시고 구소 영감의 부축을 받아 침대에 드러누웠다. 그리고 자신이 겪은 일을 이야기했다.

이야기는 별로 길지 않았다. 큰방에 난롯불을 막 피워놓고 남자들이 돌아오기를 기다리며 자기 방 창가 옆에서 한가롭게 뜨개질을 하고 있는데, 옷 방에서 삐걱거리는 소리가 조그맣게 들린 것 같았다.

구소 부인은 생각했다. '틀림없이 고양이를 놔뒀나 보군.'

그리고 유유자적 옷 방으로 갔는데, 돈을 숨겨놨던 옷장 문짝 두 개가 열려 있어 깜짝 놀랐다. 아무런 의심도 하지 않고 다가가 보았다. 그런데 한 남자가 빛을 등지고 숨어 있더라는 것이다.

"아니, 그자가 어디로 들어왔을까?" 구소 영감이 물었다.

"어디로요? 현관으로 왔겠지요. 문을 잠가 두는 법이 없으니."

"그래서, 그놈이 당신한테 달려들었어?"

"아니, 내가 그놈한테 달려들었어요. 그놈은 도망가려고 했다니까."

"그럼 그냥 내버려 뒀어야지."

"왜요! 돈은 어쩌고!"

"그때 이미 그놈이 돈을 가지고 있었던 거야?"

"가지고 있었느냐고요! 그자 손에 들린 지폐 뭉치가 보이더라니까, 나쁜 놈! 내가 죽으면 죽었지…. 아! 그래서 몸싸움이 벌어졌지요."

"그자가 무기는 없었나?"

"나랑 똑같이 맨손이었어요. 손가락하고 손톱, 이뿐이었어요. 자, 보세요. 그자가 날 물어뜯었어요, 여기를요. 그래서 내가 소리소리 질렀지! 얼마나 질러댔는지…. 하지만 어쩌겠어요. 늙은 몸이었으니 놔줄 수밖에."

"아는 사람이었어?"

"트레나르 영감이었던 것 같아요."

"그 부랑자? 제기랄, 맞아." 농장주가 외쳤다. "그래, 트레나르 영감… 아까 그 사람인 것 같아…. 게다가 사흘 전부터 그놈이 집 주위를 어슬렁거렸다고. 아! 그 늙은이, 돈 냄새를 맡은 거야…. 트레나르 영감이라니, 한번 실컷 웃게 생겼군! 일단 혼쭐을 내준 후에 법정에 넘겨야지. 그래, 여보, 이제 좀 일어나보지? 이웃 사람들 좀 불러보라고. 얼른 사람을 보내 경찰도 부르고…. 그래, 공증인 아들한테 자전거가 있던데…. 그나저나 똥줄이 빠질 듯 달리는 걸 보니 대단한 영감이야. 아! 그 나이에 아직 죽지 않았어. 진짜 토끼 같더라니까!"

구소 영감은 이 일이 재밌어서 배꼽을 부여잡고 웃었다. 구소 영감이 걱정할 게 무엇이 있겠는가? 세상이 두 쪽이 난대도 그 부랑자가 도망치거나 처벌을 피해 교도소 신세를 면하는 일 따위는 없을 테니.

농장 주인은 총을 들고 하인 두 명이 있는 곳으로 갔다.

"새로운 건 없나?"

"없습니다, 주인님. 아직은요."

"금방 일이 터질 거야. 악마가 그놈을 벽 위로 올리지 않는 한…."

이따금 멀리서 아들 넷이 서로 부르는 소리가 들려왔다. 영감이 아직 저항하고 있는 게 틀림없다. 생각보다 날렵한 듯했다. 하지만 구소 형제들 같은 장정들 상대로는….

그런데 한 아들이 풀이 죽어 돌아오더니 이렇게 실토했다.

"지금 이 일에 매달리는 건 소용없겠어요. 컴컴해지고 있으니까요. 놈은 어느 구석에 들어가 숨은 모양이에요. 내일 다시 찾아봐야겠어요."

"내일이라고! 너 제정신이냐." 구소 영감이 반박했다.

이번에는 맏아들이 숨을 헐떡이며 나타났다. 동생과 의견이 같았다.

"내일까지 기다려요. 강도 놈은 어차피 우리 영지에 있으니 교도소 벽에 둘러싸여 있는 거나 마찬가지잖아요?"

"좋아, 내가 가보도록 하지." 구소 영감이 외쳤다. "등불을 하나 켜다오."

그런데 바로 이때, 헌병 세 명과 소식을 들은 마을 청년들이 몰려왔다.

헌병 반장은 체계적인 사람이었다. 일단 모든 이야기를 자세히 듣고 잠시 깊은 생각에 잠기더니, 네 아들을 따로 불러 각각 조사한 후 한 사람이 증언을 마칠 때마다 다시 깊은 생각에 잠겼다. 아들들은 부랑자가 영토 깊숙한 곳으로 도망쳤으며 여러 번 시야에서 벗어난 끝에 '까마귀 언덕'이라고 부르는 곳 근처에서 사라져버렸다고 진술했다. 반장은 다시 심사숙고하더니 이렇게 결론을 내렸다.

"기다리는 게 낫겠습니다. 밤중에 추적으로 혼잡해진 틈을 타고 트레나르 영감이 우리 틈으로 빠져나갈 수도 있습니다…. 그러니 오늘 밤은 여기서 해산하도록 하지요."

농장주는 어깨를 으쓱해 보이며 투덜거리면서도 헌병 반장의 말에 따랐다. 헌병 반장은 감시망을 짰다. 구소 형제와 마을 사내들에게 부하들을 붙여 조를 짰으며 사다리를 깊숙한 곳에 잘 숨겨놓았는지 확인하고 식당에 감시 본부를 마련해놓았다. 그곳에서 헌병 반장은 구소 영감과 마주 앉아 오래 묵은 브랜디 한 병을 놓고 꾸벅꾸벅 졸았다.

밤은 고요했다. 헌병 반장은 두 시간마다 돌아보며 각 감시조의 상황을 점검했다. 아무런 비상사태도 일어나지 않았다. 트레나르 영감은 어딘가 숨어들어 꼼짝도 하지 않았다.

새벽에 수색이 시작되었다.

수색은 네 시간에 걸쳐 이뤄졌다.

네 시간 동안 스무 명가량의 남자들이 지팡이로 덤불숲을 헤집고 다녔다. 온갖 나무 틈은 물론 마른 잎사귀 더미까지 들추어가며 5헥타르에 이르는 영토를 사방팔방 뒤졌다. 하지만 트레나르 영감은 보이지 않았다.

"아! 이것 참 지독하군." 구소 영감이 이를 갈았다.

"어떻게 된 영문인지 모르겠군요." 헌병 반장도 대꾸했다.

설명하기 어려웠다. 꼼꼼하게 뒤지고 다닌 월계수와 참빗살나무 덤불을 빼면 모든 나무는 가지만 앙상한 채 헐벗어 있었기 때문이다. 건물이라고는 하나도 없었으며 헛간이나 장작더미도 없었다. 즉 숨을 만한 곳이 한 군데도 없었다.

벽을 꼼꼼히 조사해본 결과 헌병 반장은 벽을 타고 올라가기란 인간의 힘으로 불가능하다는 사실을 직접 확인했다.

오후에 예심판사와 검사대리까지 출두한 자리에서 다시 조사가 시작됐다. 결과는 조금도 나아지지 않았다. 이 사건은 사법관에게도 아주 수상해 보인 나머지, 이들은 불편한 심기를 감추지 않으며 이렇게 말하기까지 했다.

"구소 영감, 영감님과 아드님이 혹시 착각한 건 아니십니까?"

"제 아내도 있습니다." 화가 치밀어 얼굴이 불그죽죽해진 구소 영감이 외쳤다. "그 못된 놈이 우리 아내 목을 졸랐는데, 아내도 착각한 겁니까? 이 자국을 보십시오!"

"그렇군요. 그러면 그 몹쓸 놈이 대체 어디 있는 겁니까?"

"여기, 이 담장 안에 있습니다."

"좋습니다. 그렇다면 찾아보세요. 우리는 여기서 손 떼겠습니다. 누군가 이 부지 울타리 안에 숨어 있다면 이미 찾았을 겁니다."

"좋습니다. 분명히 말씀드리지만, 내가 그자를 반드시 찾아내겠습니다." 구소 영감이 고래고래 소리쳤다. "내게서 6000프랑을 훔쳐가다니 어림도 없지. 그래, 6000프랑! 암소를 세 마리 팔고, 밀을 수확하고, 사과를 팔아 번 돈입니다. 그 1000프랑짜리 지폐 여섯 장을 은행에 가져갈 참이었단 말입니다. 뭐, 괜찮습니다. 그 돈은 이미 되찾은 거나 마찬가지라고 장담합니다."

"잘됐군요. 그렇게 되길 바랍니다." 예심판사는 말이 끝나자 검사대리, 헌병들과 함께 자리를 떴다.

이웃 사람들도 이죽거리며 떠났다. 오후가 거의 저물 무렵, 구소 영감 가족과 농장 하인 두 사람밖에 남지 않았다.

구소 영감은 즉시 계획을 설명했다. 계획이란 낮에는 수색하고 밤에는 매시간 감시하기였다. 기간은 얼마가 걸려도 상관없다. 생각해보라! 트레나르 영감도 남들과 똑같은 사람 아닌가. 사람은 먹고 마시는 법이다. 그러니 그 영감도 자기 굴에서 빠져나와 먹고 마셔야 살 것이었다.

구소 영감이 말했다. "기껏해야 주머니에 있는 빵 몇 조각으로 혹은 밤중에 나무뿌리를 캐 먹으면서 연명하겠지. 하지만 마실 것은 어쩔 수 없어. 저 샘물밖에 없다고. 약삭빠른 놈, 다 가오기만 해봐라."

그날 밤 구소 영감은 직접 샘물 곁에서 보초를 섰다. 세 시간 후 맏아들이 아버지와 교대했다. 다른 아들들과 하인들은 집에서 잠을 자며 한 명씩 돌아가며 보초를 섰다. 집에는 촛불이며 등잔을 모두 밝혀놓아 예기치 못한 상황에 대비했다.

이 일이 2주 동안 계속되었다. 낮 동안은 남자 둘과 구소 부인이 보초를 섰고 나머지 다섯 남자가 에베르빌 경작지를 수색했다.

2주가 다 지나가도록 아무런 성과도 없었다.

농장주의 분노는 사그라지지 않았다.

그리하여 직접 옆 마을에 사는 전직 경찰청 치안국 형사를 모셔왔다.

전직 형사는 구소 영감 집에서 일주일 동안 지냈다. 하지만 트레나르 영감을 찾아내기는커녕 단서 하나도 발견하지 못했다.

"정말 지독하군." 구소 영감이 되뇌었다. "이 건달 놈이 여기 있는데 말이야! 여기 있는 건 확실하다고. 그렇다면…."

문간에 버티고 서서 적을 향해 목청껏 욕설을 퍼부었다.

"바보 같은 자식! 돈을 토해내느니 쥐구멍에서 뒈지는 게 낫다는 거냐? 그럼 뒈지라고, 더러운 놈!"

구소 부인 역시 나름의 째지는 목소리로 우짖었다.

"교도소가 두려운 거냐? 돈만 내놓으면 도망치게 내버려 두마!"

하지만 트레나르 영감에게서는 아무런 대꾸도 받지 못했다. 부부는 괜스레 목만 잔뜩 쉬고 말았다. 하루하루가 고통스러웠다. 구소 영감은 이제 잠도 제대로 못 자고 열에 시달렸다. 아들들은 신경이 바짝 곤두서 툭하면 싸우기 일쑤였고, 그 부랑자를 죽이겠다는 생각에 사로잡혀 한시도 총을 내려놓지 않았다.

구소 사건은 마을 사람들의 최대 관심사였는데, 처음에는 동네에서 이야기가 돌다가 금세 신문에까지 실렸다. 도청 소재지와 파리에서 기자들이 찾아왔지만, 구소 영감은 이들을 무례하게 몰아냈다.

"댁으로 돌아들 가십시오." 구소 영감이 말했다. "자기 일에나 신경 쓰란 말입니다. 내 일은 내가 알아서 해. 다른 사람이 신경 쓸 바 아니지."

"그렇지만 구소 영감님…."

"제발 나 좀 내버려 둬!"

영감은 기자들 코앞에서 문을 닫아버렸다.

트레나르 영감이 에베르빌 영지 안에 숨어든 지 벌써 4주째에 접어들었다. 구소 일가는 고집 때문에, 그리고 여전한 확신 때문에 수색을 계속했지만 날이 갈수록 영감을 찾으리라는 희망을 잃어갔다. 어떤 신비로운 장애물이 있어 자신들의 노력이 번번이 수포로 돌아가는 것처럼 느껴졌다. 이쯤 되니 돈을 되찾지 못할 거라는 생각이 깊이 자리 잡기 시작했다.

그러던 어느 날 아침 10시쯤, 자동차 한 대가 전속력으로 마을 광장을 지나가다 고장이 나서 우뚝 멈추었다.

자동차를 살펴본 정비공이 수리하려면 제법 시간이 들 거라고 말하자 자동차 주인은 길가 객줏집에서 점심을 들면서 기다리기로 했다.

자동차 주인은 구레나룻을 짧게 다듬은 젊은 신사로 꽤 호감

가는 인상이었다. 이 사람은 금세 객줏집 손님들과 어울리며 대화를 나누었다.

자연스럽게 사람들은 이 남자에게 구소 일가 사건을 이야기해주었다. 남자는 여행에서 돌아오는 길이라 이 일을 모르고 있었는데, 이야기를 듣고는 꽤 흥미로워했다. 그래서 자세히 설명해달라고 요청하는가 하면 식탁에서 식사하던 여러 사람과 함께 이의도 제기해보고 여러 가설을 세워보기도 하더니, 결국 이렇게 외쳤다.

"하! 그렇게 복잡하진 않군요. 그런 일들에 제가 일가견이 좀 있지요. 게다가 마침 이 자리에 있으니…."

"좋습니다." 객줏집 주인이 말했다. "내가 구소 영감을 잘 아는데… 거절하진 않을 겁니다…."

합의는 간단히 이뤄졌다. 구소 영감은 이제 남들이 끼어들어도 완강히 반대하는 태도를 보이지 않았다. 구소 부인은 서슴지 않고 말했다.

"그분… 오시라고 하세요."

남자는 식사 값을 치르고 자동차 정비공에게 수리가 끝나자마자 큰길에서 차를 시험해보라고 일렀다.

"한 시간이면 될 거예요." 남자가 말했다. "더 늦진 않을 겁니다. 한 시간 후에는 준비해놓도록 하세요."

그리고 구소 영감 집으로 향했다.

농장에 도착한 남자는 말을 아꼈다. 구소 영감은 자신도 모르게 희망을 되찾아 이런저런 설명을 늘어놓으며 담을 따라 손님을 인도했고 들판에 있는 작은 문까지 데리고 갔다. 그러더니 열쇠를 보여주고 문을 열어 보이며 자기가 어떤 식으로 수색을 펼쳤는지 낱낱이 설명했다.

이상한 일이 벌어졌다. 낯선 이는 말을 아낄 뿐만 아니라 제대로 듣는 것 같지도 않았다. 그저 멍한 눈으로 쳐다볼 뿐이었다. 이렇게 영지를 한 바퀴 돌고 나자 구소 영감이 초조한 목소리로 물었다….

"어떻습니까?"

"뭐가요?"

"아시겠습니까?"

낯선 이는 잠시 묵묵히 있더니 딱 잘라 말했다.

"아니요. 전혀 모르겠습니다."

"뭐라고!" 농장주가 허공에 팔을 내지르며 소리쳤다. "알 턱이 없지! 눈 가리고 아웅 하는 격이야. 내가 한마디만 할까요? 트레나르 영감이 너무 감쪽같이 숨는 바람에 지금쯤이면 자기 소굴에서 죽어버렸을 테고, 내 돈도 같이 썩어가고 있을 겁니다. 아시겠어요? 장담합니다."

낯선 남자는 매우 차분하게 말을 꺼냈다.

"다만 한 가지가 흥미롭습니다. 그 부랑자는 자유롭게 돌아다녔겠지요. 밤에는 어떻게든 음식을 찾아 먹었겠고요. 그런데 마실 것은 어떻게 해결했을까요?"

"해결하지 못하지요!" 농장주가 외쳤다. "해결할 수 없어요! 이 샘물밖에 없어서 주위에서 매일 밤 보초를 섰단 말입니다."

"샘이군요. 발원지는 어딥니까?"

"바로 여기요."

"그럼 이 통까지 저절로 솟아날 만큼 압력이 충분하다는 거로군요?"

"그렇습니다."

"그러면 샘물이 통에서 나와 어디로 갑니까?"

"지금 보는 이 관이 지하를 통해 집까지 샘물을 끌어다 줍니다. 그걸 부엌에서 사용하고 있습니다. 그러니까 물을 마실 방도가 없단 말입니다. 우리가 계속 여기에 있었고, 샘물은 집에서 20미터나 떨어져 있으니."

"최근 4주 동안 비가 오진 않았나요?"

"벌써 말씀드렸듯이 단 한 번도 안 왔습니다."

낯선 신사는 샘물로 다가가 살펴보았다. 물통은 땅바닥 위에 나무판자를 몇 개 대어 만들어놓은 것이었으며, 맑은 물이 조금씩 흘러나오고 있었다.

"물 깊이가 30센티미터 정도밖에 안 되는군요. 그렇지요?" 낯선 신사가 물었다.

그러면서 깊이를 재보려고 물통에 드리워져 있던 지푸라기를 집어들었다. 그런데 몸을 기울이던 신사가 갑자기 하던 일을 멈추고 주변을 휘휘 둘러보았다.

"아! 거참, 재밌네." 별안간 껄껄 웃으며 말했다.

"무슨… 무슨 일입니까?" 물통으로 몸을 기울이며 구소 영감이 더듬거렸다. 마치 그 좁다란 물통 안에 누군가 누워 있기라도 한 것처럼.

구소 부인이 애가 달아 말했다.

"뭐예요? 무얼 알아내신 거예요? 그자는 어디에 있지요?"

"안에도 없고… 위에도 없지요." 낯선 남자가 계속 웃으며 대답했다.

구소 영감과 부인, 아들들에게 떠밀려 낯선 신사는 집 쪽으로 향했다. 객줏집 주인과 손님들도 함께 있었는데, 이들은 낯선 남자가 오가는 대로 우르르 따라다녔다. 이들은 굉장한 사실이 밝혀지리라고 기대하며 입을 꾹 다물고 있었다.

"제가 생각했던 대로군요." 재미있다는 표정으로 남자가 말했다. "그 사람은 갈증을 해결해야 했어요. 그런데 이 샘물밖에 없으니…."

"여보세요, 여봐요." 구소 영감이 구시렁댔다. "우리가 분명 봤을 거란 말입니다."

"밤중이었거든요."

"그렇다면 소리라도 들었을 겁니다. 아니, 봤겠지요. 우리가 바로 옆에 있었으니."

"그자도 바로 옆에 있었습니다."

"물통에 있는 물을 마셨다고요?"

"그래요."

"어떻게 말입니까?"

"멀리서요."

"무얼로 물을 마셨다는 건가요?"

"이걸 사용했지요."

낯선 남자는 아까 주워들었던 지푸라기를 보여주었다.

"자, 이게 물 마시는 대롱입니다. 이 대롱이 유별나게 긴 게 보이시지요. 이건 사실 지푸라기 세 가닥을 붙여 만든 겁니다.

세 가닥을 붙여놓은 게 눈에 띄더군요. 확실한 증거지요."

"아니, 대체 무슨 증거란 말입니까?" 구소 영감이 흥분해서 외쳤다.

낯선 신사는 연장걸이에 걸려 있던 작은 소총을 집어들었다.

"장전되어 있나요?" 신사가 물었다.

"예." 막내아들이 대답했다. "그걸로 참새를 쏘곤 해요. 소형 탄환이 들어 있어요."

"좋습니다. 궁둥짝에 몇 방 먹이면 충분할 겁니다."

별안간 남자의 얼굴이 엄격해졌다. 갑자기 농장주의 팔을 움켜쥐더니 명령조로 힘을 주어 한마디씩 내뱉었다….

"잘 들으십시오, 구소 씨. 난 경찰도 아니고, 이 불쌍한 사람을 경찰에 넘길 생각은 추호도 없습니다. 4주 동안 굶주리고 겁먹었으니… 그걸로 충분합니다. 그러니 맹세하세요. 영감님과 아드님 모두 이 사람을 해치지 않고 달아나게 내버려 둔다고 말입니다."

"돈은 내놔야지요!"

"물론입니다. 그럼 맹세하십니까?"

"맹세합니다."

남자는 과수원 초입에 있는 문간에 자리를 잡았다. 그리고 샘물 위로 가지를 드리운 벚나무 쪽 허공을 향해 조준했다. 총이 발사됐다. 그쪽에서 쉰 목소리로 외마디 비명이 들려오더니 한 달 전부터 벚나무의 굵은 가지에 걸쳐 있던 허수아비가 바닥으로 우당탕 떨어졌다. 그런데 그 허수아비가 발딱 일어나 전속력으로 달아나는 게 아닌가!

사람들은 어안이 벙벙해져 있다가 이내 탄성을 질렀다. 아들들이 황급히 달려갔고, 헝겊 조각에 옭매여 있는 데다 먹지 못해 힘이 빠진 도망자를 금세 붙들 수 있었다. 낯선 신사는 일찌감치 달려가 분노에 찬 아들들에게서 도망자를 보호했다.

"손 치우세요! 이 남자는 내 소관입니다. 손 하나 까딱하지 마십시오…. 충격이 너무 크지는 않았나요, 트레나르 영감?"

머리에는 헝겊을 두르고 온 팔과 다리, 몸통에는 지푸라기를 얼기설기 붙여 허름한 천 조각으로 칭칭 동여맨 영감은 영락없이 뻣뻣한 허수아비였다. 이 모습은 예상하지 못한 일인 데다 너무도 우스운 꼴이라 모여 있던 사람들은 모두 키득키득 웃었다.

낯선 신사는 트레나르 영감의 머리를 감싼 천을 풀었다. 살이 축 늘어져 해골처럼 비쩍 마른 얼굴에 회색 수염이 뒤엉켜 있었다. 눈만은 열에 들떠 빛났다.

사람들이 더 크게 웃어댔다.

"돈…. 지폐 여섯 장을 내놔…." 농장주가 명령했다.

낯선 신사가 영감을 멀리 떼어놓았다.

"잠시 후 돈을 돌려줄 겁니다. 그렇지 않나요, 트레나르 영감?"

그리고 칼로 영감을 묶고 있던 지푸라기와 천 쪼가리를 잘라내며 농담을 던졌다.

"딱한 사람 같으니라고, 꼴이 말이 아니군요. 그런데 어떻게 이런 일을 해냈습니까? 귀신같이 솜씨가 좋았거나… 아니면 정신이 나갈 정도로 엄청나게 겁을 먹었던 건가요? 첫날 밤, 수색이 잦아든 틈을 타서 그런 기묘한 차림새를 했습니까? 허수아비라니 괜찮은 생각이군요. 누가 생각이나 했겠습니까? 나무에 걸린 허수아비 모습을 하도 익숙하게 봐왔으니 말입니다. 불쌍한 사람, 무지하게 아팠겠어요! 배를 깔고 엎드려 팔다리를 늘어뜨린 불편한 자세로 종일 버텼으니! 조금이라도 움직이려면 또 얼마나 고생했겠습니까? 잠이라도 잘라치면 떨어질까 봐 얼마나 겁이 났을까! 게다가 먹어야지, 물도 마셔야지! 보초들 소리도 들렸단 말이지! 얼굴에서 1미터도 안 되는 곳에서 총신을 느꼈을 테고! 아, 무서워라…. 그런데 제일 멋졌던 것은 그 지푸라기란 말이지요! 소리 없이 꼼짝도 안 하고서 물통에 던져놓은 지푸라기 끝을 입에 대고 그 다디단 물을 한 방울씩 쪽쪽 빨았을 생각을 하면… 정말이지, 감탄하지 않을 수 없다니까요…. 대단하십니다, 트레나르 영감!"

그리고 입속으로 중얼거리며 덧붙였다.

"다만 영감님, 냄새가 너무 고약하군요. 한 달 동안 씻지 못했습니까? 독한 사람이군요, 물이 그렇게 넘쳐났는데 말이지요. 자, 이제 당신들한테 영감을 넘기겠습니다. 나는 손이나 씻겠어요."

구소 영감과 네 아들은 던져진 먹잇감에 잽싸게 달려들었다.

"자, 어서 돈을 내놔."

어안이 벙벙한 와중에도 부랑자는 놀란 척할 힘은 남아 있던 모양이다.

"그런 멍청한 표정은 집어치워!" 농장 주인이 으르렁거렸다. "지폐 여섯 장…. 내놔."

"무얼 달라고요? 무얼 원하십니까?" 트레나르 영감이 우물거렸다.

"당장 돈을 내놓으라고…."

"무슨 돈이요?"

"지폐!"

"지폐?"

"아! 이 자식이 열 받게 하네. 얘들아, 이놈을…."

이들은 영감을 쓰러뜨린 뒤 누더기 옷을 헤집으며 돈을 찾았다.

아무것도 없었다.

"이 도둑놈." 구소 영감이 외쳤다. "돈을 어떻게 한 거야?"

늙은 거지는 더 놀란 모양이었다. 놀랐다고 실토하기에는 꽤 약삭빠른 영감은 그저 신음만 흘렸다.

"무얼 원해요? 돈이요? 땡전 한 푼도 없다니까요…."

하지만 눈을 희번덕거리며 자기 옷자락을 뚫어지게 바라보았다. 자기도 무슨 영문인지 모르는 듯했다.

구소 가족은 더는 화를 참지 못했다. 트레나르 영감을 마구 두들겨 팼으나 상황은 변함이 없었다. 농장 주인은 여전히 영감이 허수아비로 변장하기 전에 돈을 감춰놓았다고 믿었다.

"이 자식아, 어디다 두었어? 말해! 어느 구석에 숨겼느냐고?"

"돈?"

부랑자는 여전히 멍청한 표정으로 일관했다.

"그래, 돈. 네가 어딘가에 묻어둔 그 돈…. 아! 그걸 못 찾으면 넌 끝장이야…. 증인이 있다고! 아닙니까? 여러분 모두와 친구들, 그리고 그분…."

구소 영감은 왼쪽으로 한 서른 걸음쯤 떨어진 샘물 옆에 있던 낯선 신사를 부르려고 몸을 돌렸다. 그런데 손을 씻고 있던 신사가 보이지 않아 깜짝 놀랐다.

"그 사람은 떠났습니까?" 구소 영감이 물었다.

누군가 대답했다.

"아니, 아니에요…. 담배를 피워 물더니 과수원 쪽으로 걸어갔어요."

"아! 잘됐군." 구소 영감이 말했다. "저놈을 찾아낸 것처럼 돈도 찾아주겠지."

"그런데 혹시…." 누군가 말했다.

"그런데 혹시라니…. 무슨 말을 하려는 건가?" 농장 주인이 물었다. "무슨 생각을 하는 거야? 말해보라고…. 뭐야?"

그러다가 별안간 의혹에 사로잡혀 말을 멈췄다. 잠시 침묵이 흘렀다. 농부들의 머릿속에 일제히 똑같은 생각이 떠올랐다. 에베르빌을 지나던 이방인, 자동차 고장, 객줏집에서 사람들에게 질문하던 태도, 영지에서 보이던 행동 등 이 모든 것이 미리 계획된 일은 아니었을까? 신문에서 이 사건을 접하고 현장에 와서 한 건 해보려는 절도범의 소행은 아니었을까?

"대단한 놈이군." 객줏집 주인이 말했다. "우리가 뻔히 보는 앞에서 트레나르 영감을 뒤져 주머니에서 돈을 챙긴 거야."

"말도 안 돼." 구소 영감이 중얼거렸다. "집 쪽으로 나갔으면 우리가 봤을 거야…. 하지만 그 사람은 과수원 쪽에 있다고."

사색이 된 구소 부인이 말했다.

"저쪽 과수원 끝에 있는 작은 문은요?"

"내가 항상 열쇠를 들고 다니잖아."

"하지만 당신이 열쇠를 그 사람한테 보여줬잖아요."

"그래. 그리고 도로 집어넣었다니까…. 자, 여기 보라고."

구소 영감이 호주머니에 손을 넣더니 외마디 비명을 질렀다.

"아! 빌어먹을. 없어…. 그 자식이 꺼내간 거야…."

이 말을 마치자마자 구소 영감은 아들들과 농부 몇 명을 대동하고 문제의 작은 문을 향해 달려갔다.

중간쯤 이르렀을 때 자동차 엔진 소리가 들렸다. 낯선 신사의 자동차인 게 틀림없었다. 미리 운전사에게 이 출구 밖에서 기다리라고 지시해놓았던 것이다.

구소 부자가 문에 도착하고 보니 낡아빠진 나무 문짝 위에 붉은 벽돌 조각으로 이렇게 쓰여 있었다.

아르센 뤼팽

구소 일가는 노발대발하며 악착같이 물고 늘어졌으나 트레나르 영감이 돈을 가져갔다는 사실을 증명할 수는 없었다. 실제로 스무 명이나 되는 사람들이 영감에게서 아무것도 발견하지 못했다고 증언한 것이다. 그래서 이 일은 영감이 몇 달간 징역살이를 하는 것으로 마무리됐다.

트레나르 영감은 징역살이한 몇 달이 후회스럽지 않았다. 석방되자마자, 3개월마다 어느 날짜 몇 시에 어떤 도로의 어느 돌멩이 밑을 살펴보면 금화 세 닢을 발견할 거라고 남몰래 연락이 왔던 것이다.

영감에게 금화 세 닢은 더없이 큰 재산이었으니까.

9
아르센 뤼팽의 결혼

아르센 뤼팽은 부르봉 콩데가의 왕녀 앙젤리크 드 사르조 방돔 양과의 혼례를 삼가 아뢰며, 생트 클로틸드 성당에서 거행될 혼인 미사에 부디 참석해주시기를 부탁드립니다.

사르조 방돔 공작은 여식인 부르봉 콩데가의 왕녀 앙젤리크 드 사르조 방돔과 아르센 뤼팽의 혼례를 삼가 아뢰오며, 부디….

장 드 사르조 방돔 공작은 부들부들 떨리는 손으로 들고 있던 편지를 차마 끝까지 읽어내릴 수 없었다. 분노로 얼굴이 하얗게 질린 채, 비쩍 마른 길쭉한 몸을 사시나무처럼 떨며 제대로 숨도 쉬지 못했다.

"이것 봐라." 공작은 편지 두 통을 딸에게 내밀며 말했다. "내 친구들이 받은 편지다! 어제부터 이 편지가 길거리에 돌아다니고 있어! 이 파렴치한 행동을 어떻게 생각하느냐, 앙젤리크? 네 불쌍한 어머니가 여태껏 살아 계셨으면 뭐라고 생각했겠느냐?"

앙젤리크는 자기 아버지처럼 체구가 길쭉하고 마른 편으로 살집이 별로 없어 뼈가 도드라져 보였다. 서른세 살의 이 아가씨는 항상 검정 모직 옷차림을 하고 있었으며 내성적이고 조심스러운 성격이었다. 좌우를 꾹 눌러놓은 듯한 머리는 비정상적으로 작았는데, 이렇게 비좁은 얼굴 가운데에서 반항이라도 하듯 코만 우뚝 솟아 있었다.

그래도 앙젤리크가 못생겼다고 할 수는 없다. 참으로 아름답고 부드러우며 진중한 눈에는 약간 슬픔이 느껴지는 자존심이 배어 있어서, 이 놀라운 눈을 한 번이라도 본 사람은 절대로 잊지 못했다.

앙젤리크는 아버지의 말을 들으며 자신이 모욕의 대상이란 걸 알자 부끄러워서 얼굴을 붉혔다. 평소 엄격하고 부당하며 독재적으로 자신을 대하는 아버지이기는 했지만 앙젤리크는 아버지를 아꼈다. 앙젤리크가 말했다.

"오! 농담일 거예요, 아버지. 신경 쓰지 마세요."

"농담이라고? 사방에서 수군거리고 있단 말이다! 오늘 아침에는 열 개 신문에 이 가증스러운 편지가 실렸고, 조롱이 담긴 서평까지 달아놓았어! 우리 족보며 선조, 우리 집안의 유명한 고인들을 모두 들춰내면서 이 일을 심각하게 받아들이고 있단 말이다."

"하지만 아무도 믿지 않을…."

"물론이지, 아마도 안 믿겠지. 하지만 우리가 온 파리의 웃음거리가 되어버렸지 않느냐."

"내일이면 잊을 거예요."

"얘야, 내일이면 사람들의 기억 속에는 앙젤리크 드 사르조 방돔이라는 이름이 구설에 올랐다는 사실만 남을 거다. 아! 이런 짓을 한 놈이 누군지 알 수만 있다면…."

이때 공작의 개인 시종인 이야생트가 들어와 누가 전화로 공작을 찾는다고 알려왔다. 공작은 화가 잔뜩 난 채로 수화기를 집어들었다.

"예? 무슨 일입니까? 예, 드 사르조 방돔 공작입니다."

상대방이 대답했다.

"죄송하다는 말씀을 드려야겠습니다, 공작님과 앙젤리크 양께 말입니다. 제 비서가 실수를 저질렀습니다."

"당신의 비서가요?"

"예. 청첩장은 일단 공작님께 보여야겠다고 계획만 했던 건데, 비서가 그만 잘못 알아듣고…."

"아니, 선생은 누구십니까?"

"뭐라고요, 공작님, 제 목소리를 모르시겠습니까? 공작님의 사위가 될 사람인데요?"

"뭐라고?"

"저, 아르센 뤼팽입니다."

공작은 의자 위로 무너지듯 앉았다. 얼굴이 납빛이었다.

"아르센 뤼팽…. 그자, 아르센 뤼팽이야…."

앙젤리크가 미소를 지어 보였다.

"그것 보세요, 아버지. 농담이라고 했잖아요. 사람들을 현혹하는 말이었을 뿐…."

하지만 공작은 새록새록 치밀어 오르는 분노를 삭이지 못하고 손짓 발짓을 해가며 서성이기 시작했다.

"고소하겠어…. 그 인간이 날 놀리다니 용납할 수 없어! 정의가 아직 살아 있다면 본때를 보여야지!"

이야생트가 다시 들어왔다. 명함을 두 장 들고 있었다.

"쇼투와? 르프티? 모르는 사람인데."

"기자들입니다, 공작님…."

"뭐하러 왔다던가?"

"공작님께 결혼에 관해 여쭙고 싶다고 했습니다."

"당장 내쫓게!" 공작이 고함쳤다. "그리고 문지기한테 일러서 그런 무례한 놈들은 절대 들이지 말라고 하게."

"아버지, 제발요." 앙젤리크가 용기를 내어 말했다.

"얘야, 앙젤리크, 넌 가만히 있어라. 네가 사촌 중 한 사람과 결혼했으면 이런 일은 없었을 거다."

바로 이 일이 벌어진 날 저녁, 찾아왔던 기자 중 하나가 신문 1면에 바렌가에 있는 사르조 방돔의 유서 깊은 저택에 찾아갔던 일에 대해 제멋대로 기사를 써놓고는 나이 든 공작의 분노와 항변을 호의 어린 태도로 전했다.

그다음 날, 오페라 극장 복도에서 이뤄졌다는 아르센 뤼팽과의 인터뷰 기사가 다른 신문에 실렸다. 아르센 뤼팽은 이렇게 항변했다.

> 저 역시도 미래의 장인어른이 분노하시는 데 충분히 공감하고 있습니다. 그런 편지를 보낸 것은 본의 아니게 벌어진 실수였

고 이 자리를 빌려 공개적으로 사과드리고자 합니다. 우리의 결혼 날짜는 아직 결정되지 않은 것으로 여겨주십시오! 장인어른은 5월 초를 말씀하고 계십니다만, 약혼녀와 제 생각에는 너무 늦습니다! 6주나 기다려야 한다니요!

이 사건에 풍미를 더하고 이 집안을 아는 사람들의 흥미를 끌었던 점은 자부심이 강하고 생각과 원칙을 절대로 굽히지 않는 공작의 완고한 품성이었다. 브르타뉴 지방에서 가장 지체 높은 귀족 가문 출신인 사르조 남작, 즉 방돔 집안의 여인과 결혼한 후 10년을 바스티유 감옥에서 보낸 끝에야 루이 15세가 부여한 새로운 작위를 받아들였던 바로 그 사르조 남작의 증손자이자 마지막 후손이 장 공작이다. 장 공작은 프랑스 혁명 이전의 절대왕정 체제의 사고를 그대로 고수했다. 젊은 시절에는 당시 유배 중이던 샹보르 백작을 따랐으며, 나이가 들자 사르조 가문은 신분에 걸맞은 사람들하고만 자리를 갖는다는 핑계로 하의원 자리를 거부했다.

그러니 이 사건은 공작의 폐부를 찌른 셈이었다. 공작은 뤼팽에게 입에 담지 못할 욕설을 퍼붓고 생각해낼 수 있는 온갖 형벌로 위협을 해대며 좀처럼 분을 삭이지 못했다. 그러더니 급기야 그 탓을 자기 딸에게 돌렸다.

"거봐라! 네가 진작 결혼했더라면 이런 일이 있었겠느냐! 구혼자가 없었던 것도 아니었잖느냐! 뮈시, 당브와즈, 카오르슈 모두 좋은 귀족 집안의 자제들인 데다 인척관계도 좋고 재산도 충분해. 그 사촌 세 명이 아직도 구혼 중이지 않느냐. 대체 왜 거절하는 게냐? 옳거니! 우리 따님께선 아직도 몽상가 아가씨라 감상적이란 말이지. 그런데 그 사촌들은 너무 살쪘거나, 너무 말랐거나, 너무 천박하단 말이지!"

실제로 앙젤리크는 몽상가였다. 어렸을 때부터 대부분 시간을 혼자서 보내며 집 안의 벽장 속에 굴러다니는 기사도에 관한 책이며 시시한 옛날 소설들을 모조리 읽어댔기에 마치 동화를 바라보듯 세상을 바라봤다. 미모가 빼어난 젊은 아가씨들은 항상 행복하지만 다른 아가씨들은 죽을 때까지 오지 않을 왕자님을 기다리는 법이라고 생각했다. 그러니 어머니가 남겨준 수백만 프랑의 지참금만 노리는 사촌 중 하나와 결혼할 이유가 어디 있겠는가? 차라리 노처녀로 늙어가며 꿈을 꾸는 게 낫지….

앙젤리크는 사근사근 대답했다.

"그러다가 병나시겠어요, 아버지. 시답잖은 이야기는 이제 그만 잊어버리세요."

하지만 어떻게 잊을 수 있겠는가? 매일 아침이면 핀으로 콕콕 쑤신 듯한 상처가 되살아났으니 말이다. 앙젤리크는 사흘 동안 연이어 아르센 뤼팽의 명함이 담긴 근사한 꽃다발을 받았다. 공작이 친구들을 만나러 가면 누군가 한 명은 꼭 이렇게 말을 걸어왔다.

"오늘 건 아주 재미있던데?"

"뭐가 말인가?"

"자네 사위가 벌인 새로운 장난 말일세! 아! 모르고 있었나? 여기, 읽어보게…."

아르센 뤼팽 씨는 자신의 성 뒤에 아내의 성을 덧붙여 이제부터 뤼팽 드 사르조 방돔이라고 성을 바꿔줄 것을 최고 행정재판소에 요청할 예정이다.

그리고 다음 날 신문에는 이런 기사가 실렸다.

뤼팽의 젊은 약혼녀는 샤를 10세가 내리고 현재까지 유효한 칙령에 의거, 부르봉 콩데가의 작위와 문장을 지닌 마지막 후손이므로, 뤼팽 드 사르조 방돔의 맏아들은 아르센 드 부르봉 콩데 왕자로 불러야 할 것이다.

그다음 날에는 또 이런 광고가 실렸다.

'라 그랑드 메종' 의상실에서는 사르조 방돔 양의 결혼 예복을 선보입니다. 옷에 수놓은 머리글자는 L. S. V.

어느 삽화 전단에는 공작이 딸과 사위와 함께 탁자에 둘러앉아 카드 게임을 하는 사진이 실렸다.

게다가 결혼 날짜까지 떠들썩하게 발표됐다. 날짜는 5월 4일이었다.

결혼 서약에 대해서도 세세한 사항이 공개됐다. 뤼팽은 놀랄 만큼 사심 없는 태도를 보이며 지참금 액수조차 모른 상태에서 눈 감고 서명할 예정이라고 밝혔다.

이 모든 일로 노공작은 정신을 잃을 지경이었다. 뤼팽에 대한 증오는 병적이라 할 수준으로 타올랐다. 결국 공작으로서는 매우 힘든 결정을 내려 경찰청장을 찾아갔다. 경찰청장은 공작에게 조심하라고 충고했다.

"우리는 이 작자를 잘 알고 있습니다. 이자는 자신만의 특유의 수법을 공작님께 쓰고 있습니다. 공작님, 표현이 좀 그렇지만 공작님을 '요리하는' 중이에요. 함정에 빠지지 마십시오."

"무슨 수법입니까? 무슨 함정을 말하는 겁니까?" 공작이 불안해하며 물었다.

"공작님을 불안하게 한 뒤 협박함으로써 평소에는 하지 않을 행동을 유도하는 겁니다."

"하지만 아르센 뤼팽이 내가 자진해서 딸을 내주리라고 생각할 리는 없지 않습니까!"

"물론 아니지요. 하지만 그자는 공작님이, 뭐랄까요, 실수하시기를 바라는 겁니다."

"무슨 실수를 말하는 겁니까?"

"그자가 공작님께 기대하는 실수겠지요."

"그렇다면 결국 어떻게 하라는 말입니까?"

"댁으로 돌아가십시오, 공작님. 이 모든 소문이 언짢으셔도 동요하지 마시고 시골로 떠나셔서 얼마간 조용히 지내십시오."

하지만 이 대화 이후 노공작의 두려움은 더욱 커져만 갔다. 뤼팽이 각계각층에 공범을 두고 있으며 악마 같은 수법을 쓰는 무시무시한 인물처럼 보였다. 조심해야 했다.

이때부터 공작의 삶은 차마 견딜 수 없는 것이 되었다.

공작은 점점 더 까다롭고 과묵해져서 그 어떤 친구들도 만나기를 거부했다. 앙젤리크의 세 사촌이자 구혼자인 뮈시, 당브와즈, 카오르슈는 서로 경쟁 관계라 사이가 좋지 않아서 매주 번갈아가며 찾아왔는데, 이들마저도 문전박대했다.

별것 아닌 트집을 잡아 집사와 마부를 해고해버렸다. 하지만 자기 집에 아르센 뤼팽의 부하를 끌어들일까 겁이 나는 바람에 차마 이들을 대신할 다른 사람을 고용하지 못했다. 이 때문에 40년 동안 공작의 개인 수발을 들었던 시종으로서 공작의 신뢰를 한몸에 받던 하인 이야생트가 마부와 집사 일까지 보아야 했다.

"아버지." 공작이 분별을 되찾도록 애쓰느라 앙젤리크가 말했다. "아버지께서 무얼 그리 두려워하시는지 모르겠어요. 이 세상 그 누구도 제가 이런 터무니없는 결혼을 하게 할 수는 없어요."

"물론이지! 그게 두려운 게 아니다."

"그럼 뭐예요, 아버지?"

"그걸 내가 알겠느냐? 납치가 될지! 절도가 될지! 어떤 실력 행사를 할지! 게다가 틀림없이 주변에 첩자들을 심어놓았을 거다."

어느 날 오후, 다음과 같은 기사에 색연필로 붉은 밑줄이 그어진 신문이 공작에게 배달됐다.

> 결혼 서약 잔치가 오늘 밤 사르조 방돔 저택에서 거행된다. 이 연회는 가까운 사람 몇 명만 참석한 가운데 신랑 신부를 축하해주는 자리로 마련되었다. 아르센 뤼팽은 이 자리에서 사르

조 방돔 양의 결혼 증인으로 참석할 라 로슈푸코 리무르 왕자와 샤르트르 백작에게 유력 인사들을 소개할 예정이다. 유력 인사들이란 다름 아닌, 뤼팽에게 아낌없는 협력을 약속한 경찰청장과 상테 교도소장이다.

더는 참을 수 없었다. 그로부터 10분 후, 공작은 하인 이야생트에게 속달우편 세 통을 들려 보냈다. 공작은 4시에 앙젤리크가 있는 자리에서 세 명의 사촌을 맞아들였다. 뚱뚱하고 굼떴으며 극도로 희멀건 피부의 폴 드 뮈시, 늘씬했으며 얼굴이 불그스름하고 소심해 보이는 자크 당브와즈, 키가 작고 말랐으며 허약한 아나톨 드 카오르슈였다. 모두 노총각이었는데 우아하지도, 기품이 있지도 않았다.

모임은 금방 끝났다. 공작은 방어 계획을 미리 세워놓았기에 단호한 어조로 계획의 초반부를 설명해주었다.

"앙젤리크와 나는 오늘 밤에 파리를 떠나 브르타뉴에 있는 우리 영지로 물러나 있겠다. 조카인 너희 셋이 우리의 출발을 도와주길 바란다. 당브와즈, 너는 리무진으로 우리를 데리러 와주고, 뮈시는 네 차로 우리 짐과 하인 이야생트를 태워주면 좋겠다. 카오르슈는 오를레앙 역으로 가서 10시 40분에 출발하는 침대 열차를 타고 반 시로 가려무나."

아무런 사건 없이 날이 저물어갔다. 주변에 알리지 않고 움직이려고 공작은 저녁 식사를 마치고 나서야 이야생트에게 짐 가방 하나와 여행 가방 하나를 꾸리라고 지시했다. 이야생트와 앙젤리크의 하녀가 함께 여행을 떠날 예정이었다.

주인의 지시를 받은 하인들은 모두 9시에 잠자리에 들었다. 10시 10분 전, 여행 준비를 마친 공작 귀에 자동차 경적 소리가 들렸다. 문지기가 현관문을 열었다. 공작이 창문으로 내다보니 자크 당브와즈의 자동차가 보였다.

"가서 내가 내려간다고 알리게." 공작은 이야생트에게 지시했다. "그리고 아가씨도 부르게."

몇 분 후에도 이야생트가 돌아오지 않자 공작은 방에서 나왔다. 그런데 복도에서 난데없이 복면을 쓴 두 남자에게 공격을 당해 비명 한 번 질러보지도 못 한 채 재갈이 물리고 온몸이 꽁꽁 묶였다. 그들 중 한 사람이 나지막이 말했다.

"첫 경고입니다, 공작. 또다시 파리를 떠나려고 하고 결혼을 허락하지 않으면 상황은 더 심각해질 겁니다."

그런 뒤 남자는 자기 동료에게 말했다.

"공작을 지키게. 내가 아가씨를 처리하지."

다른 공범 두 사람은 이미 가정부를 붙들어놓았으며, 앙젤리크 역시 재갈이 물려 자기 방 의자 위에 기절한 채 쓰러져 있었다.

앙젤리크는 각성제를 들이마시고 바로 깨어났는데, 눈을 떠보니 야회복 차림의 호감 가는 인상의 젊은 남자가 몸을 수그리고 자기를 바라보고 있었다. 남자가 말했다.

"죄송합니다, 아가씨. 갑작스럽게 일어난 이 모든 일과 우리의 이상한 행동들을 용서해주십시오. 하지만 상황에 이끌려 양심이 허락하지 않는 행동을 할 때가 있는 법이지요. 죄송합니다."

남자는 앙젤리크의 손을 부드럽게 잡아 굵직한 금반지를 끼워주며 말했다.

"자. 이제 우리는 약혼한 겁니다. 이 반지를 끼워준 사람을 절대로 잊지 마십시오…. 도망치지 마시고 파리에서 그 사람이 보이는 사랑의 표식을 기다려주시길 간청합니다. 그 사람을 믿어주십시오."

공손하고도 위엄이 서린 남자의 목소리가 어찌나 심각하고 정중하던지 여자는 저항할 힘을 잃었다. 두 사람의 눈이 마주쳤다. 남자가 중얼거렸다.

"눈이 정말 아름답고 순수하군요! 이런 시선을 받으며 살아간다면 좋겠습니다. 이제 눈을 감으세요…."

그리고 남자는 떠났다. 공범도 그 뒤를 따랐다. 자동차가 떠나는 소리를 끝으로 바렌가의 저택은 온통 정적에 휩싸였다. 이윽고 제정신을 차린 앙젤리크가 하인들을 불러들이면서 정적이 깨졌다.

하인들이 와보니 공작과 이야생트, 가정부와 문지기 부부가 모두 꽁꽁 묶여 있었다. 값나가는 골동품 여러 개와 공작의 지갑, 보석 일체, 넥타이와 넥타이 핀, 커프스 단추, 시계 따위가 사라지고 없었다.

즉시 이 사건을 경찰에 알렸다. 날이 밝자, 간밤에 당브와즈가 자동차로 집을 나서다가 자기 운전사의 칼에 찔려 인적이 드문 길가에 반쯤 죽은 상태로 던져져 있었다는 사실이 알려졌다. 뮈시와 카오르슈는 공작이 계획을 취소한다는 내용으로 보낸 전갈을 받았다고 했다.

그다음 주가 되자 경찰 수사며 예심판사의 소환에도 개의치 않고, 심지어 아르센 뤼팽이 '바렌가 탈출'에 대해 신문에 실은 글도 읽지 않은 채 공작과 그 딸, 하인은 살그머니 반으로 향하는 완행열차에 올랐다. 이들은 밤중에 사르조 반도에 있는 옛 중세의 성에 도착했다. 그곳 브르타뉴 농부들은 진정한 중세 가신 같은지라, 공작은 이들과 함께 곧장 방어 태세에 들어갔다. 나흘째 뮈시가 도착했고, 닷새째 카오르슈가, 그리고 이레째 당브와즈가 도착했다. 당브와즈의 상처는 걱정만큼 심하지 않았다.

공작은 신중하게 이틀을 더 기다렸다가 주변 사람들에게 두 번째 계획을 알렸다. 첫 번째 계획은 저택에서의 탈출이었는데 뤼팽의 방해 공작이 있었음에도 성공한 셈이었다. 공작은 앙젤리크의 사촌 세 명이 있는 자리에서 두 번째 계획을 발표했다. 먼저 앙젤리크에게 이 계획에 대해 항의하지 말라고 엄명을 내린 후 공작은 다음과 같이 설명했다.

"이 모든 사건으로 내 가슴이 찢어질 듯하네. 나는 우리가 경험한 바와 같이 담대하기 짝이 없는 이자를 상대로 고단한 싸움을 벌이기로 했네. 그리고 그 어떤 희생을 치르더라도 끝장을 보겠네. 그러려면 단 한 가지 방법밖에 없으니, 그건 앙젤리크 네가 사촌 중 한 사람에게 보호받겠다고 허락함으로써 내 짐을 덜어주는 것이다. 한 달이 지나기 전에 너는 뮈시나 카오르슈, 당브와즈의 부인이 돼야만 한다. 선택은 네 자유다. 결정하도록 해라."

앙젤리크는 나흘간 울며불며 아버지에게 애원했다. 하지만 무슨 소용이 있으랴? 앙젤리크는 아버지가 고집을 꺾지 않으리라는 사실, 그래서 결국 아버지의 뜻에 따를 수밖에 없다는 사실을 잘 알고 있었다. 그래서 결국은 이를 받아들였다.

"아버지가 정해주시는 사람과 하겠어요, 아버지. 저는 아무도 사랑하지 않으니까요. 이 사람과 있으나 저 사람과 있으나 불행하긴 마찬가지…."

공작은 딸이 직접 선택하기를 종용했다. 하지만 앙젤리크는 한 치도 양보하지 않았다. 결국 승강이에 지쳐, 공작은 재산이 많다는 이유로 당브와즈를 지목했다.

즉시 혼인 공고가 발표되었다. 동시에 성을 중심으로 경계 태세가 강화되었다.

그런데 신문 기사로 퍼붓던 공격이 갑자기 사라지는 등 뤼팽이 잠잠하자 사르조 방돔 공작은 더욱 불안했다. 적은 평소 즐겨 쓰던 수법을 동원해 딸의 결혼식을 방해할 음모를 꾸미는 게 분명했다.

하지만 아무 일도 벌어지지 않았다. 결혼식 전전날에도, 전날에도, 결혼식 날 아침에도 내내 잠잠하기만 했다. 결혼식은 시청에서 진행되었으며 이어 혼례 예식은 교회에서 올렸다. 모든 게 끝났다.

공작은 이제야 한숨 돌렸다. 딸은 슬픔에 잠겨 있었고 사위는 상황이 상황이니만큼 조금 불편해하고 있었지만, 공작은 빛나는 성공을 거둔 사람처럼 크게 만족스러웠다.

"도개교를 내리게!" 공작이 이야생트에게 명령했다. "모든 사람을 불러들이도록 해! 이제 그 한심한 놈 따윈 걱정할 필요가 없으니."

점심을 들고 난 후 공작은 농부들에게 포도주를 돌려 함께 축배를 들었다. 모두 노래를 부르고 춤을 추었다.

오후 3시쯤, 공작은 성 1층의 응접실로 들어섰다.

공작이 낮잠을 자는 시간이었다. 여러 방을 거쳐 그 끝에 있는 경호원 대기실로 갔다. 그런데 문간에 들어서자마자 공작이 걸음을 멈추고 소리쳤다.

"자네 거기서 무얼 하고 있나, 당브와즈? 지금 장난치는 건가?"

당브와즈는 브르타뉴 어부처럼 차려입고 서 있었다. 군데군데 찢어진 곳을 잔뜩 기워놓은 바지와 저고리는 더럽기 짝이 없는 데다 몸보다 훨씬 품이 넓고 컸다.

공작은 어안이 벙벙했다. 얼빠진 시선으로 자신이 아는 이 얼굴을 한동안 살펴봤다. 아주 오래되어 희미해진 기억이 스멀스멀 고개를 들었다. 그러더니 불쑥 저택 앞마당으로 난 창문으로 다가가 큰 소리로 불렀다.

"앙젤리크!"

"무슨 일이세요, 아버지?" 딸이 아버지 쪽으로 걸어오며 대답했다.

"네 남편은 어디 있느냐?"

"여기 있어요, 아버지." 조금 옆에 떨어져서 담배를 피우며 책을 읽는 당브와즈를 가리켰다.

공작은 비틀거리더니 두려움으로 몸을 부르르 떨며 안락의자에 털썩 주저앉았다.

"아! 내가 미쳐가는구나!"

이때 어부 차림의 남자가 공작 앞에 무릎을 꿇더니 말했다.

"저를 보세요, 삼촌…. 절 알아보시겠지요, 접니다, 공작님 조카예요. 옛날에 여기서 뛰놀던, 삼촌께서 자코라고 부르시던…. 기억을 더듬어보세요…. 여기, 이 흉터를 보십시오…."

"그래…. 그래." 공작이 더듬거렸다. "널 알다마다…. 너구나, 자크. 그러면 저자는…."

공작은 두 손으로 머리를 그러쥐었다.

"아니야, 말이 안 돼. 설명해봐라…. 대체 이해할 수가 없어…. 이해하고 싶지도 않구나…."

침묵이 흐르는 가운데 조카는 창문을 닫고 응접실로 통하는 문도 닫았다. 그리고 가까이 다가와 충격에 빠진 노공작의 어깨에 가만히 손을 얹더니, 반드시 불필요한 설명은 넘어가겠다는 듯 이렇게 말을 시작했다.

"기억하시지요, 삼촌. 15년 전, 앙젤리크가 제 청혼을 거절한 후 저는 바로 프랑스를 떠났습니다. 그런데 4년 전, 알제리 최남단으로 떠나 스스로 택한 유배 생활을 한 지 11년째 되는 해, 한 유력한 아랍인 지도자가 주최한 사냥에 참가했다가 한 사람을 알게 됐습니다. 성격 좋고 매력적이며 놀랍도록 명민한 데다 용감하기 그지없었습니다. 냉소적이면서도 깊이 있는 그 사내가 제 마음에 쏙 들더군요. 그는 당드레지 백작이라고 했는데 제 집에서 6주 동안 머물렀습니다. 백작이 떠나고 나서도 우리는 정기적으로 편지를 주고받았고요. 더구나 신문 사교계나 스포츠 소식란에서 그 사람의 이름을 자주 접하기도 했습니다. 3개월 전 백작이 다시 우리 집으로 온다기에 저는 기다리고 있었습니다. 그러던 어느 날 저녁, 제가 말을 타고 산책하는데 같이 온 아랍인 시종 두 사람이 갑자기 날 공격하더니 꽁꽁 묶고 눈을 가렸습니다. 그러고는 인적이 드문 길을 따라 이레 밤낮을 데리고 가더군요. 마침내 바닷가의 어떤 만에 도착했는데 다섯 남자가 기다리고 있었습니다. 곧바로 나를 작은 증기선에 태워 출발했습니다. 그자들이 대체 누구였을까요? 나를 납치한 목적이 뭐였을까요? 아무런 단서도 알 수 없었습니다. 제가 갇힌 좁은 선실에는 십자 모양으로 쇠창살이 난 조그만 창문 하나밖에 없었거든요. 매일 아침, 옆 선실로 통한 작은 구멍으로 1킬로그램 남짓되는 빵과 음식이 가득한 통 하나, 포도주 한 병을 침대 위로 들여보내고, 그다음 날 남은 음식을 그 자리에 두면 가져갔지요. 가끔은 밤중에 배가 멈추곤 했는데, 이때 항구로 떠나는 보트 소리가 들렸고 이 보트는 음식물을 싣고 조금 후에 돌아오는 듯했습니다. 그러면 배는 다시 떠났지요. 상류층 사람들이 유유자적하며 유람이라도 떠나듯 목적지에 일찍 도착하려고 서두를 필요가 없다는 식으로 말입니다. 몇 번인가 제가 의자 위로 올라가서 창문으로 밖을 내다보니 해안선이 보이긴 했는데 너무 흐릿해서 정확히 어딘지 알 수 없었어요. 그렇게 몇 주가 흘렀습니다. 아홉 번째 주 어느 날 아침, 옆 선실과 통하는 구멍이 열려 있기에 한번 밀어봤어요. 옆 선실이 비어 있더군요. 온 힘을 다해 손을 뻗었더니 세면도구에서 손톱 다듬는 칼을 집을 수 있었습니다. 끈질기게 노력한 끝에 2주 후에는 선실 창문의 창살을 잘라내는 데 성공했습니다. 바로 도망칠 수도 있었어요. 하지만 문

제가 있었습니다. 저는 수영을 잘하지만 금세 지치는 편이지요. 그래서 배가 육지에서 너무 멀리 떨어지지 않을 때를 기다려야 했어요. 창문에 거의 매달려 있다시피 했는데 그저께가 되어서야 해안이 보였고, 해 질 녘에는 놀랍게도 뾰족한 망루들과 성의 큰 탑이 보였는데 그게 사르조 성이더군요. 이곳이 이 기묘한 여행의 종착지였을까요? 밤새도록 육지에서 먼 바다로만 항해했어요. 어제 낮에도 마찬가지였습니다. 겨우 오늘 아침에야 제가 감당할 거리만큼 육지로 다가왔는데, 마침 암반이 많이 난 곳을 통과하는 중이라 저는 바위 뒤로 숨어 안전하게 헤엄칠 수 있었어요. 제가 막 도망치려는데, 또다시 분명 잠가 놓았다고 생각했던 옆 선실로 통하는 구멍이 저절로 열리더니 칸막이 벽에 부딪히더군요. 호기심 때문에 구멍 문을 다시 밀어봤어요. 팔이 닿는 곳에 작은 수납장이 있었고 열려 있더군요. 손으로 되는대로 헤집어 문서를 한 뭉치 집었습니다. 편지였습니다. 저를 붙든 놈들에게 내리는 지시 사항이 적혀 있었습니다. 한 시간 후 선실 창문으로 빠져나가 바닷속으로 뛰어들 때, 모든 사실을 알았습니다. 날 납치한 이유며 방법, 목적 등을 말이에요. 3개월 전부터 사르조 방돔 공작과 그 따님을 상대로 펼친 고약한 음모도요. 불행히도 이미 때는 늦고 말았습니다. 납치한 놈들의 눈에 띌까 봐 암초 틈바구니에 몸을 숨기고 있을 수밖에 없었고 해안에는 정오에야 도착했습니다. 어떤 어부의 오두막까지 가서 제 옷을 어부 옷과 맞바꿨고 여기까지 오니 벌써 3시였습니다. 도착하는 길에 바로 오늘 아침에 결혼식이 열렸다는 사실을 알았습니다."

노귀족은 한마디도 하지 않았다. 이 낯선 사내의 눈을 꼼짝 않고 바라보았고 점점 더 깊은 공포에 빠져들며 이야기를 들었다.

이따금 경찰청장이 해준 경고가 어렴풋이 귓가에 들려오는 것 같았다.

"공작님을 요리하는 중이에요. 요리하고 있다고요."

공작은 희미한 목소리로 말했다.

"말해라, 이야길 끝내려무나…. 이 모든 것에 숨이 막힌다…. 아직 잘 이해되지 않아 두렵구나."

낯선 사내가 다시 말을 이었다.

"정말 슬픈 이야기지만… 이 모든 일을 재구성하면 간단한 몇 마디로 요약할 수 있습니다. 당드레지 백작이 제 집을 방문했을 때 저는 해서는 안 될 이야기를 여러 가지 털어놨는데, 그 자는 그중 몇 가지를 기억해두었습니다. 첫째는 제가 공작님의 조카이긴 하지만 아주 어릴 때 사르조를 떠났고 그 후로는 15년 전, 사촌 앙젤리크에게 청혼하기 위해 이 성에 몇 주 동안 머무르면서 만났을 뿐이라 삼촌께서 저를 알아보지 못하시리라는 것이었습니다. 둘째는 제가 과거와 완전히 연을 끊고 그 어떤 연락도 주고받지 않는다는 것이고, 마지막으로 당드레지와 제 외모가 닮은 점이 있어서 살짝 변장해주면 놀랍도록 비슷해지리라는 것입니다. 그자는 이 세 가지를 근거로 계획을 꾸몄습니다. 일단 제 아랍인 시종 두 사람을 매수해 제가 알제리를 떠날 때 그자에게 알려달라고 해놓았습니다. 그래놓고 파리로 돌아와 저로 변장하고 제 이름으로 삼촌께 연락을 취했습니다. 그리고 2주마다 한 번씩 찾아와 제 행세를 했지요. 제 이름은 그자가 내세우는 수많은 가명 중 하나가 된 겁니다. 3개월 후,

자기 부하들에게 보낸 편지에서 썼듯이 '때가 무르익자' 신문에 일련의 광고를 내면서 공격을 시작합니다. 동시에 파리에서 저로 행세하며 한 일들이 신문을 통해 알제리에 알려질까 두려웠던 그자는 제 수하들에게 저를 공격하라고 하고 뒤이어 그자의 동료가 절 납치하게 합니다. 삼촌과 관련된 일에 대해서 제가 더 말씀드려야 할까요?"

사르조 방돔 공작의 온 신경이 부들부들 떨렸다. 보지 않으려고 버티고 있던 끔찍한 진실이 눈앞에 온전히 드러나 적의 가증스러운 얼굴과 겹쳐졌다. 공작은 상대방의 두 손을 붙들고 비통한 어조로 가까스로 물었다.

"그자가 뤼팽이었군, 그렇지?"

"예, 삼촌."

"내 딸을 결혼시킨 상대도 바로 그놈이고!"

"맞습니다, 삼촌. 자크 당브와즈란 제 이름을 훔치고 삼촌께 딸을 빼앗은 자가 바로 뤼팽입니다. 앙젤리크는 아르센 뤼팽의 합법적인 아내이며 이는 삼촌의 명령 아래 이루어진 겁니다. 그자가 쓴 이 편지들이 증명하고 있지요. 삼촌의 삶을 뒤흔들어 정신을 혼미하게 만들고, 삼촌께서 '낮 동안 하시는 생각과 밤에 꾸는 꿈'을 모조리 장악해버리더니 급기야 저택에 침입까지 했습니다. 결국 삼촌은 두려움 때문에 여기로 피신하셨습니다. 그자의 간계와 협박에서 벗어났다 믿으신 삼촌은 따님이 사촌인 뮈시, 당브와즈, 카오르슈 중에서 한 명을 신랑으로 택하라고 하셨지요."

"하지만 왜 그 애가 다른 두 사촌은 두고 그자를 택한 건가?"

"그자를 택한 사람은 바로 삼촌이십니다."

"가장 부자였으니 우연히…."

"우연이 아닙니다. 은밀하고도 끈질기게, 하인 이야생트가 매우 솜씨 좋게 충고했지요."

공작이 펄쩍 뛰었다.

"뭐라고! 이야생트가 공범이란 말인가?"

"아르센 뤼팽의 공범이 아니라 당브와즈라고 믿던 자의 공범이지요. 그자가 삼촌의 시종 이야생트에게 결혼식 일주일 후에 10만 프랑을 주기로 약속했거든요."

"아, 나쁜 놈! 전부 예측하고 꾸며놓았어."

"전부 예측해놨어요, 삼촌. 의심을 받지 않으려고 공격당한 척 꾸며놓기까지 했으니까요. 삼촌을 위해 움직이다 다쳤다며 상처까지 만들어냈지요."

"하지만 무슨 의도로 그런 건가? 대체 왜 이 모든 야비한 행동을 한 건가?"

"앙젤리크에게 1100만 프랑의 재산이 있잖아요, 삼촌. 파리에 있는 삼촌 공증인이 다음 주에 가짜 당브와즈 손에 재산증서를 쥐여줄 텐데, 그러면 바로 현금으로 바꾸어 달아날 겁니다. 그런데 오늘 아침에 삼촌께서 친히 주는 선물이라며 50만 프랑짜리 무기명 채권을 주셨습니다. 그자는 오늘 밤 9시에 성 밖의 '왕떡갈나무' 근처에서 자기 공범에게 채권을 넘길 거고 내일 아침 파리에서 매각할 겁니다."

사르조 방돔 공작은 자리를 차고 일어나 쿵쿵거리며 걸었다.

"오늘 밤 9시라…." 공작이 말했다. "두고 봐, 두고 보자고….

그럼 그전에… 헌병에게 알려야겠다."
"아르센 뤼팽은 헌병 따위 겁내지 않습니다."
"파리에 전보를 치자."
"좋아요, 하지만 50만 프랑은 어떡하고요…. 게다가 추문이 날 텐데요, 삼촌…. 따님을 생각해보세요. 앙젤리크 드 사르조 방돔이 그 사기꾼 불한당 놈과 결혼했다…. 아닙니다, 절대로 안 돼요…."
"그럼 어쩌잔 말이냐?"
"어떻게 하느냐고요?"
이번에는 조카가 일어나 각종 무기가 매달린 무기 걸이 쪽으로 다가가더니, 총을 한 자루 내려 노귀족 가까이 있는 탁자 위에 내려놓았다.
"삼촌, 저 사막 끝자락에서는 사나운 짐승을 마주쳤을 때 군경을 부르지 않습니다. 직접 총을 들고 맹수를 해치우지요. 안 그러면 그놈이 발톱으로 우릴 절단낼 테니까요."
"무슨 말을 하는 거냐?"
"그곳에서 군경을 통하지 않는 법을 배웠습니다. 약식으로 심판을 내리는 거지만 훌륭한 방법입니다. 진심이에요. 특히 지금과 같은 경우에는 이게 유일한 방법이에요. 놈이 죽으면 삼촌과 제가 어딘가… 아무도 모르는 곳에 소리 없이 묻어버리는 거예요."
"앙젤리크는…?"
"나중에 알리도록 하지요."
"앙젤리크는 어떻게 되는 거냐?"

"법적으로는 변함없이 제 아내, 그러니까 진짜 당브와즈의 아내로 지내는 겁니다. 내일 저는 앙젤리크를 두고 알제리로 떠나겠습니다. 두 달 후에 이혼 선고를 하는 거예요."

공작은 창백한 얼굴로 시선을 떼지 않고 턱을 바짝 긴장한 채 듣고 있었다. 공작이 중얼거렸다.

"배에 타고 있던 공범들이 네가 도망친 걸 놈에게 알리지 않았으리라고 확신하느냐?"

"내일까지는 그럴 일이 없습니다."

"그러면?"

"오늘 밤 9시에 아르센 뤼팽이 '왕떡갈나무'로 가려면 어쩔 수 없이 성당 폐허를 둘러싼 옛 성벽을 따라 난 순찰로로 가야 합니다."

"나도 같이 가겠다." 사르조 방돔 공작은 사냥총을 꺼내 들고 짧게 내뱉었다.

이때가 오후 5시였다. 공작은 조카와 오랫동안 이야기를 나누며 무기를 점검하고 총알을 장전했다. 그리고 날이 저물자마자 어두컴컴한 복도로 조카를 데려와 자기 침실 옆에 딸린 작은 방에 숨겼다.

아무 일 없이 오후가 지나갔다. 저녁 식사 시간이 왔다. 공작은 평정을 잃지 않으려고 애썼다.

이따금 공작은 남몰래 사위를 바라보며 진짜 당브와즈와 똑 닮은 모습에 놀랐다. 피부색이며 얼굴 형태, 머리 모양도 똑같았다. 시선은 조금 달랐는데, 이 사내의 시선이 더 날카롭고 빛을 발했다. 오래 관찰해보니 지금껏 눈에 띄지 않던 작은 부분들이 눈에 들어오기 시작했고 마침내 공작은 이 인물이 가짜임을 확신했다.

저녁 식사가 끝나고 사람들은 뿔뿔이 흩어졌다. 괘종시계가 8시를 알렸다. 공작은 침실로 돌아가 방문을 열어 조카를 나오게 했다. 10분 후 두 사람은 밤을 틈타 총을 들고 폐허 한가운데로 나아갔다. 한편 앙젤리크는 남편과 함께 자신들의 거처인 성 왼쪽 탑의 1층으로 돌아왔다.

"잠시 산책하고 오겠습니다, 앙젤리크. 돌아올 때까지 기다려주겠습니까?"

"물론이지요." 여자가 대답했다.

남자는 부인 곁을 떠나 2층으로 올라간 후 열쇠로 방문을 잠그고 들판 쪽으로 난 창문을 살그머니 열어 창밖으로 몸을 내밀었다. 40미터쯤 아래인 탑 발치에 그림자 하나가 보였다. 이를 보고 휘파람을 불었다. 가벼운 휘파람 소리가 응답했다.

가짜 당브와즈는 옷장에서 종이 뭉치로 가득 찬 큼직한 가죽 가방을 꺼내더니 검은 천으로 둘둘 감싸 끈으로 묶었다. 그런 후 탁자에 앉아 이렇게 적어 내려갔다.

> 내 전갈을 받았다니 다행이야. 채권 뭉치를 들고 성에서 나가는 건 위험천만하니 말일세. 자, 이걸 받게. 오토바이로 가면 내일 아침 브뤼셀로 가는 기차 출발 시각에 맞춰 파리에 도착할 걸세. 거기서 채권을 Z에게 넘기면 즉시 처분해줄 걸세.
>
> —A. L.

추신—'왕떡갈나무' 옆을 지나면서 동료에게 내가 곧 올 거라고 전해주게. 전할 지시 사항이 있다고. 모든 게 잘되고 있네. 이곳에서는 아무도 의심하고 있지 않아.

그리고 짐 꾸러미에 편지를 묶어 이 전부를 노끈을 이용해 창문으로 내려보냈다.

'좋아.' 남자가 생각했다. '이제 됐어. 안심해도 되겠군.'

남자는 몇 분 더 기다리느라 방 안을 서성이다 벽에 걸린 두 점의 귀족 초상을 바라보며 미소 지었다….

'프랑스군 총사령관 오라스 드 사르조 방돔, 그리고 대콩데(명문가 콩데 가문의 출중한 인물로 30년 전쟁, 프롱드의 난에서 명성을 떨치고 루이 14세의 장군으로 활약함－옮긴이)…. 조상님들께 인사 올립니다. 뤼팽 드 사르조 방돔이야말로 여러분과 어깨를 겨룰 인물일 겁니다.'

마침내 시간이 되자 남자는 모자를 집어들고 내려왔다.

그런데 1층으로 내려오자 앙젤리크가 자기 거처에서 뛰어나와 정신 나간 사람처럼 외쳤다.

"제 말 들으세요, 제발…. 충고 드리건대…."

그러다 더는 말을 잇지 못하고, 공포와 광기에 찬 인상만 남긴 채 곧장 자기 방으로 들어가 버렸다.

'어디 아픈가 보군.' 남자는 속으로 중얼거렸다. '결혼도 도움이 안 돼.'

그리고 담배를 피워 물더니 앙젤리크 때문에 깜짝 놀라기는 했어도 이 일에 그다지 신경 쓰지 않은 채 이렇게 결론을 내렸다.

'불쌍한 앙젤리크. 결국 이혼하겠군.'

밖은 이미 밤이 짙었고 하늘에는 구름이 끼어 있었다.

하인들이 성의 덧창을 닫는 중이었다. 이윽고 창문에서 새어 나오는 빛이라곤 하나도 없어졌다. 공작은 식사 후 바로 잠자리에 드는 습관이 있었다.

가짜 당브와즈는 문지기 숙소 앞을 지나 도개교로 접어들면서 말했다.

"한 바퀴 돌고 돌아올 테니 문을 열어두게."

오른쪽에 나 있는 순찰로를 따라가면 예전에 성 주변에 넓게 펼쳐져 있던 부지를 둘러싼 두 번째의 성벽 둘레길이 나오고, 그 길로 곧장 가면 지금은 무너져 내린 비밀 문까지 갈 수 있었다.

이 길을 따라서 언덕을 돌면 뒤이어 가파른 골짜기 자락이 나왔는데, 그 왼쪽에는 잡목이 빽빽했다.

"매복하기 딱 좋은 장소로군." 사내가 중얼거렸다. "여지없이 강도들이 나타날 장소란 말이지."

이때 무슨 소리를 들은 것 같아 남자는 걸음을 멈췄다. 하지만 아니었다. 잎사귀가 사각거리는 소리였다. 돌멩이 하나가 비탈을 따라 울퉁불퉁한 바위에 탁탁 튀며 굴러 내려오고 있었다. 이상하리만치 남자는 아무 걱정도 없었다. 그리고 다시 걷기 시작했다. 칼 같은 바닷바람이 반도 언덕을 넘어 남자에게까지 불어왔다. 남자는 즐거워하며 폐부 깊이 크게 숨을 들이쉬었다.

'사는 게 얼마나 좋아!' 남자는 속으로 중얼거렸다. '아직 젊은 데다 유서 깊은 귀족 가문 사람으로 백만장자까지 됐으니 더 바랄 게 뭐가 있겠나. 안 그런가, 뤼팽 드 사르조 방돔?'

그리 멀지 않은 곳, 주변을 둘러싼 어둠보다 더욱 까만 성당의 윤곽이 보였다. 성당은 순찰로 구간 중 몇 미터를 굽어보고 있었다. 빗방울이 떨어지기 시작했다. 시계가 9시를 알렸다. 남자는 걸음을 재촉했다. 내리막길이 잠깐 나오더니 다시 오르막길이 되었다. 이때 남자는 갑자기 발걸음을 멈췄다.

어떤 손이 자기 손을 쥐었던 것이다.

남자는 물러서서 손을 뿌리치려고 했다.

그러자 남자 곁에 있던 나무 뒤에서 누군가 나타났고 이런 목소리가 들렸다.

"조용히… 한마디도 하지 마세요…."

자신의 아내 앙젤리크였다.

"무슨 일인가요?" 남자가 물었다.

여자는 속삭였는데, 그 소리가 너무도 작아 알아듣기조차 어려울 정도였다.

"당신을 지켜보고 있어요…. 그 사람들이 저기 폐허 안쪽에서 총을 들고 있어요…."

"누가요?"

"쉿…. 들어보세요…."

두 사람은 한동안 꼼짝도 하지 않고 있었다. 잠시 후 여자가 말했다.

"저들이 움직이지 않네요…. 아마도 우리가 오는 소리를 못 들었나 봐요. 우리 돌아가요…."

"하지만…."

"따라오세요!"

말투가 너무도 강경했기에 남자는 부인에게 더는 질문하지 않고 따라갔다. 하지만 별안간 여자가 질겁했다.

"뛰어요…. 저들이 오고 있어요…. 확실해요…."

실제로 발걸음 소리가 들렸다.

여전히 남자의 손을 잡고 있던 여인은 거부할 수 없을 만큼 억센 힘으로 남자를 끌고 지름길로 접어들더니, 컴컴하고 가시덤불로 가득한 구불구불한 길을 망설이지도 않고 거침없이 나갔다. 두 사람은 금세 도개교에 도달했다.

여자는 남자의 팔짱을 끼었다. 문지기가 이들을 보고 고개를 숙여 보였다. 두 사람은 커다란 안뜰을 가로질러 성으로 들어갔고, 두 사람이 함께 머물던 모퉁이 탑까지 인도했다.

"들어가세요." 여자가 말했다.

"당신 방으로요?"

"예."

하녀 두 명이 기다리고 있었다. 안주인의 명령을 받아 하녀들은 4층 자기들 방으로 돌아갔다.

바로 이때 누군가 앙젤리크 거처로 통하는 현관문을 쿵쿵 두드리더니 이렇게 외쳤다.

"앙젤리크!"

"아버지세요?" 앙젤리크는 감정을 억누르며 말했다.

"그래. 네 남편은 여기 있느냐?"

"지금 막 함께 들어온 참이에요."

"그럼 남편한테 내가 할 말이 있다고 전해다오. 내 방으로 건너오라고 해라…. 급하다고 말이다."

"예, 아버지. 그이를 아버지 방으로 보낼게요."

앙젤리크는 몇 초 동안 귀를 기울이더니 남편이 있던 자기 방으로 돌아와 확고한 어조로 말했다.

"아버지가 멀리 가지 않으신 게 틀림없어요."

남자가 나가려고 했다.

"내게 하실 말씀이 있다고 하시니…."

"아버지는 혼자가 아니에요." 남자 앞을 막으며 앙젤리크가 황급히 말했다.

"누구와 함께 계시는데요?"

"조카인 자크 당브와즈하고요."

잠시 침묵이 흘렀다. 남자는 자기 부인이 하는 행동을 이해할 수 없다는 듯 놀란 얼굴로 바라보았다. 하지만 이 문제를 깊이 생각해보지 않고 조소하며 말했다.

"아! 그 훌륭하신 당브와즈가 이곳에 와 있다고요? 그렇다면 비밀이 전부 들통 났단 말인가? 아니면…."

"아버지는 전부 알고 계세요…." 여자가 말했다. "오후에 두 사람이 나누는 이야기를 들었어요. 아버지 조카가 편지를 읽더군요…. 처음엔 당신께 알리지 않으려고 했지만…. 결국 제 의무라는 생각이 들어서…."

남자가 여자를 다시 한 번 바라보았다. 하지만 곧 이 기묘한 상황으로 다시 생각을 돌려 깔깔 웃음을 터뜨리는 것이다!

"뭐라고요? 배에 탔던 친구들이 내 편지를 태워버리지 않았나? 그리고 포로를 도망치게 내버려 뒀다고? 멍청한 놈들! 아! 이래서 일은 자신이 직접 처리해야 한다니까! 어쨌든 참 우습게 됐군. 당브와즈 대 당브와즈라…. 아! 그런데 이제 나를 못 알아보면 어쩐다? 당브와즈도 나와 자신을 혼동하지 않을까?"

그러더니 세면도구가 있는 탁자로 다가가 수건을 물에 적셔 비누를 묻힌 후, 순식간에 얼굴을 닦아내 분장을 지우고 머리를 매만졌다.

"이제 됐군." 파리 저택에 강도가 든 날 밤, 앙젤리크가 봤던 사내의 모습을 되찾은 남자가 말했다. "이제 됐어. 좀 더 편하게 장인어른과 이야기를 나눌 수 있겠군."

"어딜 가세요?" 앙젤리크가 문 앞으로 뛰어들며 말했다.

"어딜 가긴요! 저 신사분들을 만나러 가지요."

"못 가십니다!"

"왜요?"

"당신을 죽이면 어떡해요?"

"날 죽인다고요?"

"저들이 원하는 건 당신의 죽음이에요. 당신을 죽여서… 시체를 어딘가에 감춘다고…. 누가 알겠어요?"

"좋습니다." 남자가 말했다. "그들의 관점에서 보면 일리가 있군요. 하지만 내가 그들 앞으로 나서지 않으면 그자들이 올 거예요. 이 문 하나로 저들을 막을 수 있는 게 아니니…. 당신도 그걸 막아줄 순 없을 테고. 그러니 어서 결말을 보는 게 낫지요."

"절 따라오세요!" 앙젤리크가 명령했다.

그러더니 방을 밝히던 등불을 들고 자기 침실로 들어가 거울이 달린 옷장을 밀었다. 그러자 감춰진 작은 바퀴가 움직였다. 앙젤리크는 오래된 벽걸이 융단을 걷어 올리며 말했다.

"오랫동안 사용하지 않던 문이에요. 아버지는 열쇠를 잃어버린 줄 아시지만 여기 있어요. 문을 여세요. 벽체 안으로 난 계단으로 탑 아래까지 갈 수 있을 거예요. 두 번째 문빗장을 열기만 하면 돼요. 당신은 자유로워질 거예요."

남자는 어안이 벙벙해 있다가 불현듯 앙젤리크가 보인 모든 행동을 이해했다.

그다지 아름답다고 할 순 없었지만 부드럽기 그지없는 우수에 찬 얼굴을 바라보며, 남자는 잠시 당황한 채 부끄러움에 가까운 감정을 느끼며 서 있었다. 웃음은 더 이상 나오지 않았다. 후회와 호감이 뒤섞인 존경 어린 감정이 남자의 마음을 촉촉이 적셨다.

"왜 나를 구해주십니까?" 남자가 중얼거렸다.

"제 남편이시니까요."

남자가 항의했다.

"아니지요…. 아닙니다…. 그건 훔쳐서 얻은 자격입니다. 법적으로 이 결혼은 인정되지 않을 겁니다."

"아버지는 추문이 나는 걸 원치 않으세요." 앙젤리크가 말했다.

"바로 그 말입니다." 뤼팽은 재빠르게 말했다. "바로 그 점을 미리 생각해둔 거고, 그래서 사촌 당브와즈를 가까이 데려다 놓았던 겁니다. 제가 사라지면 그 사람이 당신 남편으로 남을 거라고요. 사람들 앞에서 아가씨가 결혼한 사람은 바로 그 당브와즈니까요."

"하지만 교회에서 제가 혼인한 사람은 바로 당신입니다."

"교회! 교회라고요! 교회랑 타협을 볼 방법은 늘 있어요…. 파혼하면 됩니다."

"무슨 근거로 말인가요?"

뤼팽은 입을 다물고, 자기가 보기에는 아주 사소하고 우습기만 하지만 여인에게는 매우 심각한 이 문제에 대해 생각해보았다. 그러더니 몇 차례나 입속으로 되풀이하는 것이다.

"끔찍하군…. 끔찍해…. 이걸 예상했어야 하는데…."

그러더니 별안간 무슨 생각이 들었는지 뤼팽이 탄성을 지르며 손뼉을 쳤다.

"그래요! 이렇게 하지요. 제가 바티칸의 유력 인사 중 한 명을 아주 잘 압니다. 교황을 원하는 대로 움직일 수 있다는 말이지요…. 면담을 얻어낼 거고, 교황이 내 간청을 들으면 감복하셔서 반드시…."

계획이 우스꽝스러울뿐더러 뤼팽이 순진하게 기뻐하는 모습을 보고 앙젤리크는 자기도 모르게 미소를 지으며 말했다.

"저는 신 앞에서 당신의 아내예요."

그리고 아무런 경멸도, 적의도, 또 분노마저도 없는 눈길로 뤼팽을 바라보았다. 뤼팽은 깨달았다. 이 여인은 자신을 강도나 불한당으로 보는 것이 아니라 성직자 앞에서 최후에 다가올 죽음의 순간까지 인연을 맺은 남편으로 바라보고 있다는 사실을.

남자는 여자 쪽으로 한 걸음 다가가 찬찬히 바라보았다. 여인은 고개를 숙이지 않았다. 하지만 얼굴이 붉어졌다. 뤼팽은 이토록 감동적이고 위엄이 서린 얼굴을 본 적이 없었다. 파리에서 두 사람이 처음 만났던 밤처럼 뤼팽이 말했다.

"오! 당신의 눈… 고요하고 슬픈 당신 눈은… 정말 아름답군요!"

여인은 고개를 숙이고 중얼거렸다.

"어서 가세요…! 가시라고요!"

당황한 여인의 모습을 보자 남자는 돌연, 여인 자신도 정체를 모르나 여인이 현재 느끼고 있는 복잡한 감정의 실체가 무엇인지 알 것 같았다. 독특한 상황을 거쳐 이토록 특별한 순간을 맞자, 비현실적인 상상과 충족되지 않는 꿈, 수년 동안 읽은 책 내용이 뒤범벅된 것이다. 이 노처녀의 영혼 속에서 뤼팽은 그 어떤 특별한 존재이자 바이런식의 영웅, 로맨틱하고 기사도 정신을 가진 강도쯤으로 형상화된 게 아닐까? 무수한 전설과 그 대담함으로 높이 평가받는 유명한 모험가가 어려움을 헤치고 어느 날 밤 여자의 집으로 들어와 손가락에 결혼반지를 끼워준 것이다. 〈해적〉(낭만주의 시인 바이런의 대표적 서사시 – 옮긴이)이나 〈에르나니〉(낭만주의 문학을 선언한 빅토르 위고가 에르나니라는 산적을 주인공으로 내세워 쓴 희곡 – 옮긴이) 시절에 볼 수 있던 신비롭고 열정적인 약혼식이랄까.

감동하고 연민에 젖은 남자는 고조된 감정을 이기지 못해 금방이라도 이렇게 외치고 싶었다.

'떠납시다! 도망갑시다! 당신은 내 아내이자 동료예요…. 내 위험과 기쁨과 고통을 함께 나눕시다…. 기이하고도 강렬하며 근사하고도 황홀한 삶을 함께합시다….'

앙젤리크가 눈을 들어 남자의 시선을 들여다보았고, 이토록 순수하고 자신감 넘치는 눈빛에 이번에는 남자가 얼굴을 붉혔다.

이런 식으로 말해도 될 여자가 아니다. 남자가 중얼거렸다.

"용서해주세요…. 나는 지금껏 나쁜 행동을 많이 저질렀습니다. 하지만 이번 일만큼 더 가슴 아프게 기억될 일도 없을 거예요. 나는 비열한 사람입니다…. 당신 인생을 망쳐버렸습니다."

"아니에요." 여자가 부드럽게 말했다. "당신 덕분에 오히려 제가 진정으로 가야 할 길을 알았어요."

남자는 무슨 뜻인지 물어보려고 했다. 하지만 여자는 문을 열고 길을 가리켰다. 이들은 더는 대화를 나눌 수 없었다. 남자는 한마디도 하지 않고 여자에게 깊숙이 몸을 숙여 인사한 후 곁을 떠나갔다.

한 달 뒤, 부르봉 콩데가의 왕녀이자 아르센 뤼팽의 합법적인 배우자인 앙젤리크 드 사르조 방돔은 마리 오귀스트라는 이름의 수녀가 되어 도미니크 수도회 수녀원에 들어갔다.

마리 오귀스트 수녀의 서원식 날, 수녀원장은 봉인된 묵직한 봉투와 편지 한 통을 받았다….

편지에는 이렇게 적혀 있었다.

마리 오귀스트 수녀가 돌보는 가난한 이들을 위하여.

봉투 안에는 1000프랑짜리 지폐 500장이 들어 있었다.